Hannah Kaiser

Die Versuchung der Hoffnung

Liebesroman

1. Auflage, Dezember 2013

Covergestaltung: Catrin Sommer rausch-gold.de
Fotos: shutterstock.com Bildnummern: 74654947, 123501739
Lektorat: Lena Berg

hannah.kaiser79@gmx.de

Inhaltsverzeichnis

Kapitel 1 5
Kapitel 2 11
Kapitel 3 22
Kapitel 4 28
Kapitel 5 34
Kapitel 6 41
Kapitel 7 46
Kapitel 8 52
Kapitel 9 58
Kapitel 10 66
Kapitel 11 78
Kapitel 12 88
Kapitel 13 93
Kapitel 14 99
Kapitel 15 106
Kapitel 16 111
Kapitel 17 118
Kapitel 18 123
Kapitel 19 133
Kapitel 20 140
Kapitel 21 146
Kapitel 22 153
Kapitel 23 160
Kapitel 24 164
Kapitel 25 168
Kapitel 26 176
Kapitel 27 182
Kapitel 28 188
Kapitel 29 193

Neun Jahre später 196
Kapitel 1 197
Kapitel 2 202
Kapitel 3 206
Kapitel 4 211
Kapitel 5 216
Kapitel 6 221
Kapitel 7 226
Kapitel 8 231
Kapitel 9 238
Kapitel 10 243
Kapitel 11 247
Kapitel 12 252
Kapitel 13 257
Kapitel 14 261
Kapitel 15 266
Kapitel 16 271
Kapitel 17 278
Kapitel 18 283
Kapitel 19 287
Kapitel 20 295
Kapitel 21 300
Kapitel 22 304
Kapitel 23 311
Kapitel 24 322
Kapitel 25 328
Vier Monate später 333
Danksagung 335
Impressum 342

Kapitel 1

Nach einem langen Vormittag voller Vorlesungen und Seminare an der Uni, einer überaus schwierigen Klausur in Geschichte der Literaturwissenschaft, in der der dazugehörige Professor jeden, aber auch wirklich jeden Mist abgefragt hat, und nach einem noch längeren Arbeitstag in der Unibibliothek habe ich jetzt endlich Feierabend.

Müde schlüpfe ich in meinen warmen Mantel und wickle mir den Schal um den Hals. Alles, was ich heute Abend will, ist in mein Zimmer zu gehen, mich aufs Bett zu legen, den Fernseher anzuschalten und eine Tüte Chips zu essen. Und zwar ohne darüber nachzudenken, wie ungesund das ist. Um die Kalorien brauche ich mir heute auch keine Sorgen zu machen. Nach dem Frühstück musste ich heute nämlich aus Zeitgründen alle Mahlzeiten ausfallen lassen.

Erschöpft gehe ich in Richtung der doppelten Eingangstür der Bibliothek und als ich die äußere der beiden Schwingtüren öffne und ins Freie trete, lähmt die klirrende Kälte für einen Moment meinen Atem. Und dabei ist es gerade mal Anfang November! Die ersten Atemzüge fühlen sich an, als würde ich lauter kleine, eiskalte Stecknadeln einatmen. Ich schlinge meinen dicken Schal über Mund und Nase und setzte die Kapuze auf den Kopf. Am Rande meines Gesichtsfeldes nehme ich eine Bewegung wahr und mir schwant Böses.

Bitte nicht ausgerechnet heute!

Aber mein stummes Flehen wird nicht erhört und auch der Versuch, die dick vermummte Gestalt einfach zu übersehen, bleibt ohne Erfolg, denn im selben Moment spricht sie mich schon an.

„Tu nicht so, Hope. Ich weiß genau, dass du mich gesehen hast!"

Seufzend bleibe ich stehen. „Du bist ein Quälgeist, Val! Bitte nicht heute."

Doch sie kommt erbarmungslos lächelnd auf mich zu und hält mir einen Plastikbeutel unter die Nase, der mich Übles erahnen lässt. Heftig schüttle ich den Kopf, aber Valerie kennt keine Gnade.

„Oh doch. Du hast es mir versprochen! Und jetzt bewegst du deinen süßen Arsch gefälligst zurück in die Bibliothek, gehst zur Toilette, ziehst dich um und frischst dein Make-up auf. Danach gehen wir zwei aus und betrinken uns wie geplant, weil wir heute die letzte Prüfung für dieses Semester hinter uns gebracht haben. Schön brav sein, hörst du?"

Grummelnd und leise fluchend nehme ich ihr die Tasche aus der Hand und gehe mich umziehen. Zugegeben, ich habe es ihr versprochen. Allerdings kann ich mein Bett bis hierher nach mir rufen hören und es lockt ständig damit, wie warm, weich und gemütlich es ist.

Es hilft trotzdem nichts. Einen kurzen Moment lang überlege ich, ob das Toilettenfenster wohl groß genug ist, um einfach abzuhauen. Aber dann fällt mir ein, dass ich bei dem Versuch, dort hinauszuklettern, genau neben dem Haupteingang herauskommen und vermutlich wortwörtlich in Valeries Arme fallen würde.

Mit einem ergebenen Seufzen öffne ich die rosa Plastiktüte und inspiziere die Klamotten, die Val mir eingepackt hat. Wenn ich bislang gedacht habe, dass simples Ausgehen nach einem anstrengenden, langen Tag das Schlimmste ist, das mir passieren könnte, muss ich nun feststellen, dass ich mich geirrt habe. Valerie war nämlich nicht an meinem Kleiderschrank, um mir etwas Passendes für heute Abend herauszusuchen, sondern an ihrem. Und das bedeutet, dass die Sachen für meinen Geschmack viel zu knapp und viel zu sexy ausfallen und ich mir heute Abend zu allem Überfluss auch noch den Arsch abfrieren werde. Da aber selbst ich einsehe, dass ich schlecht mit meiner dicken Wollstrickjacke und meinen ältesten Jeans ausgehen kann, zumindest in keinen der Läden, in die Val mich vermutlich gleich schleifen wird, schließe ich mich letztlich kopfschüttelnd in einer der beiden Kabinen auf der Toilette ein.

Frierend schlüpfe ich aus meinen warmen Klamotten und tausche sie gegen ein graues Stückchen Satin, das vorne artig hochgeschlossen ist und hinten nur aus drei seidigen Bändern besteht, die man im Nacken, über dem BH-Verschluss und kurz über der Hüfte zu Schleifen zusammenbindet.

Wenn das mal nicht optimal bei Minustemperaturen ist.

Die blöden Bänder zuzubinden ist eine Herausforderung für sich. Vielleicht hat Valerie gehofft, ich würde halbnackt auf die Straße kommen, um sie um Hilfe zu bitten. Wundern würde mich das jedenfalls nicht. Nach ein paar Verrenkungen, die vermutlich für Außenstehende nach mittelschweren Krämpfen aussehen würden, gelingt es mir aber schließlich selbst, das aufwendige Kleidungsstück zu schließen. Sogar mit einem Doppelknoten, sicher ist sicher.

Dazu hat meine durchgeknallte Freundin mir eine enge schwarze Hose und ein paar schwarze Stiefel eingepackt. Letztere gehören zumindest mir und haben somit eine halbwegs bequeme Laufhöhe. Im Anschluss frische ich mein Make-up vor dem Spiegel ein bisschen auf und ziehe mir Strickjacke und Wintermantel wieder über, um mir draußen nicht den Tod zu holen.

Als ich zehn Minuten später wieder zurück zu Valerie gehe, wartet sie im Eingangsbereich der Bibliothek zwischen Innen- und Außentür auf mich. Vermutlich hat sie unter Ihrer Daunenjacke noch knappere Sachen an als die, die sie mich zu tragen zwingt, und hat Angst, beim Warten in der Kälte tiefgefroren zu werden.

„Braves Mädchen", sagt sie, als sie mein nun stärker geschminktes Gesicht sieht. Dann hakt sie sich bei mir unter, vermutlich um jeden Gedanken an eine Flucht gleich im Keim zu ersticken.

Es ist nicht so, als würde ich nicht gern mal ausgehen und ein bisschen Spaß haben. Nur leider unterscheiden sich Vals und meine Vorstellungen von Spaß signifikant.

Meistens sind die Abende mit ihr für etwas weniger extrovertierte Gemüter wie mich in erster Linie vor allem eines: sterbenspeinlich.

Lässt man sie den Abend planen, landet man mit ihr in der nächsten Karaokebar und wird dazu gezwungen, ein Duett mit ihr zu singen. Sie hat mich auch schon mal auf eine Menstrip-Show gezerrt und es irgendwie geschafft, dass ich zu dem selbstverliebten Stripper mit auf die Bühne musste, um ihm beim Ausziehen zu helfen. Während sie selbst, mich lauthals anfeuernd, fröhlich im Publikum stand. Mit Grauen erinnere ich mich auch an den Abend, an dem sie mich dazu genötigt hat, mit ihr auf dem Tresen zu tanzen. Zum Glück hatte ich mich vorher wenigstens für die lange Hose anstelle des kurzen Rocks entschieden, den sie mich zu tragen überreden wollte. Seltsamerweise bin ich immer schon mitten in der peinlichen Situation, bevor mein Gehirn überhaupt registriert, dass es eventuell sinnvoll gewesen wäre, mich zu wehren.

Und auch wenn ein Abend, an dem Valerie und ich zusammen ausgehen, ein bisschen konventioneller verläuft, ist es immer noch alles andere als entspannend.

Für sie ist ein Abend erst dann erfolgreich, wenn man sein Bett frühestens im Morgengrauen sieht, man kein Gefühl mehr in den Füßen hat, weil sie in den hochhackigen Schuhen beinah abgestorben sind, und man mindestens vier Telefonnummern von bis dato unbekannten Typen in der Tasche hat. Nicht, dass sie jemals einen davon anrufen würde! Ich habe die Theorie, dass sie heimlich in irgendwen verliebt ist und es mir nicht verraten will, aber sammeln tut sie die Nummern trotzdem.

Mit Valerie auszugehen ist dementsprechend anstrengend, feuchtfröhlich bis entsetzlich peinlich und langwierig. Außerdem wird es meistens teuer, zumindest für mich. Val schafft es im Normalfall, sich den ganzen Abend einladen zu lassen, während ich daneben stehe und den hässlichen Freund von ihrem gut aussehenden Telefonnummernopfer zwecks Ablenkung überlassen bekomme und meine Getränke sicherheitshalber selbst bezahle. Nicht dass sich der arme Kerl hinterher falsche Hoffnungen macht. Es ist jedes Mal wieder wie in einem schlechten Film. Einem ziemlich schlechten, um genau zu sein.

Um es deutlich zu machen: Ich mag Valerie wirklich sehr, aber ich gehe nicht wirklich gern mit ihr aus. Nie. Und an Tagen wie heute schon gar nicht.

Aber leider habe ich es ihr tatsächlich versprochen. Es war unser Kompromiss. Sie lässt mich während der Lernphase in Ruhe und dafür gehe ich mit ihr weg, wenn alle Prüfungen für dieses Semester hinter uns liegen.

Und dieser Tag ist leider genau heute.

Resigniert stapfe ich hinter Valerie her und denke mit Grauen daran, was ich wohl Ende des nächsten Semesters mit ihr werde machen müssen, wenn wir nicht nur unsere ganz normalen Klausuren, sondern unsere Abschlussprüfungen und damit unser ganzes Studium hinter uns haben.

Allein bei dem Gedanken daran durchläuft ein Schaudern meinen Körper.

Denk lieber gar nicht erst darüber nach, Hope.

Kapitel 2

Gähnend und frierend sitze ich in der Bar, in die Val mich gezwungen hat zu gehen. Wir sind für diesen Schuppen völlig overdressed und ich überlege seit mehreren Minuten, ob ich mir nicht doch meine Strickjacke wieder überziehen soll.

„Denk nicht mal dran", zischt Valerie, als könne sie meine Gedanken lesen.

Während sie mit einem kunterbunten Cocktail in der Hand am Tresen lehnt und sich nach Beute umschaut, bestelle ich mir ein Bier und beobachte eine Gruppe von fünf Typen beim Dartspielen. Irgendwann folgt Vals Blick dem meinen und ein zufriedenes Grinsen macht sich auf ihrem Gesicht breit.

„Hope ...", flötet sie entzückt, packt mich am Handgelenk und zieht mich in Richtung der Dartspieler. Ich stolpere ein paar Schritte in die Richtung, in die sie mich zieht und realisiere erst dann, was sie genau vorhat – wie immer zu langsam.

„Oh nein! Bitte, bitte nicht", flüstere ich ihr zu, doch sie zieht mich erbarmungslos weiter.

„Oh doch, Hope! Wir haben es verdient, uns ein bisschen zu amüsieren. Also sei schön brav und tu so, als wärst du tatsächlich so blöd, wie du blond bist, und alles wird gut. Nicht wieder die Intellektuelle raushängen lassen, okay? Die Jungs mögen das nicht."

Unsanft zieht sie mich am Handgelenk hinter sich her, bis wir bei ihren potenziellen Opfern angekommen sind.

„Dürfen wir mitspielen, Jungs?"

Oh nein, bitte nicht.

Wenn sie Dartspielen will, dann um Geld. Und weil Valerie und ich in einem kleinen Kaff groß geworden sind und ihr Großvater ein Waffennarr war, haben wir von klein auf mit allem zielen und treffen gelernt, das auch nur ansatzweise an eine Waffe erinnert. Ich habe die Jungs vorhin beim Spielen beobachtet. Wir müssten schon sehr betrunken sein, um gegen die nicht zu gewinnen. An sich wäre das ja auch alles kein Problem, aber die letzten beiden Male, als Valerie auf diese Idee gekommen ist, sind wir beinah verprügelt worden und man hat uns des Betrugs bezichtigt. Ich bin in dieser Beziehung also wohlweislich vorsichtig geworden.

„Hope und ich spielen zusammen gegen die beiden Besten von euch. Und die Verlierer laden die Gewinner auf die nächsten drei Runden ein!" Vals üppige Lippen schließen sich feuchtglänzend um den Strohhalm ihres Drinks und ich könnte schwören, dass mindestens einer der Typen anfängt zu sabbern.

„Val, ich denke nicht, dass das so eine gute Idee ist …", wende ich vorsichtig ein. Auf Streit mit einer Horde schon leicht angetrunkener Kerle habe ich heute Abend wirklich keinen Bock. Ohnehin habe ich ja auf den ganzen Abend keinen Bock.

„Hast wohl Schiss zu verlieren, Kleines? Vor mir musst du keine Angst haben, Süße. Ich beiße nicht, auch nicht, wenn du verlierst. Es sei denn, du bittest mich darum."

Ich kann ein gelangweiltes Gähnen nicht unterdrücken. Mit hochgezogenen Augenbrauen betrachte ich den jungen Mann genauer, der sich offenkundig für besonders witzig hält. Er ist langweilig. Und er trägt ein T-Shirt auf dem steht „Ich bin gut zu VÖGELN". Innerlich verdrehe ich die Augen. Wenn so ein wortgewandter

Scherzkeks unbedingt von uns beim Dartspielen abgezockt werden will, dann kann er das haben. Irgendwann muss auch mal Schluss sein mit dem Gutmenschentum. Ich meine, man muss ja niemanden vorsätzlich provozieren, aber wenn jemand förmlich darum bettelt, ein paar aufs Maul zu bekommen … Wer bin ich denn, dass ich ihm das verwehren würde? Aber solche Typen zu ertragen, schaffe ich nicht, ohne vorher Alkohol getrunken zu haben. Und zwar mehr als nur ein halbes Bier.

„Passt auf, Ladies. Ihr spielt eure kleine Mädchenrunde da schnell zu Ende und dann steigen Val und ich mit ein, okay? Aber ich habe keinen Bock, um die nächsten drei Runden zu spielen, ich finde es nämlich langweilig hier und will schnell wieder weg. Wie wäre es stattdessen mit zwanzig Dollar von jedem?" Zustimmendes Nicken folgt und ich bin überaus zufrieden, dass es für uns lukrativ sein wird, ich aber gleichzeitig nicht gezwungen sein werde, den halben Abend mit diesen Trotteln zu verbringen, nur um meinen Gewinn einzulösen.

„Sehr schön. Ich gehe mir in der Zwischenzeit schnell was zu trinken holen. Macht mal keinen Blödsinn, bis ich zurück bin!" Nach einem Blick auf Valerie, die mir gut gelaunt zuzwinkert, und einem Blick in die Runde der Jungs, deren Gesichter zwischen Belustigung und Verwirrtheit so ziemlich jede Gefühlsregung zeigen, drehe ich mich um und gehe zur Bar.

„Was darf's denn sein?" Freundlich lächelt der Barmann mich an.

„Einen doppelten Scotch bitte. Ohne Eis!" Kurz überlege ich, ob ich nicht gleich zwei davon bestellen soll, befürchte aber, das könnte einen schlechten Eindruck erwecken.

Obwohl, bei wem denn schon?

Schulterzuckend bestelle ich gleich noch einen zweiten.

So ausgerüstet gehe ich langsam zurück zu Valerie und unseren Opfern.

+++

Jonathan Petterson lehnt sich gemütlich in seinem Stuhl zurück und beobachtet das Spektakel. Die kleine Blonde kommt gerade mit zwei doppelten Whisky zurück und stürzt den ersten hinunter, als könnte sie das alles nüchtern nicht ertragen. Er hat sie schon mal in irgendeinem Seminar gesehen, als er noch zur Uni gegangen ist … Hope heißt sie, wenn er sich richtig erinnert.

Grübelnd fragt er sich, wie die Jungs nur so arrogant und dumm sein können, zu glauben, dass sie auch nur die kleinste Chance gegen die beiden Mädels haben werden. Jeder Vollidiot hätte erkennen müssen, dass es eine Falle war und die Brünette der beiden nie jemanden herausgefordert hätte, wenn sie sich nicht absolut sicher wäre zu gewinnen. Warum sollte sie auch? Mit so einem plumpen Spruch Männer aufzureißen, hat mit Sicherheit keine der beiden nötig.

Und tatsächlich kommt es, wie es kommen musste: Die Jungs gewinnen nicht eine Runde. Und das, obwohl sie ihre angeblich besten Männer an den Start geschickt haben.

Die beiden Mädels sind wirklich gut und haben ziemlich viel Übung. Was nicht wirklich eine große Überraschung ist. Die Gruppe beim Spielen zu beobachten, ist ein wahres Fest. Den Unglauben auf den Mienen der Jungs, der nach und nach in Ärger umschlägt, und die ruhige Gelassenheit auf den Gesichtern der

Frauen, die sich mit der Zeit in leisen Triumph umwandelt. Dazu Hopes durchaus hübsch zu betrachtender Rücken, der von dem Oberteil, das sie trägt, eher, und das nicht gerade subtil, in Szene gesetzt als verdeckt wird …

Eigentlich war John genervt, weil er mit Frank verabredet war, der ihn offenkundig versetzt hat. Aber jetzt könnte er sich weitaus schlimmere Arten vorstellen, sich die Wartezeit zu vertreiben.

Die Jungs werden immer ärgerlicher, einer von ihnen sieht fast so aus, als würde er sich später heimlich in den Schlaf weinen müssen, während sich auf den Gesichtern der Mädchen zunehmend ein Strahlen ausbreitet.

Nachdem sie haushoch gewonnen haben, sammelt Hope gut gelaunt ihr Geld ein, um sich dann mit ihrer Freundin in eine Ecke zu verziehen und ihren Whisky auszutrinken. Die Dunkelhaarige entdeckt schon bald offenbar ein paar Bekannte, die gerade hereinkommen und denen sie fröhlich zuwinkt. Hope sieht weniger begeistert aus und verabschiedet sich nach kurzer Zeit von den anderen.

Erst als sie ihren Mantel nimmt und sich anzieht, bemerkt John, dass er nicht der Einzige ist, der sie beobachtet. Der Typ mit dem bekloppten T-Shirt, den sie vorhin besiegt hat, steht auf und folgt ihr, als sie die Bar verlässt.

Scheiße, das wird Ärger geben!

Es wirkt nicht gerade so, als würde er ihr folgen, um ein nettes Pläuschchen mit ihr zu halten …

Fluchend steht John auf und geht den beiden hinterher.

Draußen angekommen sieht er, wie der Typ Hope die Hand auf die Schulter legt und sie sich erschrocken umdreht.

Die beiden reden aufgebracht miteinander, aber John ist noch zu weit weg, um verstehen zu können, worum es genau geht. Allerdings kann er sehen, dass es dabei alles andere als freundlich zugeht.

Als der hässliche T-Shirt-Typ Hope am Arm packt, um sie zu sich heranzuziehen, fängt John an zu laufen. Die eine Hand des dämlichen Wichsers landet auf Hopes Brüsten, mit der anderen versucht er sie immer noch festzuhalten.

„Hey!", ruft John laut und im selben Moment krümmt sich der Typ zusammen und hält sich mit schmerzverzerrtem Gesicht die Eier.

+++

Heiß pumpt Adrenalin durch meine Adern.

„Dämlicher Wichser!"

Ich schaue auf ihn hinab, als er sich auf den Boden fallen lässt. Der Tapferste ist er wirklich nicht gerade. Der Drang, ihm auch noch mal kräftig in die Rippen zu treten, während er sich zu meinen Füßen zusammenkrümmt, ist groß, aber so hinterhältig bin ich dann doch nicht. Obwohl er es verdient hätte.

Bevor ich es mir doch noch einmal anders überlegen kann, steht ein weiterer Typ neben mir. Kampfbereit drehe ich mich zu ihm um, während er in einer kapitulierenden Geste die Hände hochnimmt.

„Hey, ich bin einer von den Guten!" Er ist ein bisschen aus der Puste und sein Atem bildet kleine Dampfwölkchen in der kalten Winterluft. Er sieht nicht aus wie einer von den Guten, wirklich nicht. Mit einem schnellen Blick registriere ich jede Menge schwarzes

Leder, dunkles Haar und noch dunklere Augen. Ich kenne ihn, er hat mal an meiner Uni studiert. Das ist John Petterson, Sänger in irgendeiner Rockband. Letztes Jahr hat er deshalb sein Studium abgebrochen.

„Alles okay bei dir?" Besorgt mustert er mich und ich nicke nur.

„Aber bei ihm nicht." Ich mache eine Bewegung in Richtung des Typen im Schnee, der sich immer noch krümmt und leise wimmert.

„Die dämliche Schlampe hat mir in die Eier getreten", presst der Idiot jetzt zwischen zusammengebissenen Zähnen hervor.

Wenn er schon wieder in der Lage ist zu schimpfen, hätte ich wohl lieber ein bisschen fester zutreten sollen!

„Erstens habe ich nicht getreten, sondern lediglich mein Knie hochgezogen. Zweitens bist du ein so erbärmlicher Feigling, dass es mich wundert, dass du überhaupt Eier hast …" Tief hole ich Luft, um weiterschimpfen zu können, werde dann aber von Jonathans amüsiertem Lachen abgelenkt und mein Blick wandert zu ihm. Im schwachen Licht der Straßenlaterne wirken seine Augen so dunkel, dass sie beinah schwarz aussehen und ich starre ihn fasziniert an.

„Und drittens?"

„Wie bitte?", frage ich wie ein debiler Volltrottel und starre noch immer.

„In deiner Aufzählung … wenn man „Erstens" und „Zweitens" sagt, dann folgt in der Regel auch noch ein „Drittens"."

„Drittens war selbst mein Knie in seinen Eier für meinen Geschmack noch zu viel Körperkontakt", beeile ich mich zu sagen, um meine Würde zu bewahren.

„Amen, Schwester", schließt John ganz trocken.

Mein Opfer liegt immer noch am Boden und krümmt sich und langsam drängt sich mir der Eindruck auf, dass er es ein bisschen übertreibt.

„Du solltest mal lieber reingehen. Deine Kumpels vermissen dich bestimmt schon und du willst doch sicher nicht, dass sie mitbekommen, dass du dich von einem Mädchen, das schätzungsweise die Hälfte von dir wiegt, hast fertigmachen lassen!" John steht so vor ihm, als könne er sich kaum zurückhalten, ihn unsanft mit der Fußspitze anzustupsen, was tatsächlich Wirkung zeigt, denn unter theatralischem Stöhnen richtet sich der Typ nun auf, um sich zurück in Richtung Bar zu schleppen.

Als er weg ist, atme ich erleichtert auf. Der Schreck sitzt mir immer noch ganz schön in den Gliedern. Von solchen Situationen hatte ich bisher nur theoretisch Ahnung und ich weiß auch nicht, wie weit er tatsächlich gegangen wäre. Vermutlich war das alles vergleichsweise harmlos, aber dennoch ist es eine Erfahrung, auf die ich gut und gerne hätte verzichten können. Ich spüre, dass meine Beine anfangen zu zittern.

Du bist ein Weichei, Hope! Es ist doch gar nichts passiert. Und vorbei ist es jetzt auch.

„Ist wirklich alles okay bei dir?" John sieht mich besorgt an, und kommt ein bisschen näher.

„Ja, mir geht's gut. Danke. Ich … habe nur einen Schreck bekommen. Vielen Dank für deine Hilfe!"

Er gibt einen amüsierten Laut von sich. „Ich hatte eher nicht den Eindruck, dass du meine Hilfe wirklich gebraucht hättest. Die hätte schon eher der Typ gebraucht, dem du so elegant in die Eier getreten hast."

„Nicht getreten. Es war mein Knie", wiederhole ich meine Worte von vorher.

„Ich vergaß. Verzeihung bitte!" Eine angedeutete Verbeugung folgt und ich muss schmunzeln. Dann wird

John wieder ernst. „Soll ich dich nach Hause begleiten? Leider gibt es ziemlich viele Idioten auf dieser Welt und um diese Zeit solltest du wirklich nicht mehr allein unterwegs sein."

„Ich kann ganz gut selbst auf mich aufpassen!" Meine Stimme klingt aggressiver, als ich es beabsichtigt habe, deshalb füge ich schnell hinzu: „Trotzdem vielen Dank für dein Angebot."

In diesem Moment beginnt mein Magen zu knurren, und zwar laut und deutlich vernehmbar.

Mist!

Ich habe den ganzen Tag kaum etwas gegessen und irgendwie scheint mein Körper auf überstandene Schreckerlebnisse mit dem Verlangen nach Energiezufuhr zu reagieren. Das Knurren ist nicht zu überhören, auch nicht für John, der jetzt anfängt zu lachen.

„Komm. Wenn ich dich schon nicht nach Hause begleiten darf, dann lass mich dich wenigstens in das nächste Diner einladen. Von dort aus ist es auch nur ein Katzensprung bis zum Studentenwohnheim. Da wohnst du doch, oder?" Fragend legt er den Kopf schief.

Erstaunt schaue ich ihn an. Wo ich wohne ist kein Geheimnis, die halbe Uni wohnt in meinem Wohnheim. Dass *er* das weiß, erstaunt mich allerdings trotzdem. Schließlich nicke ich, als Zustimmung zum Wohnort, will dem Rest aber widersprechen, doch er unterbricht mich.

„Du kannst auf keinen Fall Nein sagen. Als ich gesehen habe, wie der komische Vogel dir gefolgt ist, hat alles in mir auf den „Rettet die Jungfer in Not"-Modus umgeschaltet. Nachdem du dich nun aber selbst gerettet hast, lass mich dir wenigstens etwas zum Essen besorgen. Alles andere würde schwere Wunden in meinem männlichen Ego hinterlassen. Und ein schwer verwundeter Mann pro Abend sollte doch in deiner

Statistik genügen, oder?" John hebt die Schultern, was bei ihm aber eher fragend und ein wenig provokant als unsicher aussieht.

Amüsiert betrachte ich ihn einen Moment.

„Würdest du dich auch auf dem kalten Boden wälzen und wimmern wie der andere Typ, wenn ich jetzt Nein sage?"

Seine Zähne blitzen weiß auf, als sich sein Mund zu einem diabolischen Lächeln verzieht.

„Den Gefallen tue ich dir nicht."

Mit schief gelegtem Kopf betrachte ich ihn noch einmal eingehend.

„Dann ist es ja langweilig. Wenn du dich nicht für mich im Dreck wälzt und mir zu Füßen liegst, kann ich auch einfach Ja sagen."

Zufrieden lächelnd streckt er mir seinen Arm hin, sodass ich mich bei ihm unterhaken kann.

„Dann kommt, holde Maid."

Etwas zaghaft schiebe ich meinen Arm unter seinen und gemeinsam gehen wir zu dem kleinen Diner gleich um die Ecke.

Eigentlich solltest du klüger sein und nicht einfach so mit fremden Männern mitgehen, Hope!

Aber ganz fremd ist er ja gar nicht. Immerhin habe ich ihn in der Uni schon ein paar Mal gesehen, bevor er letztes Jahr sein Studium abgebrochen hat. Ich durchforste mein Gehirn nach Informationen über ihn. Weil ich jedoch über den neuesten Tratsch meistens nicht sonderlich gut Bescheid weiß, sind die Informationen rar gesät. Seine Band heißt *Sick Theories* und angeblich sollen sie kurz vor dem großen Durchbruch stehen. Aber das tun sie doch fast alle irgendwie … Er ist ein bisschen älter als ich, vierundzwanzig, vielleicht auch schon fünfundzwanzig. Und er riecht gut. Verdammt, warum riecht der Kerl nur so gut? Er riecht nach Leder und nach dunklen Gewürzen, nach Ingwer oder so etwas. Ich ertappe mich dabei, wie ich tief einatme, um seinen Duft besser in mir aufnehmen zu können. Und dann noch einmal. Irgendetwas in meinem Körper reagiert darauf, auf eine Art, die mich plötzlich nervös werden lässt. Was mache ich hier eigentlich? Ist doch egal, wie er riecht. Ich lecke mir über die Lippen und drehe dann, ärgerlich über mich selbst, meinen Kopf ein bisschen von ihm weg. John wirft mir einen vielsagenden Seitenblick zu und ich könnte schwören, dass er genau weiß, was gerade in mir vorgeht.

Als wir an der Tür des Diners angelangt sind, beugt er sich plötzlich zu mir.

„Würde es dir eigentlich gefallen, wenn ich dir zu Füßen läge, Hope?" Seine Stimme ist plötzlich ganz tief und in meinem Kopf machen sich Bilder breit, die mich eine entzückte Gänsehaut bekommen lassen.

Aber was soll man auf so eine Frage schon antworten?

Ich ziehe meine rechte Augenbraue in die Höhe und schenke ihm ein Lächeln, bevor ich wortlos das Diner betrete.

Kapitel 3

Im Diner ist es warm und hell, nach der Kälte und Dunkelheit draußen ist der Kontrast im ersten Moment beinah unangenehm.

Blinzelnd schäle ich mich aus meinem Mantel, lasse aber meine Strickjacke an. So warm ist es dann doch wieder nicht und außerdem käme ich mir in meinem sexy Satinoberteilchen hier deutlich deplatziert vor.

Müde kommt die Kellnerin an unseren Tisch geschlurft und reicht uns wortlos die Karte, um danach genauso unmotiviert wieder in Richtung Tresen zu verschwinden.

„Was möchtest du essen?“ Ich kann nur Johns Augen erkennen, die über der Karte hervorblitzen.

„Eigentlich möchte ich nur einen Tee.“

„Du meinst, der wird gegen dein Magenknurren helfen?“

Ich zucke mit den Schultern. Hunger habe ich schon, aber irgendwie ist es mir unangenehm, mich von ihm einladen zu lassen.

„Okay.“ Energisch klappt er seine Karte zu und nimmt mir meine aus der Hand. „Dann bestellen wir für dich einen Tee und für mich so viel Essen, dass ich es allein nicht schaffe und du mir beim Aufessen helfen musst.“

Als die Kellnerin erneut an den Tisch kommt, bestellt John die halbe Speisekarte. Und für mich einen Tee.

„Welchen?“ Die Kellnerin scheint keine Freundin großer Worte zu sein.

„Fenchel, bitte. Falls es den gibt.“

Kommentarlos schlappt sie weg und knallt uns fünf Minuten später die Getränke auf den Tisch, weitere acht Minuten später folgt das bestellte Essen. Nachdem es erst einmal auf dem Tisch steht, kann ich mich nicht zurückhalten und stopfe gierig Pommes und Chickenwings in mich hinein.

John scheint sehr zufrieden mit sich und seinem Plan, und beobachtet mich wohlwollend beim Essen.

Zwischendrin nippe ich an meinem Tee, alles unter Johns aufmerksamem Blick.

„Ich verstehe nicht, wie man das Zeug freiwillig trinken kann. Fencheltee! Den musste ich als Kind immer trinken, wenn mir schlecht war oder ich gekotzt hatte."

Bedächtig stelle ich die Tasse wieder auf den Tisch.

„Ich mag ihn. Der Tee beruhigt meinen Magen. Und mit ein bisschen Süßholz und Minze zusätzlich würde er sogar richtig gut schmecken."

„Aha."

„Echt jetzt." Auch wenn das saudumm ist, macht mich diese Unterhaltung plötzlich verlegen. So, als würde ich zugeben müssen, dass ich immer noch mit Barbies spiele. Oder als Hobby Briefmarken sammle. Eben so, als wäre ich furchtbar langweilig. Welcher erwachsene Mensch trinkt schon Fencheltee?

Meine Mutter trinkt auch welchen.

Okay, ich korrigiere meine Frage: Welcher erwachsene Mensch, der außerdem über solche Attribute wie *aufregend, cool, interessant* oder *anziehend* verfügt, trinkt schon Fencheltee? Und da fällt mir keiner ein. Nicht ein einziger.

Aber ich habe mich vorhin aufgeregt und der warme Tee beruhigt nun mal meinen Magen. Und mich während eines Essens mit John Petterson übergeben zu müssen, wäre vielleicht auch nicht unbedingt als lässig zu bezeichnen. Dann eindeutig lieber der langweilige Tee.

Da ich nicht weiß, über was ich reden soll, esse ich einfach schweigend. Das soll ja bei manchen Menschen ohnehin für gute Manieren stehen. Mir ist sowieso nicht ganz klar, warum ich mir überhaupt so viele Gedanken darüber mache, was Jonathan so alles über mich denken oder auch nicht denken könnte. Natürlich ist er total angesagt und war bestimmt früher schon immer der Coolste auf dem Schulhof. Kritisch beobachte ich ihn beim Essen. Er hat ein schönes, markantes Gesicht mit herben Zügen. Wenn er lächelt, kann man erkennen, dass sein rechter Schneidezahn ein bisschen schief ist. Komischerweise macht ihn dieser Makel eher interessanter, als dass er störend wirken würde. Obwohl John ständig auf der Bühne und mitten im Rampenlicht steht, ist er jetzt ruhig, beinah in sich gekehrt. Eher der einsame Krieger als der draufgängerische Rockstar. Aber er ist natürlich absolut gar nicht mein Typ. Ich stehe eher auf Intellektuelle mit seriösen Berufen und guten Manieren. Auf Männer, die man ohne Bauchschmerzen auch zu einem Kaffeekränzchen bei seiner Großmutter mitnehmen könnte.

Auf Kerle, die genauso langweilig sind wie du selbst, Hope!

Ärgerlich versuche ich, die bösartige Stimme in meinem Kopf zu ignorieren. *Bodenständig,* nicht *langweilig.* Das sind zwei grundverschiedene Begriffe. Und außerdem: Was bitte ist verwerflich daran, wenn man gern ein bisschen Sicherheit haben will? Ich finde das völlig in Ordnung so.

Interessiert beobachte ich John weiter. Seine Essmanieren sind tadellos, was mich erstaunt. Sie stehen im krassen Gegensatz zu seinem Äußeren, das so sehr nach hartem Kerl schreit. Wenn ich ihn nicht genauer beobachtet hätte, wäre mir das vor lauter groben Silberringen an seinen Fingern und den Tätowierungen, die unter den hochgeschobenen Ärmeln seines Shirts zum Vorschein kommen, gar nicht aufgefallen. Dabei hätte ich mich für viel weniger vorurteilsbelastet gehalten!

Gute Manieren. Die standen doch auf deiner Liste!

Aber es ist ohnehin albern, dass ich mir über so etwas Gedanken mache, immerhin haben wir ja kein Date oder so etwas in der Art.

Und warum bist du dann so nervös, als hättest du eins?

Plötzlich fühle ich mich gar nicht mehr so wohl und bin mit einem Mal todmüde. Jetzt erinnere ich mich wieder daran, wie anstrengend der heutige Tag gewesen ist und kaum, dass es mir wieder einfällt, will ich dringend in mein Bett. Vielleicht liegt es daran, dass ich das erste Mal heute ein bisschen zur Ruhe gekommen bin, aber ich fühle mich auf einmal wieder fix und fertig und kann ein Gähnen nicht unterdrücken.

„Ich sollte dringend schlafen gehen!"

„Warte kurz!" Während John bezahlt, ziehe ich mir meinen Mantel über.

„Fliehst du etwa vor mir?", fragt er mich, als er zum Tisch zurückkommt und ich dort fix und fertig angezogen auf ihn warte. Er sieht irgendwie amüsiert aus.

„Du hast doch vorhin gesehen, was ich mit bösen Jungs anstelle. Wenn hier jemand einen Grund zum Fliehen hat, dann bist das wohl eher du."

Gut gemacht, Hope. Niemals Schwäche zeigen. Die bösen Jungs können Angst bestimmt riechen. Und bevor du dich versiehst, liegst du flach!

Flachliegen!

Meinem Körper scheint der Gedanke zu gefallen, sich von diesem bösen Jungen flachlegen zu lassen, denn er reagiert mit einem warmen Kribbeln an ziemlich eindeutigen Stellen.

So habe ich das doch nicht gemeint …, versuche ich meinen gedanklichen Freudschen Versprecher vor meinem Körper wieder richtigzustellen. Aber der kribbelt nur völlig unbeeindruckt weiter.

+++

Aus der Nähe betrachtet ist die Kleine wirklich noch niedlicher als gedacht. Ein bisschen brav vielleicht, da kann auch das sexy Oberteil nicht drüber hinwegtäuschen. Und wenn sie diesen strengen Gouvernantenblick aufsetzt, dann ist er sich nicht ganz sicher, ob er das unglaublich sexy findet oder ob ihm das Angst einjagt. Zweimal hat er sich dabei ertappt, sich unter ihrem gestrengen Blick unwillkürlich gerade hingesetzt zu haben, als wäre er ein kleiner Sonntagsschüler.

Trotzdem hat sie was. Das blonde, lange Haar, die gewittergrauen Augen mit den vielen bunten Flecken darin und einer kleinen Spur von Silberblick … Und dann dieser Mund! Süß, rosig und selbst, wenn sie ihn eigentlich ganz geschlossen hat, bleibt er in der Mitte ein winziges Stück geöffnet. Aus irgendeinem Grund macht ihn das völlig wahnsinnig.

Sie reizt ihn. Und sie hat ohne Frage Schneid.

Schade, dass sie vermutlich nicht zu der Art von Frau gehört, die mal eben so mit ihm in die Kiste springen würde. Das fände er durchaus spannend – und an allem anderen hat er so überhaupt kein Interesse.

Denn wenn er etwas gerade so gar nicht gebrauchen kann, dann ist das eine Frau, die Zeit und Aufmerksamkeit in Anspruch nimmt. Oder seine Treue. Mit all dem kann er momentan nämlich absolut gar nicht dienen.

+++

Mein Unterbewusstsein formt am laufenden Band Sätze, in denen *flachlegen* das wichtigste Verb darstellt und schickt sie dann unaufgefordert an mein Bewusstsein.

Währenddessen begleitet John mich bis zu meinem Wohnheim, obwohl ich die kurze Strecke auch gut und gerne allein hätte zurücklegen können. Er hat wohl tatsächlich ziemlich gute Manieren.

Auch diesen Gedankengang nimmt mein Unterbewusstsein wieder mit Freude auf und bildet nun jede Menge Sätze mit *Manieren* und *flachlegen,* kommt dabei von den guten Manieren allerdings ziemlich schnell auf schlechte und bei schlechten Manieren scheint ihm dann alles Mögliche mit *dreckig, schmutzig* sowie *versaut* einzufallen. *Flachlegen* gefällt dabei offensichtlich nach wie vor so gut, dass es als wichtigstes Verb bestehen bleibt. Als John und ich endlich angekommen sind, habe ich das Gefühl, dem Wahnsinn noch nie näher gewesen zu sein. Vermutlich brauche ich eine Therapie, und zwar ganz dringend. Ungewollte Stimmen in seinem Kopf zu hören, kann einfach nicht gesund sein.

Beinah hektisch verabschiede ich mich von John. Keine zehn Minuten später liege ich endlich im Bett. Jetzt bin ich plötzlich froh, dass ich so entsetzlich erschöpft bin, denn ich kann einschlafen, ohne entsetzt darüber nachdenken zu müssen, dass ich irgendwie scharf auf John Petterson bin. Einen stadtbekannten Frauenaufreißer, Mädchenschwarm und Herzensbrecher, dessen persönliches Telefonbuch vermutlich dicker ist als das städtische, selbst wenn seins nur Telefonnummern hübscher Mädchen enthalten dürfte.

Kapitel 4

Die ganze Woche vergeht so schnell, dass ich gar nicht glauben kann, dass heute schon wieder Freitag sein soll. Es ist erstaunlich, wie schnell vierundzwanzig Stunden vorbei sein können, wenn man nur genug zu tun hat.

Tatsächlich bin ich momentan ziemlich froh darüber, dass das so ist. Denn wenn man viel zu tun hat, hat dies noch einen anderen angenehmen Nebeneffekt: Man kommt nicht dazu, sich ständig Sorgen und Gedanken über Dinge zu machen, die man ohnehin nicht ändern kann. In meinem Fall bezieht sich das weniger auf John Petterson, der für mich ohnehin nicht infrage kommt und insofern eigentlich keinen Gedanken wert ist, als auf meinen großen Bruder, der leider sehr krank ist und dem es von Woche zu Woche schlechter geht.

Samstag fahre ich nach Hause und ich weiß nicht, ob ich mich darauf freuen soll, oder ob es mir davor graut. Aber glücklicherweise habe ich auch heute keine Zeit, meine Gefühlslage diesbezüglich näher zu erforschen, denn ich bin spät dran. Viel zu spät!

Normalerweise bin ich absolut pünktlich und es kommt selten vor, dass ich mich beeilen muss. Heute allerdings war die letzte Viertelstunde, die ich noch hatte, bis ich zur Arbeit in die Bibliothek los musste, plötzlich und unerwartet vorbei. Als wäre die Zeit irgendwie schneller abgelaufen, als sie es normalerweise tut.

Zugegeben, die logischere Erklärung wäre, dass ich schlicht herumgetrödelt habe. Aber das kann natürlich auf keinen Fall sein. Ich bin super strukturiert und habe einen tollen Zeitplan. Immer.

Bis auf die Male, wo es nicht so ist …

Aber ob es nun eine Gemeinheit des Universums oder vielleicht doch meine eigene Schuld war: Fakt ist, ich bin viel zu spät dran.

Zu allem Unglück muss ich vorher auch noch in den Drugstore und eine Bestellung für meine Mutter abholen. In aller Eile laufe ich auf die altmodische, gläserne Drehtür zu. Dabei suche ich aus meiner Handtasche den Zettel für ihre dämlichen Hormonpflaster heraus, die hier sagenhafte 98 Cent günstiger sind als in ihrer Apotheke vor Ort. Was es in ihren Augen völlig rechtfertigt, mich die Dinger regelmäßig besorgen zu lassen. Und jedes Mal, wenn ich zu Hause bin, fühle ich mich irgendwie zu geschwächt, um ihr zu widersprechen.

Als ich das Rezept endlich gefunden habe und wieder nach oben schaue, schaffe ich es gerade eben noch, nicht gegen die Tür zu laufen, die stehen geblieben ist, weil sie niemand mehr dreht. Ich sollte wirklich besser aufpassen. In so einer Tür einen Unfall zu erleiden, würde aussehen wie in einer schlechteren Slapsticknummer – und vor allem wäre es unglaublich peinlich.

Zum Glück gibt es mal ausnahmsweise keine Schlange vor dem Tresen und ich bin sofort dran. Nachdem ich bezahlt habe, raffe ich mein Wechselgeld und die kleine Schachtel mit den Pflastern zusammen und stürze mich wieder in Richtung Glastür. Gleichzeitig versuche ich, all meine Habseligkeiten wieder in meiner Handtasche unterzubringen. Als ich kurz aufschaue, um sicherzugehen, dass ich die Drehtür unfallfrei passiere, sehe ich etwas auf der gegenüberliegenden Seite der Tür. Jemanden, um ganz genau zu sein. Und dieser jemand ist niemand Geringeres als Jonathan Petterson. Unsere Blicke kreuzen sich und meiner bleibt fasziniert an seinem Gesicht hängen, auf dem sich ein Lächeln ausbreitet, als er mich erkennt. So sehr ich mich auch bemühe, meinen Blick wieder von ihm abzuwenden, es klappt einfach nicht. Und dann stehe ich, sozusagen plötzlich und unvermittelt, wieder im Laden drin, statt mich auf der anderen Seite im Freien wiederzufinden. Offenbar war ich so sehr mit Glotzen beschäftigt, dass ich einfach weitergelaufen bin, anstatt die Tür zu verlassen, als ich draußen angekommen war. Diese Erkenntnis schockiert mich dermaßen, dass ich nun umgehend den nächsten blöden Fehler mache: Statt einfach weiterzugehen, bleibe ich wie erstarrt stehen. Was eindeutig keine besonders gute Idee ist, wenn man in einer sich drehenden Tür steht. Unsanft knallt in exakt diesem Moment auch schon die Tür gegen meinen Po, lässt mich nach vorne stolpern und ich falle hin. Natürlich nicht ohne vorher Kleingeld, die mütterlichen Hormonpflaster sowie meine geöffnete Handtasche fallen zu lassen.

Elende, mistverdammte Scheiße!

Was würde ich jetzt für ein Erdloch geben, in dem ich mich verkriechen und umgehend in Tränen ausbrechen könnte und aus dem ich dann nie wieder auftauchen müsste!

Aber auch meine Stoßgebete helfen nicht. Kein Loch im Boden, so weit das Auge reicht. Nur hässlicher, grauer Linoleumbelag. Und ein Paar abgewetzte, schwarze Stiefel, die sich jetzt in mein Sichtfeld schieben. Ich schaue mich noch einmal um, nur um ganz sicher zu gehen, dass ich auch wirklich kein Erdloch übersehen habe, dann fange ich hektisch an, meine Sachen wieder einzusammeln. Als Allerersten schnappe ich mir die verschiedenen Tampons, die ich immer in meiner Handtasche habe, und stopfe sie zurück, um sie außerhalb des sichtbaren Bereichs zu bringen. Albern eigentlich. Ich meine, jeder erwachsene Mensch weiß, dass Frauen so etwas eben ab und an brauchen, und trotzdem sorgt es jetzt dafür, dass ich rote Ohren bekommen. Auf die Tampons folgen zwei Lippenstifte, ein Labello und ein Puderdöschen. Dann meine Schlüssel. John hat sich ebenfalls gebückt und sammelt das Kleingeld für mich ein, das ich habe fallen lassen. Und … Oh nein, bitte nicht …

„Hormonpflaster gegen Wechseljahresbeschwerden, Hope? Bist du dafür nicht vielleicht doch ein bisschen zu jung?" Seine Augenbrauen schnellen provokant und amüsiert in die Höhe.

Ich kann mich spontan an keinen Moment erinnern, in dem ich die elende Sparsamkeit meiner Mutter mehr gehasst habe als in diesem.

„Die sind für meine Mom", murmle ich, reiße sie ihm aus der Hand und stopfe sie zu den anderen Sachen in meine Handtasche. Mit zittrigen Händen nehme ich das Kleingeld entgegen, das John mir hinhält, und bringe es diesmal sicher im Kleingeldfach meines Portemonnaies unter.

„Danke fürs Einsammeln." Ich klinge unsicher und piepsig und mir ist die ganze Situation so peinlich, dass ich mich kaum traue, ihm ins Gesicht zu sehen.

„Gern geschehen!" Seine Stimme ist tief und angenehm und wieder frei von jeglicher Belustigung. Obwohl ich mir an seiner Stelle vermutlich schon den Bauch vor lauter Lachen halten müsste. Das rechne ich ihm hoch an.

Langsam wandert mein Blick hoch und trifft wieder auf Johns, der warm und freundlich ist.

„Ist alles okay mit dir? Hast du dir wehgetan?" Er beugt sich zu mir herab und klopft Staub und Dreck von meinem schwarzen Wintermantel ab, die sich bei meinem hocheleganten Sturz dort gesammelt haben. Wenn mir die ganze Situation nicht so unendlich peinlich wäre, würde mich seine Fürsorge mit Sicherheit rühren.

„Alles in Ordnung!" Ich versuche zu lächeln und mache dann entschlossen meine Handtasche zu. „Ich habe es ein bisschen eilig. Danke noch mal für deine Hilfe!" Umgehend ergreife ich die Flucht und passiere die Drehtür diesmal ohne weitere Zwischenfälle und Peinlichkeiten. Aber ich bin kaum zwei Meter weit gekommen, als ich schwere Schritte in nicht minder schweren Stiefeln hinter mir höre.

„Hey, läufst du etwa vor mir weg?" Schon ist John neben mir.

Ähm … ja.

„Nein, bestimmt nicht. Aber ich muss in dreieinhalb Minuten in der Bibliothek sein und arbeiten." Und der Fußweg dauert in normalem Tempo von hier aus ungefähr fünf Minuten.

„Dann begleite ich dich." Er klingt so entschlossen, dass ich gar nicht erst versuche, ihm zu widersprechen. „Nur um sicherzugehen, dass es dir auch wirklich gut geht. Dein Sturz gerade sah nämlich übel aus."

„Tu, was du nicht lassen kannst." Ich empfinde die ganze Situation immer noch als entsetzlich blamabel. Zum Glück dauert der Weg bis zur Bibliothek nicht sehr lang.

„Ihr schließt um acht Uhr?"

Man muss wirklich kein Genie sein, um das herauszufinden, denn an der Tür hängt ein großes Schild mit den Öffnungszeiten. Also nicke ich nur zustimmend mit dem Kopf.

„Okay. Dann rufe ich dich später an. Nur um sicherzugehen, dass du deinen kleinen Unfall auch gut überstanden hast. Denn irgendwie habe ich ein wenig den Eindruck, dass ich daran nicht ganz unschuldig gewesen bin." In seine Augen tritt ein schelmisches, selbstgefälliges

Funkeln und ein paar Sekunden lang verspüre ich den Drang, ihm kräftig gegen sein Schienbein zu treten, damit dieses Funkeln wieder verschwindet.

„Du kannst mich gar nicht anrufen, weil du meine Telefonnummer nicht hast!“

Hah!

In meiner Stimme schwingt leiser Triumph mit.

Leider hält das Hochgefühl nur so lang an, bis John mein Handy aus seiner Jackentasche zieht.

„Das hast du vorhin liegen lassen. Ich war so frei, mich kurz damit anzurufen. Jetzt hast du meine Telefonnummer und ich habe deine.“

Mist!

Verärgert reiße ich ihm mein Telefon aus der Hand und drehe mich dann wortlos um, damit ich nicht noch später komme, als es ohnehin schon der Fall ist.

+++

Mit verschränkten Armen und einem amüsierten Lächeln schaut John Hope nach, während sie energischen Schrittes in der Bibliothek verschwindet.

Wenn er nicht ihren Blick in der Drehtür gesehen hätte, als sie ihn vorhin entdeckt hat, hätte er geschworen, dass sie ihn nicht sonderlich gut leiden kann. Aber was er da vorhin in ihrem Blick gesehen hat, weckt endgültig den Jagdinstinkt in ihm.

Und ein Anruf kostet ihn ja schließlich nichts.

+++

Kapitel 5

Mit dem Handy in der Hand stehe ich frierend vor der Tür und will mich nicht bewegen, weil ich Angst habe, irgendetwas von dem, was er sagt, nicht mitzubekommen, wenn ich mich bewege. Die vernichtenden Diagnosen, die Mike heute bekommen hat, müssen auch so schon schlimm genug für ihn sein. Ich will ihm auf keinen Fall zumuten, irgendetwas davon ein zweites Mal erzählen zu müssen.

Am liebsten würde ich sofort heimfahren, aber der letzte Bus ist schon vor einer Stunde gefahren und der nächste fährt erst morgen früh wieder. Mit klappernden Zähnen schreibe ich Valerie eine SMS, vielleicht will sie morgen ja auch nach Hause und wir können zusammen mit ihrem Auto fahren. Heute hat sie einen Termin, aber ich weiß, dass sie das Wochenende frei hat.

Ich friere immer noch. Nicht mehr nur aufgrund der eisigen Winterluft. Die Kälte, die ich empfinde, kommt irgendwo aus meinem Inneren.

Ich bin so unendlich müde und erschöpft heute. Als ich mich die vielen Stufen bis zu meinem Zimmer hinaufschleppe, komme ich mir vor wie eine alte Frau. Wie eine uralte Frau. Eine Greisin, kurz bevor sie aus dem irdischen Dasein scheidet. Zutiefst ausgelaugt schließe ich die Tür zu meinem Zimmer auf. Kammer wäre vermutlich der bessere Begriff. Der Raum ist winzig. Mit Bett, Schreibtisch und Bücherregal, dem Schrank, dem Waschbecken und dem kleinen Nachttisch ist er so voll, dass man umgehend Atemnot und klaustrophobische

Anfälle darin bekommen könnte. Zumindest, wenn man dazu neigen würde.

Trotzdem ist es eines der beliebtesten Zimmer im ganzen Studentenwohnheim, weil es nämlich eines der ganz wenigen Einzelzimmer ist. Und ich habe es nur bekommen, weil diejenige, die an der Uni für die Verteilung der Zimmer zuständig ist, eine alte Schulfreundin meiner Mutter ist.

Eigentlich würde ich jetzt gern duschen gehen, so heiß, dass ich es gerade so ertragen kann und so lang, dass alles an mir schrumpelig wird. Aber irgendwie fehlt mir die nötige Energie, um mich über den halben Flur bis in die Gemeinschaftsduschen zu schleppen.

Also ziehe ich mich langsam aus, schlüpfe in meinen warmen Flanellschlafanzug mit den rosa Wölkchen drauf, den ich immer dann trage, wenn sich das Leben grausam und gemein anfühlt. Müde putze ich meine Zähne und lege mich ins Bett.

Der Versuch, meine Augen zu schließen und an nichts zu denken, schlägt ziemlich schnell fehl. So erschöpft ich auch sein mag, ich kann einfach keine Ruhe finden. Außerdem fühle ich mich einsam. Ausnahmsweise bedaure ich einmal, keines der vielen Doppelzimmer im Wohnheim zu haben.

Einen Moment lang fühle ich mich so einsam und verlassen, dass ich mit den Tränen kämpfen muss. Dann klingelt mein Handy. Die angezeigte Nummer kenne ich nicht. Ich will auch gar nicht drangehen, weil mir, trotz des Gefühls des Alleinseins, nicht danach ist, mit jemandem zu sprechen.

Eher aus Reflex drücke ich trotzdem auf den Annehmen-Knopf und weil es viel zu unhöflich wäre, dann gleich wieder aufzulegen, halte ich das Telefon widerwillig an mein Ohr.

„Hallo?“ Meine Stimme klingt kalt und abweisend.

„Hi!“, kommt von der anderen Seite samtweich zurück und es dauert einen Moment, bis mein müder Verstand zugeordnet hat, wer dran ist.

„Hey, John!“ Ohne dass ich das heute Abend für möglich gehalten hätte, macht sich plötzlich ein Lächeln auf meinem Gesicht breit. Dass er anrufen wollte, hatte ich völlig vergessen. Und dass ich mich jetzt darüber freue, erstaunt mich gerade selbst.

+++

„Hi“, wiederholt John noch einmal, was zugegebenermaßen nicht besonders einfallsreich ist. „Ich hatte doch versprochen, anzurufen.“ Das ist auch nicht wesentlich kreativer und vom anderen Ende der Leitung kommt nichts als erwartungsvolles Schweigen. Plötzlich nervös knetet John seinen rechten Oberarm mit der linken Hand. „Also, hier bin ich.“

Mach nur so weiter, Junge, und sie ist gleich vor Langeweile eingeschlafen.

Kurz schließt er die Augen und startet einen neuen Versuch. „Du klingst müde. Geht es dir gut? Was machen deine Drehtürverletzungen?“

Das ist doch schon besser. Es ist aufmerksam und sie ist gezwungen zu antworten.

„Ja, es geht mir gut. Danke!“ Ihre Antwort kommt wie aus der Pistole geschossen. Dann macht sie wieder einen Moment Pause. Er hört sie zweimal tief einatmen, bevor sie fortfährt. „Nein, eigentlich geht es mir nicht gut, wenn ich ganz ehrlich sein soll. Ich hatte einen furchtbaren Arbeitstag und einen noch furchtbareren Anruf. Aber zumindest ernsthaft verletzt habe ich mich nicht.“

„Oh, Verzeihung. Soll ich lieber wieder auflegen?“

„Nein, bitte nicht. Ich dachte, Telefonieren wäre heute Abend gar nichts für mich, aber gerade tut es gut, deine Stimme zu hören."

John muss lächeln.

Na, sieh mal einer an. Die Eisprinzessin hat also doch eine weiche Seite.

„Magst du reden, über deinen Tag?"

„Nein, ich glaube eher nicht."

Aus dem Hintergrund hört John das leise Rascheln von Stoff.

„Liegst du schon im Bett?" Der Gedanke gefällt ihm besser, als er sich eingestehen mag.

„In meinem Zimmer gibt es kaum einen anderen Platz. Da bleibt nur die Wahl zwischen Bett oder Schreibtischstuhl."

„Ist dein Schreibtischstuhl vielleicht kurz davor kaputtzugehen?"

Ein leises, glucksendes Lachen erklingt, das ihm gut gefällt.

„Das ist er tatsächlich. Woher weißt du das?"

„Ich weiß es nicht. Ich hatte es nur gehofft. Wenn er kaputt ist, dann komme ich dich mal besuchen."

Beinah kann er hören, wie ihre Gedanken rattern. Dann lacht sie wieder.

„Du meinst, weil dann die einzige Sitzmöglichkeit mein Bett ist?"

Jetzt ist es John, der leise lacht. „Du bist ein schlaues Mädchen, Hope."

„Das bin ich in der Tat. Es ist aber schön, dass auch du diese Tatsache zu erkennen scheinst."

Schmunzelnd fährt er sich mit einer Hand über die Augen. „Verrätst du mir, was du gerade anhast?" Kaum, dass er es ausgesprochen hat, ist es ihm auch schon unangenehm.

Solche plumpen Aufreißersprüche, John? Sie ist keine von deinen dummen Groupies!

Einen Moment lang hat er Sorge, Hope könnte vielleicht einfach auflegen. Aber stattdessen gibt sie ein amüsiertes Schnauben von sich.

„Das willst du nicht wirklich wissen, glaub mir."

„Sag mir jetzt nicht, dass du nackt bist …" Ohne es zu wollen erscheinen Bilder von ihr vor seinem inneren Augen. Hope, die sich lasziv in ihrem Bett rekelt, mit nichts bekleidet als mit diesen sexy Strümpfen mit dem kleinen Spitzenabschluss, die Frauen manchmal tragen. Sofort wird er hart.

Wieder hört er dieses süße Lachen.

„Du willst wirklich nicht wissen, was ich gerade anhabe. Glaub mir."

„Du bist also wirklich nackt?" Seine Stimme rutscht eine ganze Oktave tiefer.

„Ähm … Nein. Definitiv nicht."

„Also verrätst du mir nun, was du trägst?" Beinah bettelt er jetzt.

„Einen Pyjama. Mit rosa Wölkchen. Und lila Sternchen."

Jetzt ist es an John, in Gelächter auszubrechen.

„Nicht dein Ernst, oder?"

„Doch. Ich schwöre es." Jetzt klingt sie eindeutig verlegen und er stellt sich vor, wie sie ein kleines bisschen errötet. Und perverserweise findet er den Gedanken daran, wie sie in so einem Schlafanzug im Bett liegt, ein bisschen verlegen und mit einem Hauch von Schamesröte im Gesicht, absolut hinreißend. Ein breites Lächeln stiehlt sich auf sein Gesicht.

Dann hört er sie gähnen.

„Bist du sehr müde? Soll ich dich lieber in Ruhe lassen?"

„Nein, bitte …“ Sie seufzt tief. „Es tut gut, mit jemandem zu sprechen. Mit dir zu sprechen. Kannst du mir einfach ein bisschen von deinem Tag oder von mir aus auch von deinem halben Leben erzählen?“ Wieder gibt sie dieses niedliche Seufzen von sich und diesmal lächelt John so sehr, dass ihm die Wangen davon wehtun.

„Leider bin ich nicht der geborene Redner. Aber wenn du möchtest, dann kann ich dir ein paar Songs vorspielen, wie wäre das?“

„Wundervoll“, haucht sie durch das Telefon und seine Wangen beginnen noch mehr zu schmerzen.

„Warte kurz, ich stelle dich auf Lautsprecher, dann habe ich die Hände frei!“

+++

Einen Moment lang höre ich es in der Leitung rascheln, dann kommen die ersten Klänge seiner Gitarre durchs Telefon.

Und dann beginnt er zu singen. Seine Stimme ist tief und voll und zum ersten Mal an diesem bisher so bescheidenen Tag wird die Gänsehaut auf meinem Körper nicht durch die niedrigen Temperaturen verursacht. Und ein bisschen später wird mir sogar zum ersten Mal an diesem Abend warm.

Seine Stimme scheint mich zu umhüllen, wie es ein warmer Mantel tun würde. Tief seufzend kuschle ich mich tiefer unter die Bettdecke. Der Moment ist merkwürdig intim angesichts der Tatsache, dass wir nur über die Telefonleitung miteinander verbunden sind.

Als das Lied vorbei ist, räuspert John sich.

„Soll ich noch eins für dich spielen?“, fragt er ein bisschen unsicher.

„Ja, bitte. Das ist wunderschön, weißt du das?“ Ich höre sein zufriedenes Lachen. „John?“

„Ja?“

„Es ist so wunderschön ... und so beruhigend. Bitte nicht böse sein, wenn ich gleich eingeschlafen sein sollte, ja?“

Beinah kann ich hören, wie er lächelt.

„Hast du manchmal Schwierigkeiten damit, einzuschlafen?“

„In letzter Zeit häufig“, gebe ich zu.

„Soll ich für dich spielen, bis du schläfst?“

„Würdest du das tatsächlich machen?“

„Wenn du möchtest, dann sehr gern!“

„Das wäre toll.“

„Okay.

Ohne ein weiteres Wort zu verlieren, spielt John das nächste Lied. Dann das übernächste. Und dann noch eins.

Als ich eine Stunde später wieder aufwache, spielt er noch immer für mich.

Und ich fühle mich gar nicht mehr einsam.

Kapitel 6

Am nächsten Morgen werde ich davon geweckt, dass jemand gegen meine Tür klopft.

Müde ziehe ich mir die Decke über mein Gesicht, drehe mich um und beschließe, das nervige Geklopfe einfach zu ignorieren.

„Dornröschen, aufwachen!" Valeries hoher Sopran klingt durch die Tür seltsam verzerrt, aber ich erkenne sie trotzdem sofort. Ich weiß, dass ich nicht den Hauch einer Chance haben werde, einfach weiterzuschlafen. Widerwillig, aber umgehend schiebe ich die Bettdecke zur Seite, schlüpfe in meine Hausschuhe und schlappe, mir die Augen reibend, zur Tür.

Mit verschränkten Armen steht Val davor und lächelt. Ihre dunklen Haare hat sie zu einem Pferdeschwanz gebunden, ihre Wangen sind rosig, ihre blauen Augen strahlen, Make-up und Kleidung sind perfekt aufeinander abgestimmt und gerade hasse ich sie.

Wie kann man nur um diese Uhrzeit schon so aussehen und auch noch so gute Laune haben?

„Soll ich dich mit nach Hause nehmen?" Gut gelaunt lächelt sie mich an.

„Komm rein", murmle ich, nachdem ich sie noch einen Moment länger griesgrämig gemustert habe. Ich putze mir die Zähne, während Val es sich auf meinem Bett bequem macht. Nachdem sich der Geschmack in meinem Mund von verwestem Pelztier auf minzfrisch verändert hat, drehe ich das kalte Wasser an und schaufle es mir mit beiden Händen ins Gesicht. Ich habe die Hoffnung, dass meine Wangen dann wenigstens annähernd den rosa Farbton annehmen, den die von Valerie aufweisen. Ein Blick in den Spiegel verrät mir aber, dass auch das kalte Wasser heute Morgen nicht viel ausrichten kann.

„Habe ich Zeit für eine Dusche?“ Ich habe das Gefühl, ohne diese gleich wieder einschlafen zu müssen.

„Klar. Ich habe dreißig Minuten für dich eingeplant. Reicht dir das?“

Nickend suche ich ein paar Sachen aus meinem Schrank, während Val ein Buch aus ihrer kleinen Reisetasche zieht, die sie wohl fürs Wochenende gepackt hat.

Ich ziehe meinen alten, hässlichen rosa Bademantel über, den meine Oma mir zu Weihnachten geschenkt hat, als ich vierzehn war. Zu meinem Leidwesen war er zu diesem Zeitpunkt eine Nummer zu groß für mich und ich bin auch nicht mehr wirklich viel gewachsen, sodass mir das hässliche Mistding immer noch passt. Und wer gibt schon Geld für einen neuen Bademantel aus, wenn er einen passenden hat, der seinen Zweck völlig erfüllt?

Zumindest ist er warm. Und bei warm fällt mir ein, dass unter dem Bett auch meine Häschenpantoffeln stehen müssen. Unter Vals ungläubigem Blick, der von einem Kopfschütteln begleitet wird, ziehe ich mir die Dinger an die Füße.

„So wirst du wirklich noch das coolste Mädchen des Jahrgangs …“ Beinah angewidert betrachtet sie die süßen, rosa Häschen an meinen Füßen.

„Zumindest werde ich so *nicht* das erkältetste Mädchen des Jahrgangs!“ Leicht gereizt gehe ich zur Tür und knalle sie hinter mir zu.

Weit komme ich nicht. Denn während ich entzückt die kleinen Hasis an meinen Füßen betrachte, die bei jedem

Schritt mit ihren rosa Öhrchen wackeln, schiebt sich plötzlich ein Hindernis in meinen Weg.

Ich bin ein wenig verärgert, als mein Blick von meinen Plüschhausschuhen zu den abgewetzten Militärstiefeln meines Gegenübers wechselt. Größer könnte der Kontrast kaum sein. Mein Blick wandert weiter hinauf, zu einem Paar Jeans, einem Nietengürtel, einem schwarzen Shirt mit einem mir unbekannten Bandlogo und einer Lederjacke. Bereits bevor ich beim Kopf der Gestalt angekommen bin, die mir den Weg versperrt, merke ich, dass mein Gesicht vermutlich gerade feuerrot anläuft.

„John ... Was machst du denn hier?“ Völlig verlegen zupfe ich an meinem Bademantel herum. Wenigstens habe ich meine Zähne schon geputzt!

Er mustert mich und lacht kurz auf.

„Ich halte Ausschau.“

„Wonach denn?“ Ich höre mich an wie ein erbarmungsloser Trottel.

Grinsend streift sein Blick meine Pantoffeln.

„Ich halte Ausschau nach kleinen Häschen.“ Nach einem Blick in mein Gesicht setzt er deutlich ernster hinzu: „Nach ziemlich heißen, um genau zu sein.“

Einen kurzen Augenblick lang halte ich die Luft an. Dann überkommt mich ein plötzlich auftretender Anfall völlig übersteigerten Selbstbewusstseins.

„Hast du ein Glück. Hier bin ich!“ In manchen Situationen hilft eben nur die Flucht nach vorn.

Jonathan mustert mich, sein Gesichtsausdruck ist gänzlich unergründlich.

„Ich bin ein absoluter Glückspilz. In der Tat. Wenn du nicht gekommen wärst, hätte ich sonst noch den ganzen Tag suchend über diesen Flur irren müssen.“

Bevor ich mir eine adäquate Antwort zurechtlegen kann, öffnet sich meine Zimmertür und Valerie streckt neugierig ihren Kopf heraus.

Ihr Blick wandelt sich von erstaunt zu erfreut zu … mir fällt kein anderes Wort als *verschlagen* ein. Innerlich schicke ich ein Stoßgebet zum Himmel, dass sie in ihrem Wahn, mich verkuppeln zu müssen, jetzt bloß keinen Blödsinn macht.

„Hallo, John!", sagt sie und zieht dabei die Wörter so in die Länge, als hätte sie uns bei etwas Unanständigem erwischt.

„Valerie." Grinsend und mit verschränkten Armen verbeugt John sich knapp.

„Hope, wenn ich dich mitnehmen soll, musst du dich beeilen …"

Brav trotte ich los und lasse John erbarmungslos in den Klauen des Bösen zurück. Mir ist gerade alles recht, um ihm zu entkommen. In diesem schrecklichen Outfit.

Im Waschraum angekommen beeile ich mich trotzdem. Ich dusche kurz, schminke mich in Höchstgeschwindigkeit, springe in meine Klamotten und sehe zu, dass ich zurück zu meinem Zimmer komme. Wer weiß, was Valerie ihm in der Zwischenzeit sonst alles erzählt.

Als ich den Gang zu meinem Zimmer entlang sprinte, steht Valerie noch immer in der geöffneten Tür und John scheint sich gerade zum Gehen zu wenden. Kaum hat er mich entdeckt, kommt er lächelnd auf mich zu. Er beugt sich zu mir herunter und haucht einen Kuss auf meine Schläfe.

„Wir sehen uns heute Abend!", flüstert er in mein Ohr. „Mein heißes Häschen!"

Fassungslos starre ich ihm hinterher, bis er, im Weggehen noch einmal lässig winkend, im Treppenhaus verschwunden ist.

Kapitel 7

Valerie lehnt im Türrahmen und scheint sehr mit sich zufrieden.

Ich drängle mich an ihr vorbei und schmeiße meinen Schlafanzug und meinen Bademantel aufs Bett. Meine Füße stecken immer noch, oder vielmehr schon wieder, in meinen Häschenpantoffeln.

„Valerie ..." Meine Stimme ist ganz ruhig, aber gefährlich leise. „Was soll das bedeuten, wenn John zu mir sagt, dass wir uns heute Abend sehen?"

Meine Freundin ist hinter mir ins Zimmer gekommen und überprüft jetzt ihr Make-up im Spiegel über meinem Waschbecken. Als sie sich langsam wieder zu mir umdreht, wirkt sie beinah gelangweilt.

„Vermutlich soll das heißen, dass ihr euch heute Abend seht. So würde ich diesen Satz zumindest interpretieren." Jetzt betrachtet sie interessiert den Lack auf ihren Fingernägeln.

Statt einer Antwort schnaube ich wütend. Ich kann es nicht leiden, wenn sie sich so dumm stellt. Vermutlich nicht zuletzt deshalb, weil das eine Taktik ist, die ich selbst so gern verwende.

„Valerie! Würdest du jetzt bitte die Güte haben, mir zu erzählen, was du über meinen Kopf hinweg mit John vereinbart hast?"

Seufzend lässt sie ihre Arme fallen, sodass sie ihre Aufmerksamkeit endlich mir statt ihren dämlichen Fingernägeln zuwenden kann.

„Wir haben uns unterhalten. Du warst ja duschen und ich wollte nicht unhöflich sein … Er hat gefragt, ob ich weiß, was du heute Abend machst. Worauf ich geantwortet habe, dass du mit mir auf deinen heiß geliebten Wintermarkt in Auburn gehen wirst."

„Aha." Von diesem Umstand habe ich bis gerade eben nichts gewusst, weil ich diesen verdammten Jahrmarkt nicht ausstehen kann. Aber Valerie versucht mich jedes Jahr dorthin zu locken. Und so wie es aussieht, wird sie dieses Jahr ausnahmsweise erfolgreich sein.

„Ja, aha!", äfft sie mich nach und schneidet eine Grimasse. Statt ihr böse zu sein, muss ich lachen. Auch Valerie lacht nun, bevor sie fortfährt: „Der liebe Johnnyboy war gleich Feuer und Flamme, als ich ihm davon erzählt habe und wird uns begleiten. Er bringt sogar einen Bandkollegen als Date für mich mit!"

Kopfschüttelnd gehe ich an meinen Kleiderschrank und schmeiße ein paar Sachen für das Wochenende in eine kleine Reisetasche.

Ein von Valerie organisiertes Doppeldate! Wenn ich überhaupt davon zu träumen gewagt hätte, dann hätte ich mir mein nächstes Treffen mit John vermutlich ein bisschen anders vorgestellt. Aber was soll's. Manchmal muss man im Leben eben nehmen, was man bekommt. Im Falle von Jonathan Petterson sehe ich das ganz pragmatisch. Und Valerie scheint das ähnlich zu sehen, denn in diesem Moment beginnt sie freudig zu kreischen, reißt mich zu sich herum und fällt mir um den Hals.

„Hope, du hast heute ein Date mit John Petterson! Scheiße, der ist der heißeste Kerl weit und breit hier und du hast ein Date mit ihm!"

Um ganz ehrlich zu sein, erstaunt mich das mindestens ebenso sehr wie sie. Auch damit, dass John wirklich heiß ist, muss ich ihr recht geben. Allerdings hätte ich in dieser Angelegenheit trotzdem ganz gern ein bisschen Mitspracherecht gehabt.

„Ob er wohl seine Gitarre mitbringt und für uns singt? Ich habe ihn noch nie singen hören!“

Ich schon!

Aber das verrate ich ihr nicht. Sie muss ja nicht immer alles wissen.

„Hi, Mom!“ Meine Mutter steht schon in der geöffneten Haustür, als ich bei Val aus dem Auto steige, die Arme verschränkt, und blickt vorwurfsvoll drein.

„Hope. Schön, dass du dich auch mal wieder blicken lässt!“

Ich verdrehe die Augen und erst, als es schon zu spät ist, fällt mir ein, dass wir nicht telefonieren, sondern dass sie direkt vor mir steht. Und es sehen kann.

Mist!

„Junges Fräulein, ich möchte doch um etwas mehr Respekt bitten!“

Es ist komisch, dass sie es schafft, ganz leise zu sprechen und trotzdem so eindringlich zu sein, dass ich mich fühle wie ein kleines Mädchen, dem man gerade eine Ohrfeige verpasst hat. Fast wäre ich sogar zusammengezuckt.

„Es tut mit leid, Mom“, murmle ich und höre mich jetzt auch so an wie ein kleines Mädchen, dem man eine Ohrfeige verpasst hat.

Zu Hause ist es traurig und anstrengend. Mikes schlechter Zustand ist für keinen von uns einfach, am wenigsten für ihn selbst. Zusehen zu müssen, wie jemand, den man liebt, immer weniger wird und nicht zu wissen, ob es eine Rettung für ihn geben wird, ist wirklich heftig. Seit einem halben Jahr muss er dreimal in der Woche zur Dialyse, was anstrengend und zeitraubend ist. Wenn er von dort wiederkommt, ist er meist völlig erledigt und schläft anschließend den halben Tag. So wie beinah immer, wenn er doch mal etwas unternommen hat. Am Tag nach der Dialyse geht es ihm dann halbwegs gut, am nächsten Tag schon wieder weniger, weil es sein Körper einfach nicht mehr schafft, die Schadstoffe aus seinem Blut herauszufiltern. Und dann muss er schon wieder zur nächsten Dialyse und alles geht von vorne los. Langfristig wird ihn nur eine Spenderniere retten können, aber bis er eine bekommt, kann es eine ganze Weile dauern. Jahre.

Meine Eltern und ich haben uns schon testen lassen, als es vor über einem Jahr anfing, Mike immer schlechter zu gehen. Mein Dad und ich haben die falsche Blutgruppe, bei den Tests kam es zu Kreuzreaktionen. Meine Mom hat durch einen Autounfall, den sie als Kind hatte, selbst nur noch eine Niere, auch sie kann deshalb nicht spenden.

Als mein vierundzwanzigjähriger Bruder krank wurde, musste er sein Studium abbrechen und wieder bei unseren Eltern einziehen. Und während er früher sportlich war, immer aktiv und voller Energie, bewegt er sich jetzt wie ein alter Mann. Und eigentlich führt er auch das Leben eines alten Mannes. Sein Leben wird sich erst dann wieder bessern, wenn jemand mit den passenden Werten stirbt und ihm ein Organ spendet. Da ist es ja beinah schon pervers zu hoffen, dass er möglichst schnell eine neue Niere bekommt. Denn was ihm letztendlich das Leben retten wird, wird für einen anderen Menschen den Tod bedeuten. Und für eine andere Familie eine Tragödie darstellen.

Eine Weile setze ich mich zu ihm ins Zimmer und wir unterhalten uns ein bisschen, aber er wird schnell müde. Den Rest des Tages verbringe ich vor dem Fernseher, weil meine Mutter mit irgendwelchen Telefonaten beschäftigt ist, während mein Vater die Garage aufräumt.

Obwohl meine Eltern mich den halben Tag kaum beachtet haben, sind sie trotzdem nicht gerade begeistert, als ich abends verkünde, dass ich gleich wieder verschwinden und auch nicht über Nacht zu Hause bleiben werde.

Meine Familie hat schon immer sehr eng zusammengehalten. Als Kind fand ich das total toll, wir waren alle immer füreinander da, haben unsere freie Zeit fast ausschließlich gemeinsam als Familie verbracht. Nicht so wie bei manchen anderen, wo alle nur so nebeneinander herlebten. Andererseits waren meine Eltern immer sehr streng mit uns. Vor allem meine Mom war immer sehr dominant und hat stark über uns bestimmt. Je älter Mike und ich wurden, desto schwieriger wurde es. Und manchmal denke ich, meine Eltern haben einfach nicht verstanden, dass wir mittlerweile erwachsen sind. Was mir früher Sicherheit gegeben hat, engt mich heute ein.

Ich bin froh, dass die Uni so weit weg ist. Meine Eltern hätten mich sonst niemals zu Hause ausziehen lassen. Natürlich kann ich theoretisch machen, was ich will. Ich bin schließlich volljährig. Trotzdem fühle ich mich meiner Familie gegenüber irgendwie verpflichtet. Es ist schließlich meine Familie. Und sie alle, Mom, Dad und Mike, sind mir wichtig.

Das hält mich aber trotzdem nicht davon ab, heute Abend wegzugehen. Zum einen fällt mir hier zu Hause sonst die Decke auf den Kopf, zum anderen habe ich ein Date. Ein Date mit Jonathan Petterson!

„Hast du genug gegessen, Schatz? Und setz dir eine Mütze auf, es ist kalt draußen." Wie immer dringt die Stimme meiner Mutter trotz ihrer geringen Lautstärke zu mir durch, als würde sie direkt in meinem Kopf sitzen.

Mit Absicht lasse ich die Mütze am Haken hängen.Wenn sie mich wie ein kleines Kind behandelt, dann will ich auch mal wie eins reagieren. Außerdem trage ich das blöde, kratzende Ding sowieso fast nie.

Bevor ich die Tür hinter mir schließen kann, kommt Mom noch einmal hinter mir her und hält mich auf. Dann drückt sie mir etwas in die Hand.

„Hier", flüstert sie theatralisch. „Weil du doch immer meine Pflaster für mich besorgst."

Nachdem ich die Haustür hinter mir zugezogen habe und betrachte, was sie mir gegeben hat, weiß ich nicht, ob ich lachen, schreien oder weinen soll.

In meiner Hand liegt ein Eindollarschein sowie eine halb darin eingewickelte Fünfzigcentmünze. Einen Moment lang kann ich diese Summe nicht zuordnen, aber dann fällt es mir ein: Es ist mein Anteil an der Ersparnis aus den letzten drei Malen Hormonpflaster kaufen. Die Hälfte, großzügig aufgerundet. Fehlt nur, dass sie mir sagt, ich soll nicht alles auf einmal ausgeben.

Kapitel 8

Valerie holt mich wieder mit dem Auto ab, und als ich bei ihr einsteige, atme ich erleichtert auf. Umgehend stellt sich das schlechte Gewissen bei mir ein, denn im Gegensatz zu mir kann Mike nicht einfach verschwinden, wenn ihm alles zu viel wird. Er ist in seinem Körper gefangen und im Haus mit meinen Eltern. Wenn meine Mom zu Hause ist, dann ist die Stimmung besonders schlimm. Es ist fast so, als wäre sie diejenige, die krank ist und nicht mein Bruder.

Manchmal kommt es mir so vor, als würde sie in einer grauen, mächtigen Wolke aus Depression und Pessimismus alles ersticken. Dabei wirkt sie selbst so ohnmächtig und zerbrechlich, dass man sich in ihrer Gegenwart kaum traut, auch nur die Stimme zu erheben.

Wenn ich genauer darüber nachdenke, habe ich die meiste Zeit bei meinen Eltern tatsächlich nur geflüstert. So, als wäre gerade jemand gestorben. Irgendwie ist das abartig. Mit einem Seufzen nehme ich mir vor, mit Mike in Zukunft nur noch extra laut zu sprechen. Der Ärmste muss sich ja fühlen, als läge er bereits auf seinem Sterbebett. Ich hätte an seiner Stelle schon längst zusätzlich ein Magengeschwür bekommen, wenn ich den ganzen Tag mit meiner Mutter zusammenleben müsste.

Mit einem weiteren tiefen Seufzen beschließe ich, meinen großen Bruder mal wieder etwas mehr aufzumuntern, wenn ich das nächste Mal zu Hause bin.

„Alles okay mit dir?" Valerie wirft mir einen besorgten Seitenblick zu.

„Ja, mir geht's gut. Nur Mike leider nicht so besonders. Und meine Mutter macht die ganze Situation leider auch nicht unbedingt viel besser."

„Wenn ich mit deiner Mutter länger als einen halben Tag im selben Haus zusammenleben müsste, würde ich auch krank. Glaub mir."

Ich muss lachen.

„So schlimm ist sie auch nicht. Sie macht sich halt Sorgen."

„Was allerdings verständlich ist", fügt Valerie jetzt versöhnlich hinzu.

„Ja, ist es wirklich." Auch ich mache mir Sorgen. Ganz schreckliche sogar. Und eigentlich sollte ich mich stattdessen lieber auf mein heutiges Date freuen, aber ich kann einfach meinen Kopf nicht richtig freibekommen. Auch die halbstündige Fahrt nach Auburn hilft da nicht.

Als wir anhalten und aussteigen, bleibt Valerie kurz vor mir stehen und betrachtet mich eingehend.

„Du siehst wunderhübsch aus heute Abend!" Dann streicht sie mit dem Daumen über meine Stirn und über meine Augenbrauen. „Aber die Sorgenfalten, die solltest du wirklich lieber hier lassen."

Ich muss lächeln und fühle mich gleich ein bisschen besser.

Die vermutlich wenig schmückenden Sorgenfalten sind keine Sekunde zu früh aus meinem Gesicht verschwunden. Als ich mich umdrehe, sehe ich John über den Parkplatz stapfen, beide Hände tief in den Jackentaschen vergraben. Sein dunkles Haar ist hinten und an den Seiten kurz, während es auf seinem Kopf in alle Richtungen absteht. Er trägt eine schwarze Wolljacke, einen dunkelgrauen Schal, dunkle Jeans und seine Boots.

Trotz seiner heute eher seriösen Kleidung sieht er immer noch aus wie ein klassischer böser Junge.

Meine Mutter würde einen Ohnmachtsanfall bekommen, wenn sie wüsste, dass ich mit so einem Kerl ein Date habe!

Der Gedanke erfüllt mich irgendwie mit kindlicher Freude.

Während John stur geradeaus geht, weichen ihm die Leute aus, als wäre es ganz selbstverständlich. So, als hätte er jedes Recht dazu, nicht nach links und rechts zu schauen, wenn er irgendwo entlangläuft. Und wenn ich ihn so von hier aus betrachte … Er ist wirklich sehr beeindruckend. Groß und ein bisschen … dunkel. Verwegen und gefährlich. Sein Selbstbewusstsein und seine Kraft umgeben ihn wie ein Schild. Dennoch habe ich ihn auch schon von einer ganz anderen Seite kennengelernt. Wenn ich daran denke, wie lang er gestern für mich gespielt und gesungen hat, wird mir ganz warm ums Herz.

In dem Moment, in dem er mich sieht, verändert sich sein Gesichtsausdruck und die entschlossene, beinah grimmige Miene macht einem breiten Lächeln Platz.

„Hallo, meine Schöne!“ Er beugt sich zu mir herunter und, genau wie heute Morgen, küsst er meine Schläfe.

„Hi“, erwidere ich mit piepsiger Stimme, räuspere mich und versuche es dann noch einmal. „Schön, dass du da bist.“

In gespielter Ergebenheit macht er eine tiefe Verbeugung.

„Das Vergnügen ist ganz meinerseits, holde Maid.“ Als er sich wieder aufrichtet, haben sich auf seinen beiden Wangen Grübchen gebildet und seine dunkelbraunen Augen funkeln schelmisch. Für einen Moment sehe ich nichts als diese unglaublichen, braunen Augen und sein Blick hält den meinen gefangen. Keine Ahnung, wie lang er so dasteht, erst als Valerie sich neben uns deutlich hörbar räuspert, lösen sich unsere Blicke wieder voneinander.

„Oh, Verzeihung!“ Erneut macht er eine Verbeugung, diesmal aber deutlich knapper ausfallend und in Vals Richtung. „Mylady, darf ich Ihnen Ihre Begleitung für den heutigen Abend vorstellen? Valerie, dies ist Frank, Frank, das hier ist Valerie.“ Er schiebt Valerie in die Richtung einer zweiten ganz in Schwarz gekleideten Gestalt, die mir vorher gar nicht aufgefallen war. Vermutlich, weil ich wie ein liebeskranker Guppy nur Augen für Jonathan hatte.

Ein kurzer Blick zu Valerie zeigt mir, dass sie mit ihrem Date für den heutigen Abend einverstanden zu sein scheint, denn sie lächelt überaus zufrieden.

„Wollen wir los?“ Valerie sieht uns erwartungsvoll an.

Natürlich wollen wir.

Das Gedränge auf dem kleinen Jahrmarkt erstaunt mich, wann immer ich gezwungen werde, hier mal hinzugehen. Es ist fast immer schon lausekalt um diese Jahreszeit. Es heißt ja auch nicht umsonst Wintermarkt. Obwohl – eigentlich doch. Es ist schließlich erst November. Kalendarisch beginnt der Winter erst viel später … Aber so kalt wie im Winter ist es trotzdem schon. Kein vernünftiger Mensch würde seine freie Zeit mit Karussells, Schießbuden und Essenswagen verbringen. Aber ganz offenkundig sind erstaunlich viele Leute keine vernünftigen Menschen oder aber ich leide an so etwas wie einem völlig verzerrten Vernunftsgefühl.

Und es ist nicht nur die Kälte, die mich davon abhält, den Wintermarkt zu besuchen: Auf diesem verdammten Jahrmarkt treibt Vivian Anni ihr Unwesen. Wie eigentlich überall hier, wenn etwas los ist. Und diese Person ist der Albtraum meiner Kindheit und Jugend. Hübsch, beliebt, aber in meinen Augen nichts als ein strohdummes

Flittchen. Nicht nur, dass sie mir in der achten Klasse meine Jugendliebe ausgespannt hat, sie hatte es auch immer auf mich abgesehen und jede Gelegenheit genutzt, sich hemmungslos über mich lustig zu machen. Meine brave Kleidung, mein eher unscheinbares Äußeres, meine damals ... na, nennen wir es mal jugendliche Problemhaut. Irgendetwas hat sie immer gefunden, und wenn ihr nichts Neues eingefallen ist, dann hat sie meine geringe Oberweite mal wieder in den Mittelpunkt ihrer Hänseleien gestellt. Dafür habe ich sie jedes Mal verpfiffen, wenn sie während Klassenarbeiten von mir abschreiben wollte. Prinzipiell bin ich ein sehr sozialer Mensch, aber irgendwann ist einfach mal eine Grenze erreicht. Natürlich hat das ihre Hänseleien nicht gerade vermindert ... und dann ging das Spiel wieder von vorne los. Kurzum: Vivian Anni und mich verbindet eine uralte, tief verwurzelte Feindschaft, bei der ich stets das Gefühl hatte, den Kürzeren zu ziehen. Irgendwie hat sie mir immer erfolgreich Angst gemacht. Was zugegebenermaßen nicht schwer ist, weil ich einfach ein ziemlicher Angsthase bin und weil ich gegen ihr prall gefülltes Shirt, ihren unglaublich perfekten Teint und ihre blauen Kulleraugen nie so richtig anstinken konnte.

Natürlich habe ich mittlerweile etwas aus mir gemacht, ich studiere, während sie als Bedienung in einem Diner nahe dem Highway arbeitet. Ich meine damit nicht, dass das ein schlechter oder unehrenhafter Job ist, ganz im Gegenteil. Aber es ist vielleicht nicht unbedingt das, was man sich als Lebensperspektive so erträumt.

Betrachtet man also heute den momentanen und den hypothetischen zukünftigen Verlauf unserer beider Leben, so hat eigentlich eindeutig sie die Arschkarte gezogen und ich hätte allen Grund, von oben herab gnädig auf sie hinunterzulächeln.

Leider gelingt mir das nicht. Denn jedes Mal, wenn ich ihr begegne, fühle ich mich wieder wie eine unsichere, hässliche Vierzehnjährige. Ein Blick aus ihren babyblauen Augen und ein verächtliches Verziehen ihres hübschen, rosigen Schmollmundes reichen noch immer aus, damit ich mich minderwertig und uncool fühle.

Also vermeide ich es nach Kräften, sie irgendwo zu treffen. Der blöde Wintermarkt war mir schon immer egal. Und erwachsen zu werden bedeutet schließlich auch, zu lernen, auf sich selbst aufzupassen und sich nicht in Situationen zu bringen, von denen man weiß, dass sie einem nicht guttun werden. Vor allem dann nicht, wenn es ein Leichtes ist, sie einfach zu vermeiden.

„Hope? Bist du auch bei uns?“ Johns tiefe, wohlklingende Stimme holt mich zurück ins Hier und Jetzt. Sanft berührt er mich am Ellenbogen, was erstaunlicherweise zur Folge hat, dass mein Puls zu flattern beginnt.

„Ja …“, murmle ich. Jetzt bin ich wieder bei euch.

Kapitel 9

Auf dem Wintermarkt ist es furchtbar voll – gepaart mit furchtbar kalt.

Dass ich sonst nicht hierher kommen mag, liegt nicht nur an Vivian Anni. Aber Valerie liebt solchen Trubel, und da ich mich sonst immer verweigere, mit ihr hier herzukommen, kann ich ihr nicht einmal verübeln, dass sie heute Morgen die Gunst der Stunde ergriffen hat, um mich auf den Markt zu locken.

Im Gegensatz zu den drei anderen bin ich nicht sehr gut darin, mich durch das Gewühl zu kämpfen. Zum wiederholten Male bleibt John irgendwo am Rand stehen, um auf mich zu warten.

„Komm!“ Er zieht mich sanft zur Seite und aus dem Gewühl des Hauptweges heraus und hält mich dann einen kurzen Moment an den Schultern fest. Näher an seinem Körper, als es für die Situation erforderlich wäre. So nah, dass ich seinen Atem auf meiner Wange spüren kann. Ich werde nervös, mein Herz beginnt schneller zu schlagen und ich lecke über meine Lippen und traue mich nicht, in sein Gesicht zu sehen.

Oh verdammt, das ist gar nicht gut!

Schließlich greift er nach meiner Hand.

„Du hast ganz kalte Hände. Diese hier ist so eisig, dass ich es sogar durch den Handschuh hindurch fühlen kann.“ Ohne lang zu zögern, streift er mir den Handschuh von meiner kalten Hand und steckt ihn ein. Dann verschränkt er meine Finger mit den seinen und lässt unsere Hände gemeinsam in seiner Jackentasche verschwinden, bevor er uns zurück in die dichte Menschenmasse manövriert.

„Ich glaube, wir sollten dir dringend etwas Heißes zu trinken besorgen."

Das klingt nach einem guten Plan, denn langsam bin ich wirklich durchgefroren.

„Wo sind Val und Frank denn hin?" Seit wir stehen geblieben sind, kann ich sie nirgends mehr entdecken.

Beinah gleichgültig zuckt John mit den Schultern.

„Die sind schon weitergegangen, wir sollen anrufen, wenn wir nach Hause wollen."

„Ach so?" irgendwie war mir so, als hätte ich heute Morgen etwas von einem Doppeldate gehört. Aber wenn ich ganz ehrlich sein soll, dann ist es mir so, wie es jetzt ist, auch ganz recht. Johns Nähe erweist sich als angenehmer, als ich mir das vorgestellt hätte. Im Augenblick fühlt es sich wunderbar an. Unsere Hände in seiner Jackentasche … Das ist auf so wunderschöne Art innig, dass ich es mir gerade nicht von Valeries zweideutigem Grinsen zerstören lassen möchte. Und ich kenne sie gut genug, um zu wissen, dass sie genau das machen würde.

Jonathan drückt meine Hand jetzt sanft und beginnt dann, sie mit seinem Daumen zu streicheln. Fast so, als könne er meine Gedanken lesen.

„Ja, es ist einfacher so. In diesem Gewühl verliert man sich ohnehin so schnell."

Da muss ich ihm natürlich recht geben.

Als würde er sich hier wie in seiner Westentasche auskennen, lotst er mich – und somit auch sich – aus dem überfüllten Hauptgang heraus und in einen der ruhigeren Nebengänge.

Nach nicht einmal fünf Minuten halten wir beide einen Becher mit heißem Punsch in der Hand. Dankbar lege ich meine immer noch kalten Finger darum und trinke die wärmende, süße Flüssigkeit in kleinen Schlückchen.

„Valerie hat gesagt, du liebst diesen Markt?"

Mit Mühe kann ich einen heftigen Hustenanfall gerade so unterdrücken. Amüsiert zieht Jonathan eine Augenbraue in die Höhe.

„Ich schätze mal, das heißt nein." Mit einem breiten Grinsen verschränkt er jetzt die Arme vor der Brust.

Blitzmerker!

Nach dem heißen Becher Punsch ziehen wir weiter. Wie selbstverständlich ergreift John wieder meine Hand und wir wandern ein wenig ziellos umher, bewundern die unzähligen, kleinen glitzernden Lichter des Marktes in der Dunkelheit. Ein wenig später bleibt John bei einer Schießbude stehen, um dort sein Glück zu versuchen.

Na, wenn da mal nicht jemand versucht, männlich zu sein.

Ich stehe halb hinter ihm und muss mir auf die Lippen beißen, damit ich nicht laut loslache, als John zum fünften Mal am Ziel vorbeischießt.

Danebenschießen ist dann vielleicht doch nicht mehr ganz so männlich …

Schießen ist eben schwerer, als man denkt!

Zu Johns Ehrenrettung muss ich allerdings zugeben, dass es so aussieht, als hätte das Gewehr einen deutlichen Rechtsdrall.

Schließlich legt er die Waffe wieder weg und dreht sich grinsend zu mir um.

„Und dabei hatte ich mich so auf das große rosa Häschen gefreut … Es erinnert mich an deine Pantoffeln."

Sein Grinsen wirkt ansteckend, seine gute Laune ebenfalls.

„Dann hoffe ich, dass du dich heute Abend nicht in den Schlaf weinen musst, weil du es nicht bekommen hast." Tröstend tätschele ich ihm den Arm.

Wir könnten uns sonst natürlich gegenseitig mit Sex trösten!

Mit einem Räuspern bringe ich die Stimme in mir wieder zum Schweigen und frage mich langsam, ob bei mir wirklich noch alles richtig ist.

„Ich bin mir nicht ganz sicher. Würdest du mich denn trösten, wenn es so wäre?"

Trösten, trösten, trösten!

Die kleine Stimme in mir skandiert.

„Ich könnte auch einfach mal mein Glück beim Schießen des rosa Häschens versuchen …"

Eigentlich hatte ich das nicht vor, denn ich glaube, dass es überaus unsexy ist, wenn man als Frau besser schießen kann als der Typ, mit dem man ein Date hat. Aber bevor ich mich ihm jetzt und hier an den Hals werfe, ist mir jedes Mittel recht. Wenn ich schieße, lenkt mich das zumindest ab.

Ich gebe dem Schießbudenbesitzer das Geld und greife nach dem Gewehr.

„Das rosa Häschen also? Oder doch lieber das seltsame Vieh daneben?" ich zeige auf etwas, das aussieht wie ein mutiertes, verkrüppeltes Eichhörnchen.

„Das ist Scrat aus Ice Age!" John klingt irgendwie empört, aber ich kenne weder Scrat noch Ice Age und zucke mit den Schultern.

„Du kennst Ice Age nicht?"

„Nein, sollte ich?"

„Unbedingt. Wir holen das nach, den Film sollte jeder gesehen haben. Aber ich möchte trotzdem lieber das rosa Häschen haben."

„Ganz sicher?"

John nickt.

„Und du versprichst, dass du es den Rest des Abends mit dir herumtragen wirst, wenn ich es für dich schieße?"

Er hebt zwei Finger in die Luft, wie zu einem Schwur. „Hoch und heilig versprochen!“

„Und ich werde ein Foto von dir und dem … Vieh schießen und es im Internet posten!“

„Auch das, wenn du willst.“ Seiner Stimmlage ist deutlich anzuhören, dass er nicht im Geringsten damit rechnet, dieses Versprechen jemals einlösen zu müssen.

Bedächtig lege ich das Gewehr an. Es ist ein bisschen zu groß für mich. Oder ich bin wohl vielmehr etwas zu klein für diese Waffe. Um es besser stabilisieren zu können, strecke ich den linken Arm aus. Dann ziele ich und drücke ab. Und wie ich bereits vermutet hatte, zieht das Gewehr deutlich nach rechts – der erste Schuss geht am Ziel vorbei.

„Siehst du? Gar nicht so einfach!“, höre ich John zufrieden hinter mir sagen.

„Hm“, brummle ich und dann konzentriere ich mich, atme noch mal ganz lässig durch und brauche dann exakt zwei Schuss, bis der kitschige rosa Plüschhase der meine ist.

„Hah!“ Triumphierend mache ich das mir versprochene Foto, auf dem John, den Traum in Rosa umarmend, gequält in die Kamera meines Handys lächelt. Wir stehen seitlich neben der Schießbude, weil hier kein Durchgangsverkehr ist und man nicht ständig angerempelt wird.

„Oh, Scheiße“, flucht er, als ich ihm das Bild anschließend präsentiere. „Du weißt wirklich, wie man es schafft, dass sich ein Mann wie ein Schwächling fühlt. Wenn ich jetzt nie wieder einen hochbekomme, dann ist das allein deine Schuld! Ich werde mich nie wieder mit einem Mädchen treffen können.“

Ich lege den Kopf schief, lecke mir über die Lippen und ziehe die Augenbrauen hoch.

Wie schade. Dabei hatte ich gehofft, dass du mir noch beweist, was du so alles mit einem Mädchen anstellen kannst, wenn du dich mit einem triffst – und einen hochbekommst!

„Wie schade. Dabei habe ich gehofft, dass du mir noch beweist, was du so alles mit einem Mädchen anstellen kannst, wenn du dich mit einem triffst – und einen hochbekommst!"

Sofort werde ich rot.

Das habe ich gerade nicht wirklich laut ausgesprochen, oder? Oh bitte, bitte, lieber Gott, mach, dass ich das nicht wirklich laut ausgesprochen habe!

Doch der Blick, den John mir gerade zuwirft, macht mir ziemlich deutlich, dass ich genau das getan habe. Er sieht auf einmal aus wie ein träger Tiger, der sich nun in Bewegung setzt, um seine Beute zu jagen und in Windeseile zu erlegen.

„Das hast du also gehofft, Hope?" Seine Stimme ist tief und heiser, als er sich mir langsam nähert.

Ich kann nur nicken, während ich meinen eigenen Herzschlag laut in meinen Ohren dröhnen höre und meine Handflächen feucht werden. Dann steht er so nah vor mir, dass ich den Duft seines Aftershaves wahrnehme. Einen langen Moment finden sich unsere Blicke, dann kommt er noch ein kleines Stückchen näher. Seine Hand legt sich an meine Wange, mit dem Daumen fährt er den Bogen meiner Oberlippe nach, während sich mein Mund ganz ohne mein Zutun ein bisschen öffnet.

„Hope ...", flüstert John rau und dann streifen seine Lippen die meinen. Nur einen kurzen Moment lang und nur ganz zart, wie die Berührung eines Schmetterlingsflügels. Anschließend will er sich wieder zurückziehen, aber ich lasse es nicht zu. Mit beiden

Händen kralle ich mich am Kragen seiner Jacke fest und ziehe ihn wieder zu mir heran. Erneut küssen wir uns, dieses Mal länger, fester, mit mehr Nachdruck. Unsere Lippen ruhen aufeinander, scheinen miteinander zu verschmelzen, beinah regungslos und doch ist diese Berührung so intensiv, dass sie mir den Atem raubt.

Diesmal löst sich John deutlich zögerlicher von mir, um mir ins Gesicht zu schauen, als würde er dort die Antwort auf eine unausgesprochene Frage suchen. Anscheinend findet er sie auch, denn er küsst mich wieder. Entschlossen diesmal, energisch, energievoll und einfach zum Dahinschmelzen. Er knabbert an meiner Unterlippe, kitzelt meine Oberlippe mit seiner Zunge. Bringt mich dazu, ihm nach und nach Einlass in meinen Mund zu gewähren. Erforscht mich dann, kostet mich, so lang, bis ich kaum noch weiß, wo oben und wo unten ist. Ich spüre seine rauen Bartstoppeln an meiner Wange, seine Zunge in meinem Mund und ich will mehr von ihm. Meine Arme schlingen sich um seinen Rücken, während ich ihn gleichzeitig näher an mich heranziehe und meinen Körper gegen seinen presse.

Dem tiefen Lachen zufolge, das John von sich gibt, scheint ihm das zu gefallen. Und als ich mein Becken noch ein bisschen enger gegen ihn presse, fällt mir etwas eindeutig Hartes auf, das ich selbst durch die vielen Schichten Kleidung hindurch spüren und zuordnen kann.

Ein bisschen verlegen lachend löst sich John in diesem Moment von mir.

„Ich glaube, du hast mich wieder repariert", seine Stimme klingt belegt, als er noch einmal kurz meinen Mund und dann meine Schläfe küsst. „Aber wenn wir hier jetzt weitermachen, befürchte ich, dass mir ein … äh … Missgeschick passiert."

Ich muss schmunzeln, während John mich zurück in den Gang zieht. Dann presst er seine Lippen noch einmal kurz und intensiv auf meine.

„Was machst du nur mit mir, Hope? So was habe ich schon lang … Nein, eigentlich kann ich mich gar nicht daran erinnern, dass mich ein bisschen Geküsse je so erregt hätte!"

Grinsend zucke ich mit den Schultern und ziehe ihn ein Stück zu mir herunter.

„Ich bin eben gut", raune ich in sein Ohr und lasse ihn dann wieder los.

„Ja, das bist du in der Tat!" Mit seiner linken Hand greift er den rosa Plüschhasen, während er den rechten Arm um meine Taille schlingt.

Ein Gefühl von Freude und Triumph macht sich in mir breit, das noch verstärkt wird, als ich mich umsehe und in die erstaunten und neidischen babyblauen Augen von Vivian Anni schaue, die uns vermutlich seit geraumer Zeit beobachten hat.

So oder so ähnlich hatte ich mir unser Wiedersehen immer vorgestellt. Sie allein und ich mit dem attraktivsten Typen weit und breit.

Okay, in meinen Fantasien hatte sie auch noch vierzig Kilo zugenommen – aber ich will mal nicht so sein. Dieser Abend ist bisher ziemlich perfekt!

Kapitel 10

Da das Gedränge auf dem Markt immer größer zu werden scheint, kämpfen John und ich uns bis zum Parkplatz vor, wo wir zumindest nicht alle dreieinhalb Sekunden angerempelt oder geschubst werden. Außerdem hat er so die Gelegenheit, das dicke rosa Häschen auf der Rückbank zu verstauen, so wirklich handlich ist das Vieh nämlich nicht.

So aus der Ferne betrachtet, gefällt der Wintermarkt sogar mir. Die einzelnen Buden und Marktstände sind von unzähligen kleinen Lämpchen beleuchtet. Es riecht nach Gewürzen, Zuckerwatte und Gegrilltem und zu uns dringen die Fetzen alter Musikklassiker herüber, in denen es um Schnee oder wundersame Winterländer geht. Ich komme nur gar nicht dazu, das Szenario eingehender auf mich wirken zu lassen, ich bin nämlich ziemlich abgelenkt.

John und ich stehen gegen sein Auto gelehnt und knutschen unablässig. Unsere Hände sind dabei fest ineinander verschlungen in seinen Jackentaschen, was ein bisschen unbequem, aber schön warm ist. Die Stimmung zwischen uns ist ganz anders, als sie vorhin an der Schießbude war. Wir benehmen uns wie zwei frisch verliebte Teenager; wir kichern, sind albern und ausgelassen. Allerdings nur so lang, bis ich meine Hände aus seinen Taschen herausziehe. In seinen Jackentaschen war es zwar schön warm, aber auf Dauer doch auch ziemlich unbequem und meine Hände waren kurz davor, einzuschlafen. Weil ich aber natürlich auf gar keinen Fall will, dass sie jetzt wieder kalt werden, schiebe ich sie kurz entschlossen einfach unter seine Jacke. Und weil das immer noch nicht warm genug ist, arbeite ich mich vorsichtig durch Pulli und Shirt vor, bis sie auf der nackten Haut seines Rückens landen.

Na klar, die Kälte ist der einzige Grund dafür!

Okay, ich muss es zugeben: Die Wärme ist nur *ein* Grund. Der andere ist, dass ich einfach versessen darauf bin, herauszufinden, wie John sich wohl anfühlen mag. Meine Hände fahren über seinen muskulösen Rücken. Er geht eindeutig trainieren, nur vom Gitarrespielen kann man solche Muskelpakete nicht bekommen.

„Was machst du für Sport?" Meine Finger betasten seine Schultermuskulatur, die sich durchaus sehen lassen kann. Oder vielmehr fühlen lassen.

„Thaiboxen", murmelt John, um anschließend meinen Kieferknochen und dann meinen Hals zu küssen. Was immer das auch sein mag, es klingt sexy und ganz offensichtlich *macht* es auch sexy, zumindest die Teile von ihm, die ich gerade fühlen oder sehen kann.

Die Teile von ihm, die ich in diesem Moment gerade nicht fühlen kann, wären allerdings deutlich interessanter …

Ich beschließe, meine Hände nach vorn wandern zu lassen, um zumindest schon mal seine Brust und seinen Bauch zu erkunden. Allerdings beißt John mir in diesem Moment sanft in den Hals, leckt darüber und beißt wieder zu. Diese Mischung aus Schmerz und Kitzeln scheint direkt von meinem Hals in meinen Bauch zu wandern. Dort setzt sie sich fest, um bis zwischen meine Beine auszustrahlen, sodass ich sie zusammenpresse, in der Hoffnung, den Reiz damit ein bisschen zu lindern. Vielleicht will ich ihn aber auch festhalten und verstärken, wer weiß das schon so genau. Statt meine Hände wie geplant nach vorn gleiten zu lassen, kralle ich mich jetzt unwillkürlich in Johns Rücken fest, schließe die Augen und keuche kurz auf. Mein Kopf fällt in meinen Nacken. John reagiert prompt mit einem tiefen, rauen Knurren und wir beide erstarren kurz in unseren Bewegungen, bevor wir die Augen wieder öffnen und einander ansehen.

Sein Blick ist jetzt verhangen und er atmet ein wenig schwerer, seine Lippen sind von unseren Küssen leicht gerötet. Ich bin mir ziemlich sicher, dass ich ähnlich aussehe.

Bevor ich weiß, was los ist, nestelt Jonathan in meiner Manteltasche herum und hält mir schließlich mein Handy hin.

„Du musst Val anrufen!"

Irritiert nehme ich mein Handy entgegen. „Warum sollte ich denn jetzt Val anrufen?" Ich wäre lieber noch ein bisschen mit ihm hier allein geblieben.

„Entweder sagst du ihr, sie soll jetzt sofort hierher kommen und dich dann möglichst weit und möglichst schnell von mir wegbringen. Oder aber du sagst ihr, dass du heute Nacht nicht bei ihr, sondern bei mir schlafen wirst. Und dann bringe ich dich möglichst schnell weg von hier. Du hast die Wahl!"

Ohne zu wissen, was ich ihr sagen soll, wähle ich Valeries Nummer.

„Hallo, Hope!" Gewohnt gut gelaunt erklingt ihre Stimme am anderen Ende der Leitung.

„Hi." Das ist zwar keine sehr schlaue Antwort, aber immerhin gibt sie mir einen Moment Zeit, mir zu überlegen, was ich jetzt tatsächlich sagen will. Ganz tief hole ich Luft, schließe meine Augen und versuche meine Gedanken zu sammeln.

„Valerie … Ich …"

„Wo seid ihr gerade genau, Hope?"

„Auf dem Parkplatz. Vor Johns Auto." Langsam öffne ich meine Augen wieder.

„Okay. Wir sind ganz in der Nähe. Und in zwei Minuten bei euch." Ohne meine Antwort abzuwarten, legt Val auf.

Ich stecke mein Handy langsam zurück in meine Jackentasche, während John mich grinsend und mit hochgezogenen Augenbrauen beobachtet.

„Was hat sie gesagt?"

„Sie sind schon unterwegs zu uns und in zwei Minuten hier." Ich versuche, möglichst neutral zu klingen, obwohl ich irgendwie enttäuscht bin.

„So ein Mist!", flucht John, bevor er wieder bei mir ist und nach meinen Händen greift. „Aber dann sollten wir die Wartezeit unbedingt sinnvoll nutzen." Er küsst mich und ich muss lachen.

„Ja, unbedingt", flüstere ich an seinem Mund, bevor ich seinen Kuss erwidere.

Tief seufzend lege ich den Kopf zurück, damit er leichteren Zugang zu meinem Mund bekommt, und dränge mich wieder enger an ihn. Während es vorhin meine Hände waren, die unter seine Sachen gewandert sind, sind es jetzt seine. Er wühlt sich durch verschiedene Schichten von Bekleidung, bis er bei meinem Bauch angekommen ist. Seine Finger malen Kreise auf meine nackte Haut und ich bekomme eine Gänsehaut.

Ich könnte schwören, dass es maximal zwanzig Sekunden und keine zwei Minuten sind, bis sich jemand hinter uns räuspert. Genau in dem Moment, als Johns Hände in deutlicher Absicht angefangen haben, von meinem Bauch aus höher zu gleiten. Da Unentschlossenheit heute Abend meine treue Begleiterin zu sein scheint, weiß ich auch dieses Mal wieder nicht, ob ich die Unterbrechung erfreulich oder frustrierend finden soll.

Lass es langsam angehen!, verlangt die besonnene Seite in mir. *Manche Chancen kommen nie wieder und das Leben ist zu kurz, um immer nur abzuwarten!*, meint die andere, verwegenere Seite.

Das Räuspern hinter uns wiederholt sich, dieses Mal lauter. Verlegen löse ich mich von John und will mich neben ihn stellen, aber er lässt mich nicht. Stattdessen dreht er mich nur in seinen Armen um, sodass er nun hinter mir steht, und schlingt dann von hinten seine Arme um meine Taille und zieht mich fest an sich.

„Hi! Hattet ihr einen schönen Abend?" Er klingt völlig cool. Nicht so, als hätten sie uns gerade beim Knutschen und beinah auch noch beim Fummeln erwischt.

Das liegt vielleicht daran, dass er ständig in solchen Situationen ist. Da bekommt man Routine.

Ich will lieber gar nicht genauer darüber nachdenken.

Während ich mich ein bisschen benommen und ein bisschen verlegen umschaue, fängt die grinsende Valerie meinen Blick auf und wackelt anzüglich mit den Augenbrauen. Lachend strecke ich ihr die Zunge raus.

„Wir hatten geplant, noch einen Becher Punsch mit euch zu trinken, bevor wir alle wieder nach Hause fahren", ergreift Frank nun das Wort. „Aber wenn wir euch stören sollten …"

„Nein, nein! Ihr stört uns nicht. Natürlich trinken wir gern noch etwas mit euch", beeile ich mich zu sagen.

Natürlich stört ihr. Verschwindet gefälligst wieder!

Das hätte ich viel lieber gesagt, aber dafür bin ich wohl einfach zu gut erzogen und zu wenig egoistisch.

Also stürzen wir uns zurück ins Gedränge und trinken alle gemeinsam noch einen Becher heißen Punsch.

Valerie wirft mir ständig neugierige, fragende Blicke zu. Ich bin mir sicher, dass sie nur darauf wartet, mich einen Augenblick allein zu erwischen, um dann die

Gelegenheit zu ergreifen, mich nach allen Regeln der Kunst auszuquetschen. Aber sie bekommt keine Chance dazu, denn John hat den Arm fest um mich gelegt und lässt mich nicht los.

Nachdem unsere Becher irgendwann leer sind, machen wir uns wieder auf den Weg zurück zum Parkplatz. Ich bekomme das alles nur am Rande mit, denn die ganze Zeit drehen sich meine Gedanken nur darum, was ich wohl gesagt hätte, vorhin am Telefon, wenn ich mich tatsächlich hätte entscheiden müssen: Wäre ich mit ihm mitgegangen? Oder hätten meine Bedenken gewonnen und ich wäre mit Valerie heimgefahren? Und vor allem: Wie entscheide ich mich jetzt? Denn noch stehen mir ja nach wie vor beide Möglichkeiten offen. Noch immer stehe ich auf dem Parkplatz herum und bin weder in ihr, noch in sein Auto gestiegen.

Valerie und Frank fachsimpeln über irgendeinen Song von irgendeiner Band, die ich nicht kenne, während ich mich an Jonathan kuschle und so tue, als würde ich zuhören. Was natürlich nicht den Tatsachen entspricht. Ich grüble und grüble und komme doch zu keinem Ergebnis. Um dabei keine auffälligen Löcher in die Luft zu starren, betrachte ich mit gespieltem Interesse die in der Dunkelheit hell erleuchteten Beschriftungen der einzelnen Jahrmarktbuden.

„Playing Games" steht in strahlendem Hellblau an einem Stand, bei dem man vermutlich irgendetwas gewinnen kann. Spiele spielen.

Aus irgendeinem Grund lese ich den Schriftzug noch ein zweites und dann ein drittes Mal. Und dann wird mir plötzlich etwas klar: Spielchen zu spielen ist nicht mein Ding. Zumindest nicht, wenn es um Beziehungen oder Ähnliches geht.

Ich meine, klar kann es beim Sex mal ganz reizvoll sein, jemanden zappeln zu lassen, den Moment der Erfüllung hinauszuzögern oder so etwas in der Art. Aber nicht bei einem Date. Wenn mich jemand hinterher nur deshalb haben will, weil er denkt, ich sei unmöglich zu bekommen: Was bringt mir das langfristig?

Es bringt mir rein gar nichts.

Ich weiß auch dann nicht, ob er es ehrlich mit mir meint, oder ob ich nur seinen Jagdinstinkt geweckt habe.

Man kann also letztendlich nur eines damit erreichen: dass sich jemand mal kurzfristig mehr Mühe gibt. Echte Gefühle kann man doch in niemandem erwecken, indem man sich ziert und rarmacht. Denn wenn man auf eine Beziehung aus ist, kommt man ja zwangsläufig irgendwann an den Punkt, an dem man nicht mehr schwer zu haben ist.

Ich habe auf solche Spielchen keine Lust. Ich will mir keine Gedanken darüber machen müssen, ob ich jetzt drei Tage warten muss, bis ich mich das nächste Mal bei ihm melden kann, oder ob ich mich besser nicht melden sollte, weil er an der Reihe ist. Ich will es dann tun können, wenn mir danach ist. Und entweder klappt es, oder es klappt eben nicht. Aber zumindest muss ich mich dann nicht verstellen und verbiegen.

Und wenn er mich für ein Flittchen hält, weil ich gleich am ersten Abend mit ihm ins Bett gegangen bin … Tja, was soll ich sagen? Mit einem Typen, der in so antiquierten und stereotypen Bahnen denkt, würde ich sowieso keine Beziehung führen wollen. Wenn es so sein sollte, dann weiß ich wenigstens Bescheid und weiß, woran ich bei ihm bin. Hat er ernsthaftes Interesse an mir, wird er das auch noch haben, wenn ich jetzt mit ihm mitgehe.

Und wenn er nur auf das eine aus ist … Naja, dann hätte ich zumindest mal wieder Sex.

Als könne er meine Gedanken lesen, dreht sich John in genau diesem Moment zu mir um und küsst mich. So intensiv, dass mir die Knie weich werden.

Herr im Himmel, hilf!

Dann hätte ich nicht nur mal wieder einfach Sex, sondern ich wage zu prophezeien, dass ich dann sogar sehr guten Sex hätte.

Die Entscheidung ist also ganz einfach. Das Leben ist ohnehin viel zu kurz und ich bin meistens viel zu brav.

„Ich sollte mich langsam auf den Heimweg machen", flüstert Jonathan in mein Ohr, wobei seine Lippen mich streicheln und kitzeln. Mein ganzer Körper beginnt zu kribbeln.

„Gut. Ich finde auch, dass wir fahren sollten."

Ich nehme wahr, dass er einen kurzen Moment irritiert den Atem anhält, aber ich war wohl nicht eindeutig genug. Also ziehe ich ihn noch ein bisschen näher heran und küsse ihn auf eine Art, die im Prinzip keine Zweifel mehr an meinen Plänen zulassen dürfte.

„Oder hast du es dir anders überlegt und willst mich doch nicht mehr mitnehmen?" Das sollte jetzt aber wirklich eindeutig genug gewesen sein. Als er mich einen Moment von sich wegschiebt, setzt mein Herz für ein paar Schläge aus und fängt dann in einem dreimal so schnellen Rhythmus wieder an zu schlagen.

John lässt mich kurz los und geht ohne eine Antwort auf meine Frage ein paar Schritte auf Frank und Valerie zu. Dann dreht er sich plötzlich noch einmal zu mir um, kommt zu mir zurück und küsst mich.

„Bleib genau hier stehen. Und rühr dich nicht vom Fleck. Ich bin gleich zurück."

+++

Sie kommt tatsächlich mit! Nie im Leben hätte er damit gerechnet. Er war fest davon ausgegangen, dass sie ihn würde zappeln lassen, wie alle braven Mädchen das eben machen. Normalerweise ist es so vorhersehbar, dass es beinah schon langweilig ist. Genau wie es der Sex mit solchen Mädchen meistens ist. Im Prinzip den Aufwand kaum wert.

Hope war bisher in vielerlei Hinsicht eine angenehme Überraschung. Nicht zuletzt, weil er so stark auf sie reagiert. Ungewöhnlich stark. Im Moment will er sie so sehr, dass es beinah schon wehtut. Ob das nun gut oder schlecht ist, das wird sich wohl erst noch herausstellen.

+++

Wie angewurzelt bleibe ich an exakt der Stelle stehen, die John mir zugewiesen hat. Er spricht zu leise, als dass ich verstehen könnte, was er zu seinem Freund sagt. Aber ich kann sehen, dass dieser grinsend mit den Schultern zuckt, während Valeries Kopf hochschießt und sie mit hochgezogenen Augenbrauen meinen Blick sucht. Als ich breit lächelnd kurz hinüberwinke, stellt sich auch auf ihrem Gesicht ein Grinsen ein.

„Viel Spaß!", formt sie dann stumm mit den Lippen und gibt mir anschließend ein Zeichen, dass ich sie morgen anrufen soll.

Was ich natürlich ohnehin getan hätte, auch ohne ihre Aufforderung. Ich bin zwar nicht sonderlich redselig, aber über solche Dinge kann selbst ich nicht schweigen.

Bis John wieder zurück bei mir und seinem Auto ist, dauert es weniger als eine Minute. Er küsst mich noch einmal, bevor er mir die Beifahrertür öffnet.

Mit hoher Wahrscheinlichkeit werde ich heute Abend noch Sex haben!

Dieser Gedanke bildet sich klar in meinem Kopf und scheint sich dann aufregend und warm kribbelnd in meinem Bauch fortzusetzen.

Und vielleicht wird es sogar mein allererster One-Night-Stand sein!

Langsam rollen wir vom Parkplatz und ich winke Valerie noch einmal kurz zu, die mich noch immer breit grinsend anstarrt. Ich komme mir gerade wahnsinnig verwegen vor. Und ich freue mich darüber wie ein kleines Kind.

Die halbe Fahrt über sitzen wir schweigend nebeneinander und mein Hochgefühl weicht einer gewissen Unsicherheit. Eine Fahrt von über einer Stunde kann unendlich lang werden und man hat genug Zeit, sich über alle möglichen Entscheidungen Gedanken zu machen. Seufzend streiche ich mir mein Haar aus dem Gesicht und frage mich, ob die Idee, mit John mitzugehen, wirklich so gut war, wie sie mir vorhin vorkam.

„Alles in Ordnung bei dir?" Vermutlich hat ihn mein Seufzen irgendwie alarmiert und jetzt wirft er mir einen leicht besorgten Seitenblick zu.

Bestimmt macht er sich Gedanken, ob ihm seine Beute doch noch wieder entkommt.

Ich seufze noch einmal. „Normalerweise mache ich das nicht …"

„Was, seufzen?" Seine Lippen kräuseln sich leicht amüsiert.

„Nein. Beim ersten Date mit jemandem mitgehen."

Ich hätte erwartet, dass er jetzt seufzt, weil er das bestimmt ständig hört, aber er wirft mir nur einen kurzen Seitenblick zu.

„Fühlst du dich unwohl damit?"

„Ein bisschen. Ja“, gebe ich ehrlich zu und John nickt nur, dann scheint er kurz nachzudenken.

„Gibt es für dich einen festgelegten Zeitraum, der zwischen zwei Dates liegen muss?“

Verwundert über diese Frage drehe ich meinen Kopf in seine Richtung und sehe ihn an.

„Nicht dass ich wüsste. Nein.“

„Und nur mal rein theoretisch betrachtet: Würde eine Einladung zu einem Glas Wein bei Kerzenlicht und Mondschein für dich prinzipiell als Date zählen?“

„Prinzipiell schon. Warum fragst du?“

Warum fragst du. Wie nett. Die Frage, die jeden Mann in den Wahnsinn treibt.

John nimmt es wie ein Mann: Er tut so, als hätte er mein nerviges Nachgefrage gar nicht gehört. Irgendwann hält er irgendwo im Nirgendwo an und stellt kommentarlos den Motor ab. Da ich nicht so wirklich weiß, was wir hier wollen, bleibe ich so lang sitzen, bis John von außen die Tür aufmacht und mir die Hand entgegenstreckt.

Er führt mich zu einer Holzbank, die hier unter einem großen Baum steht, der im Sommer bestimmt ein grünes Dach bildet, dessen unbelaubte Äste jetzt aber den Sternenhimmel durchschimmern lassen.

„Warte hier kurz auf mich!“ Nachdem ich mich gesetzt habe, eilt er zurück zu seinem Auto und kommt mit einer Tasche wieder.

Als Erstes legt er mir eine Decke über die Beine. Dann holt er ein paar Teelichter heraus, stellt sie um uns herum und zündet sie an. Schließlich kommt auch noch eine Flasche Wein zum Vorschein, die er mit einem Taschenmesser öffnet und mir zufrieden grinsend in die Hand drückt.

„Manchmal zahlt es sich aus, wenn man vergisst, seine Einkäufe aus dem Auto zu räumen. Nur Gläser habe ich leider keine. Aber ansonsten: Madame, herzlich willkommen bei Ihrem zweiten Date mit dem hervorragenden Jonathan Petterson!"

Ich muss so sehr lachen, dass ich fast den Wein verschüttet hätte, den ich gerade trinken wollte.

„Von hier aus sind es auch nur noch ungefähr sechshundert Meter bis zu meiner Wohnung. Wir können also sogar noch einen romantischen Spaziergang im Mondschein anschließen. Und: Ich kann auch Wein trinken. Bevor du alles verschüttest."

Zufrieden lächelnd nimmt er mir die Flasche aus der Hand und prostet mir zu, bevor er einen tiefen Zug nimmt.

Kapitel 11

Johns Wohnung ist klein, aber halbwegs ordentlich und ich fände es bestimmt furchtbar spannend, mich hier in aller Ruhe umzusehen, wenn ich nicht gerade mit ganz anderen Dingen beschäftigt wäre.

Denn kaum, dass John die Tür aufgeschlossen hat, finde ich mich auch schon von innen dagegen gedrückt wieder. Er küsst mich, intensiv und innig, während seine Hände sich abwechselnd an seinen eigenen und meinen Klamotten zu schaffen machen. Unsere Jacken sind schnell auf dem Fußboden gelandet und ganz eindeutig plant John, dass das nicht das letzte Kleidungsstück sein wird, das seinen Weg dorthin findet.

Ich weiß nicht, wie er es anstellt, dass seine Küsse mit mir machen, was sie machen: Ich bekomme weiche Knie davon, mein Bauch zieht sich zusammen, mein Zentrum beginnt erwartungsvoll zu pochen und mir wird heiß. Seine Lippen fühlen sich wundervoll an und seine Küsse schmecken einfach köstlich. Er ist fest und weich, rau und zärtlich, alles auf einmal und ich kann einfach nicht genug von ihm bekommen. Jetzt, wo wir allein sind, will ich ihn endlich überall anfassen und ganz ansehen können. Dafür bin ich schließlich hier! Um die Sache ein wenig zu beschleunigen, beschließe ich, ihm mit dem Ausziehen seiner Sachen ein bisschen behilflich zu sein. Voller Ungeduld zerre ich an seinem Pullover und an seinem Shirt, die er sich schließlich über den Kopf zieht und achtlos zu unseren Jacken auf den Fußboden wirft.

Als sein Oberkörper nackt ist, dränge ich mich gegen ihn. Ich spüre die glatte, samtige Wärme seiner Haut und verberge mein Gesicht für einen Moment an seiner Brust, um seinen Geruch tief in mich aufzunehmen. Wie kann ein Mensch nur so unglaublich gut riechen? Oberflächlich nehme ich den angenehmen Geruch seines Deos und seines Aftershaves war, aber viel interessanter und aufregender ist der schwere, dunkle Duft nach erregtem Mann darunter.

„Schnupperst du etwa an mir?" John klingt amüsiert.

„Ja", antworte ich ein bisschen verlegen lächelnd. „Und du riechst absolut wunderbar."

„Schön, dass ich dir gefalle", gibt er zufrieden zurück. Ich lege den Kopf schief und beiße mir auf die Lippe.

„Ob du mir gefällst, kann ich noch nicht genau sagen. Ich bräuchte dafür ein bisschen Licht. Hier ist es so dunkel, dass ich kaum etwas erkennen kann." Ein bisschen wundere ich mich über meinen eigenen Mut, aber es ist fast so, als wäre ich heute Abend nicht ganz ich selbst. Oder vielleicht bin ich auch einfach noch nie mehr ich selbst gewesen als heute Abend. Ich weiß es nicht ganz genau. So oder so, es gefällt mir, wie ich heute Abend bin. Mutig und ein bisschen egoistisch, fröhlich und ein bisschen draufgängerisch. Das sind sonst alles Attribute, die eher nicht mit mir in Verbindung gebracht werden würden. Aber es gefällt mir. Es tut mir gut, auch mal so zu sein. Und nicht bloß immer beherrscht, verantwortungsbewusst und rational.

„Du willst es also mit Licht an?" Johns samtige Stimme reißt mich aus meinen Gedanken und einen Moment lang bin ich froh, dass es so dunkel ist. So kann er nicht sehen, wie rot ich in diesem Moment werde.

„Zumindest würde ich dich gern sehen können."

Mit einem tiefen Lachen zieht er mich weiter ins Innere seiner Wohnung, stößt eine weitere Tür auf und ich vermute, dass wir in seinem Schlafzimmer angekommen sind. Dort lässt er mich kurz stehen, um eine kleine Nachttischlampe anzuknipsen, die alles in ein schummriges Licht taucht.

Das braucht er wohl des Öfteren mal.

Ich ignoriere meine eigenen Nörgeleien und betrachte stattdessen lieber Jonathan, der gerade wieder zu mir zurückkommt.

Er sieht wirklich umwerfend aus. Er ist muskulös, ohne bullig zu wirken, und drahtig, ohne dünn zu sein. Seine rechte Schulter, sein Arm und, so vermute ich, auch ein Teil seines Rückens, werden von einer Tätowierung bedeckt, die einen grünen Drachen darstellt. Durch das Muskelspiel von Johns Bewegungen sieht es beinah so aus, als ob auch der Drache sich bewegen würde.

„Gefällt er dir?“ Johns Stimme ist tief und leise und klingt wie ein Schnurren. Ein gefährliches Schnurren, dunkel und lockend.

„Ja, er gefällt mir.“

Mittlerweile ist er so nah an mich herangekommen, dass ich die Hand ausstrecke, um über die Konturen des Drachen zu streichen und von dort aus weiter über seinen Schultermuskel bis zu seinen kleinen, flachen Brustwarzen. John schließt die Augen und zieht scharf die Luft ein. Als er seine Augen wieder öffnet, liegt ein abgründiges Funkeln darin.

„Und ich, Hope?“ Seine Stimme ist die pure Verführung. „Was ist mit mir, gefalle ich dir auch?“

Statt einer Antwort küsse ich ihn leidenschaftlich, während ich mit meinen Fingernägeln vorsichtig über seinen nackten Rücken kratze.

„Hope …“ Seine Stimme rutscht noch eine Oktave tiefer und der sonore Ton scheint in meinem Körper widerzuhallen und ihn zum Schwingen zu bringen.

Ich spüre, wie sich zwischen meinen Beinen Nässe sammelt, als er mir Strickjacke und Shirt einfach über den Kopf zieht und sie auf den Boden wirft.

„Komm.“ Als ich nicht sofort reagiere, hebt er mich einfach hoch, um mich dann auf dem Bett wieder abzulegen. „Du bist so schön. Aber du hast einfach noch viel zu viel an.“

Mit präzisen, schnellen Bewegungen zieht er mich aus, bis ich nackt vor ihm auf dem Bett liege, indessen er noch immer mit Jeans und sogar seinen schweren Boots bekleidet vor mir steht und mich betrachtet. Seine Haut schimmert golden im schwachen Licht der Lampe, während seine Augen wie dunkle Sterne leuchten.

Obwohl mir meine Nacktheit im ersten Moment noch unangenehm war, wird mir nun ganz warm, wenn ich seinen perfekten Oberkörper betrachte und mein Blick schließlich an seinen funkelnden Augen hängenbleibt. Ich kann darin lesen, wie sehr er mich gerade begehrt. Diese Gewissheit verleiht mir Mut. Das Gefühl von Ohnmacht und Ausgeliefertsein, das meine eigene Nacktheit zunächst ausgelöst hat, wir von dem Gefühl von Macht abgelöst.

Ohne dass ich es bewusst steuere, beginnen meine eigenen Hände über meinen Körper zu gleiten, während John mich unablässig anstarrt.

+++

Oh verdammt!

Das Mädchen auf seinem Bett sieht aus wie eine nackte Göttin.

Er hat schon viele nackte Frauen gesehen, aber diese hier fasziniert ihn über alle Maßen. Vielleicht, weil sie eigentlich so brav und unschuldig wirkt und der Gegensatz den Effekt potenziert, als sie sich nun lasziv auf seinem Bett rekelt.

Ihre Hände streichen über die zarte Haut ihres Bauches. Dann höher und noch höher. John kann ihr eigenes Erstaunen über das, was sie gerade tut, in ihrem Gesicht erkennen, als ihre Hände wie von selbst bei ihren Brüsten verharren. Fast ein bisschen erschrocken will sie ihre Hände sofort wieder von dort wegziehen.

„Nicht! Bitte … mach weiter."

Wie schon so oft heute Abend erstaunt sie ihn auch diesmal, als sie seiner Bitte tatsächlich nachkommt.

Ihre Hände umschließen etwas zögerlich ihre kleinen, entzückenden Brüste. Sie reibt mit dem Daumen über ihre rosigen Nippel und lässt sie hart und klein zurück, wie eine süße Himbeere auf einem Hügelchen aus cremiger Schlagsahne.

Er kann seinen Blick nicht von ihr lassen. Selbst als er sich auszieht, um endlich ihre Haut auf der seinen spüren zu können, bleiben seine Augen fest auf Hopes nackten Körper gerichtet.

+++

Ich habe keine Ahnung, wo ich den Mut dazu hernehme, mich vor ihm auf so eine Art und Weise zu berühren. Sonst bin ich viel schüchterner und zurückhaltender, was Männer anbelangt. Vielleicht waren meine bisherigen, wenigen Erfahrungen diesbezüglich auch deshalb nicht so erregend. Vielleicht liegt es auch daran, dass die anderen nicht so aufregend waren wie John, dass mich keiner von ihnen je mit diesem sexy, gefährlichen Raubtierblick angesehen hat. Aber wo auch immer ich den Mut dazu gefunden habe, ich muss gestehen, dass es mich ebenfalls anturnt. Ich berausche mich geradezu an der Erregung, die ich in Johns Augen sehen kann. Erregung, die ich verursacht habe. Aber noch viel besser, als mich selbst zu berühren, stelle ich es mir vor, endlich von ihm berührt zu werden.

Ich sehe ihm zu, wie er es irgendwie zustande bringt, sich seine Boots von den Füßen zu streifen, ohne dabei den Blick von mir abzuwenden. Danach folgen gemeinsam seine Jeans und die Boxershorts, die er etwas langsamer herunterzieht, als es nötig gewesen wäre. Ich genieße den Anblick seines Muskelspiels, betrachte sein Sixpack sowie die kleine, schmale Linie dunkler Haare, die bis vorhin noch in seinem Hosenbund verschwunden war, jetzt aber endlich enthüllt, wohin sie führt. Als er seine Hose ganz über die Hüften gestreift hat, springt mir seine wunderschöne Erektion entgegen. Unwillkürlich lecke ich mir bei diesem Anblick über die Lippen, was John mit einem trägen Lächeln quittiert.

Die Matratze bewegt sich unter seinem Gewicht, als er zu mir ins Bett kommt. Er bleibt vor mir knien, und ich begebe mich ebenfalls auf meine Knie, um ihn besser ansehen zu können.

An den Schultern ziehe ich ihn zu mir heran, um ihn zu küssen, schmiege meinen Oberkörper dabei eng an seinen. Wir keuchen beide gleichzeitig in dem magischen Moment auf, in dem zum ersten Mal nackte Haut auf nackte Haut trifft.

Nach einem innigen Kuss lässt John von meinem Mund ab und seine Lippen wandern tiefer. Über meinen Kiefer und meinen Hals, verharren kurz in der kleinen Grube zwischen meinen Schlüsselbeinen, bevor sie ihre Reise über mein Brustbein fortsetzen. Seine Hände, die sich bis gerade noch auf meinen Schulterblättern befunden haben, gleiten jetzt nach vorn und umschließen mit gut dosiertem Druck meine Brüste. Meine Augen schließen sich und mein Kopf fällt zurück, genau wie mein ganzer Körper, der nun wieder auf Jonathans Bett landet.

Mit einem zufriedenen, dunklen Lachen folgt John meiner Bewegung und ich liege noch nicht ganz, als sein Mund meine Brustwarze erreicht hat und daran zu saugen beginnt. Er beginnt ein quälend süßes Spiel mit mir, saugt, leckt und kratzt mit seinen Zähnen über diese empfindliche Körperstelle. Mal sanft, mal hart, und er verteilt die Aufmerksamkeit seines geschickten Mundes dabei abwechselnd auf beide Seiten, während er die andere mit Daumen und Zeigefinger stimuliert.

Es dauert nicht lang, bis ich nicht mehr still liegen kann. Ich winde mich unter seinen Küssen und Berührungen, beginne zu schwitzen und mein Schoß kribbelt feucht und beginnt zu ziehen.

„Du bist so wunderschön, Hope. So wunderschön!“ Seine Küsse wandern tiefer und tiefer. Seine Zunge taucht in meinen Bauchnabel ein und hat dann, bevor ich dazu kommen könnte, mir Gedanken darüber zu machen, dass meine letzte Dusche schon mehrere Stunden her ist, das Zentrum meiner Lust erreicht. Ich zucke leicht zusammen, als er mit seiner Zunge meine Vulva teilt. Er muss meine Beine festhalten, weil ich nicht mehr stillhalten kann, als er dort an mir zu saugen beginnt.

Mein gesamtes Empfinden konzentriert sich jetzt auf diesen einen Punkt meines Körpers, während meine Hände sich in Johns Haar festkrallen, damit er bloß nicht aufhört mit dem, was er da tut.

Ich spüre, wie sich der Orgasmus in mir aufbaut, wie mich John an den Rand der Klippe treibt, aber er lässt mich nicht springen. Wieder und wieder ändert er seinen Rhythmus, wenn ich soweit bin, wird sanfter, macht irgendetwas anderes … und … oh verdammt, ich kann nicht mehr. Ich habe das Gefühl, das keine Sekunde länger mehr aushalten zu können.

„Jonathan … bitte …“ Meine Stimme klingt seltsam rau und ich weiß selbst nicht so ganz genau, worum ich hier bitte. Darum, dass er aufhört, oder darum, dass er weitermacht. Hauptsache, er erlöst mich aus diesen süßen Qualen.

„Was denn, Hope, meine Schöne?“ John verzieht seinen Mund zu einem halben Lächeln, während er über meinem Körper nach oben krabbelt. Er küsst mich und ich schmecke ihn und den Geschmack meiner eigenen Erregung. „Du schmeckst so wahnsinnig gut“, flüstert er dann in mein Ohr, während er mit einem Finger in mich eindringt. „Und du bist so bereit für mich. Willst du mich jetzt? Willst du mich, Hope?“

„Ja. Ja … bitte.“

Er scheint mit meiner Antwort sehr zufrieden zu sein, denn er küsst mich noch einmal. Dann höre ich, wie er etwas in seiner Nachtischschublade sucht und wie ein Kondompäckchen aufgerissen wird.

Als er langsam in mich eindringt, stöhne ich laut auf. Er lässt sich Zeit, bis er ganz in mir ist und ich dränge mich jedem Zentimeter entgegen, genieße ihn in mir, will mehr von ihm. Als er endlich komplett in mich eingedrungen ist, verharrt er einen Moment regungslos, damit ich mich an seine Größe gewöhnen kann.

„Du bist so groß …“

Ich höre sein tiefes, sonores Lachen. „Und du sagst so nette Sachen zu mir!“

Einen Moment lang muss ich lächeln, doch dann beginnt er, sich in mir zu bewegen. Langsam, viel zu langsam. Mein Becken reckt sich ihm entgegen, ich versuche, das Tempo anzuziehen, meine Erregung ist schon viel zu weit fortgeschritten, um sein gemächliches Tempo noch genießen zu können.

„Du willst es schneller, meine Schöne?“ Wieder gibt er dieses erregende Lachen von sich. „Dann komm. Zeig mir, wie du es willst.“ Er dreht uns beide um, sodass ich oben sein und das Tempo selbst bestimmen kann. Er sieht mir ins Gesicht und umfasst meine Brüste mit beiden Händen, während ich ihn reite. Meine Muskeln spannen sich um ihn herum an, halten ihn in mir fest, massieren ihn. John lässt seinen Kopf zurückfallen, sein Gesicht ist verzerrt von seiner Lust, die Augenbrauen zusammengezogen und die Kiefer fest aufeinander gepresst. Mein Höhepunkt kommt schnell und heftig. Als ich in süßen Krämpfen um ihn herum komme, höre ich ihn leise fluchen, bevor seine Atmung sich noch ein bisschen mehr beschleunigt und auch er kommt.

Schwer keuchend breche ich auf ihm zusammen, er schlingt seine Arme um mich und wir verharren kurz in Bewegungslosigkeit, bis mir einfällt, dass wir aufpassen müssen wegen des Kondoms. Er scheint den gleichen Gedanken zu haben und zieht sich aus mir zurück.

„Ich gehe mal kurz ins Bad und entsorge das …“ Die heiße Stimmung hat sich deutlich abgekühlt und ich fühle mich plötzlich nackt, entblößt und unwohl. Ich setze mich im Bett auf und schaue mich nach meiner Kleidung um, doch John schüttelt lächelnd mit dem Kopf.

„Bleib hier. Bitte. Ich bin gleich wieder da. Und dann gib mir ein paar Minuten, mich zu erholen. Normalerweise bin ich nicht so schnell, das war … Ich weiß auch nicht, wie du das machst. Irgendwie machst du mich völlig wahnsinnig … Ich möchte das trotzdem gern nachholen. Dieses Mal in Ruhe. Und das Mal danach …“ Während ich mit Vorfreude sein wölfisches Grinsen betrachte, dreht sich John langsam um und verlässt den Raum.

Auch wenn ich mich selbst gerade kaum wiedererkenne, bereue ich nichts. Der Sex war gigantisch und das Versprechen auf mehr lässt mich mit einem breiten Lächeln zurück in die Laken sinken.

Kapitel 12

Die Nacht wird sehr kurz. Oder sehr lang, je nachdem, aus welcher Perspektive man das betrachtet.

Als ich am nächsten Morgen aufwache, ist das Bett neben mir leer.

Warum überrascht mich das jetzt nicht wirklich?

Einfach nicht da zu sein, ist, das muss ich neidlos anerkennen, eine ziemlich geschickte Art, Frauen ohne großes Drama wieder loszuwerden. Allerdings nur dann, wenn man sich sicher ist, dass sie den Wink verstehen. Und natürlich nichts klauen. Aber zumindest erspart es einige Peinlichkeiten, insofern bin ich ihm eigentlich ganz dankbar.

Ich schlage die Decke zurück und als ich aufstehe, stelle ich fest, dass ich heute auf jeden Fall ständig an John denken werde. Ich bin nämlich nach letzter Nacht ziemlich wund. Auf meinem Weg ins Bad komme ich mir vor, wie sich ein Cowboy nach vierzehn Tagen im Sattel fühlen muss. In etwa.

Ich benutze die Toilette und schiele auf die Dusche, will aber lieber schnell hier verschwinden. Ganz dreist durchsuche ich aber seinen Badezimmerschrank nach einer frischen Zahnbürste. Was das anbelangt, habe ich wirklich einen kleinen Tick, ungeputzte Zähne gehen einfach gar nicht. Mir ist es völlig rätselhaft, dass es Leute geben soll, die damit morgens bis nach dem Frühstück warten. Ich habe mich schon dabei erwischt, dass ich mir die Zähne geputzt habe, während ich auf der Toilette saß, weil ich mich nicht entscheiden konnte, welches Bedürfnis dringlicher war.

Ich werde gleich hinter der ersten Tür des kleinen Spiegelschränkchens fündig. Für einen Moment habe ich ein schlechtes Gewissen, dass ich seine Sachen durchsucht habe, aber der Drang, meine Zähne zu putzen, siegt ziemlich schnell.

Kurze Zeit später suche ich meine letzten Klamotten zusammen und ziehe seine Wohnungstür hinter mir zu.

Bis zum Studentenwohnheim ist es nicht sehr weit, zu Fuß sind es ungefähr zwanzig Minuten.

Ich genieße die frische, kalte Luft und den kurzen Spaziergang, obwohl mir das Laufen immer noch etwas Schwierigkeiten bereitet. Unterwegs versuche ich meine Gedanken zu sortieren, suche nach einem Gefühl der Reue, das ich für heute erwartet hätte, aber zu meinem eigenen Erstaunen bereue ich nichts, wirklich gar nichts.

Ich bin mir ziemlich sicher, dass ich den ganzen Weg bis zum Wohnheim breit und zufrieden grinse. Es kommt mir so vor, als hätte ich ein großes, waghalsiges Abenteuer hinter mir und kehre nun wie eine Heldin nach Hause zurück.

Natürlich ist das irgendwie albern. Für manche Frauen ist bestimmt ein ganz normaler Punkt auf der Liste ihrer Wochenendplanung, mit einem mehr oder weniger Fremden ins Bett zu hüpfen. Aber für mich ist es das nicht.

Wie es einer Heldin gebührt, wartet schon eine jubelnde Menschenmenge auf mich, als ich an meinem Zimmer ankomme.

Okay, ich gebe es zu: Es ist nur Valerie. Und jubeln tut sie auch nicht. Jedoch grinst sie zumindest. Und sie wartet auf mich.

Als sie mich kommen sieht, rappelt sie sich vom Fußboden hoch, auf dem sie es sich bequem gemacht hatte, und umarmt mich.

„Du brauchst dringend eine Dusche!“, ist das Erste, was sie sagt, als sie mich naserümpfend wieder loslässt.

Nette Begrüßung.

„Du bist sehr charmant!“

„Jaja, das bin ich doch immer.“ Sie zwinkert mir zu, während sie sich an mir vorbei in mein Zimmer drängt, nachdem ich es aufgeschlossen habe. Als sie sich auf mein Bett wirft, während ich mir frische Kleidung aus meinem Schrank nehme und dann ins Badezimmer laufe, habe ich beinah das Gefühl, ein Déjà-vu zu haben.

Val und ich verbringen den restlichen Tag miteinander. Wir tauschen uns über unsere gestrigen Dates aus, wobei es zwischen Valerie und Frank zwar nett gewesen sein muss, der Funke aber nicht übergesprungen ist. Abends gehen wir Hamburger essen und unterhalten uns dabei über alles Mögliche. Wir diskutieren über den frühen Wintereinbruch, reden über die hinter uns liegenden Prüfungen, regen uns über Spam-SMS auf, die wir beide ständig bekommen, lästern über Vivian Anni und sprechen über meinen Bruder. Als ich später endlich im Bett liege, muss ich der kurzen, letzten Nacht ihren Tribut zollen und bin beinah sofort eingeschlafen. Trotz meiner Erschöpfung schleicht sich John noch ungefragt in meine Gedanken, als ich in den Schlaf sinke. Genau wie es ihm schon zig Mal zuvor an diesem Tag gelungen ist.

Montagmorgen fühle ich mich wie gerädert. Es hilft aber alles nichts, ich habe einen langen, anstrengenden Tag vor mir.

Jede Menge Seminare und ab dem späten Nachmittag wartet wieder die Arbeit in der Bibliothek auf mich.

Ursprünglich wollte ich die Stunden dort deutlich reduzieren, aber durch Mikes Erkrankung haben meine Eltern noch weniger Geld zur Verfügung als vorher und ich will ihnen nicht auf der Tasche liegen. Außerdem will ich mir wenigstens ab und an mal ein paar Extras wie schöne Kleidung oder eine Pizza mit Val beim Italiener um die Ecke leisten können. Obendrein ist die Arbeit in der Bibliothek meistens recht entspannt und oft komme ich sogar nebenher zum Lernen. Oder zum Lesen. Auch wenn es mir manchmal ein wenig zu viel ist, komme ich eigentlich gern hierher.

Heute ist viel zu tun. Ich sortiere Bücher ein, helfe ein paar Studenten dabei, welche zu finden und kontrolliere die Regale, um falsch zurückgestellte Bücher aufzuspüren. Auch wenn über jedem zweiten Regal ein großes Schild mit der Aufschrift „Ein verstelltes Buch ist ein verlorenes Buch" prangt, werden trotzdem immer wieder Bücher achtlos irgendwo ins Regal gestellt. Wer schaut auch schon nach oben, bevor er ein Buch zurückstellt? Niemand vermutlich.

Tatsächlich aber findet man falsch einsortierte Bücher leider nur noch per Zufall wieder. Deshalb gehen wir, wenn ein bisschen Zeit übrig ist, immer mal wieder durch die Regalreihen und suchen danach. So tauchen zumindest ein paar der verschollenen Schätzchen ab und an wieder auf.

Auch wenn ich das nicht möchte, muss ich zwischendrin immer mal wieder an John denken. Ich versuche zwar, die Gedanken an ihn möglichst gleich wieder von mir wegzuschieben, das ist jedoch gar nicht so einfach.

Bei meiner schlauen Berechnung der Vor- und Nachteile eines One-Night-Stands mit ihm habe ich offenkundig einen wichtigen Faktor außer Acht gelassen: Nämlich den, dass Menschen Gefühle haben und dass diese manchmal Dinge mit uns anstellen, die wir nicht über unseren Verstand steuern können.

Kapitel 13

Zwar ist die große Prüfungswelle vorbei, aber an der Uni gibt es trotzdem noch jede Menge zu tun. Ich bin froh, dass ich dadurch kaum Zeit habe, um mich in Grübeleien über irgendetwas zu verlieren.

Naja, nicht über irgendetwas. Sondern über Jonathan Petterson.

Erstaunlicherweise schaffe ich es die meiste Zeit relativ gut, mich irgendwie abzulenken. Von der einen oder anderen langweiligen Vorlesung mal abgesehen. Und von der Zeit, die ich abends vor dem Einschlafen noch wach im Bett liege natürlich. Und von den langen Momenten, die ich in der Bibliothek sonst mit Lesen verbringe. Und von der Zeit, die ich … Ach, lassen wir das lieber.

Fakt ist, in den Momenten, in denen ich mir mal ausnahmsweise nicht selbst etwas vormache, muss ich zugeben, dass ich mehr an John denke, als mir guttut. Leider bringt mir diese Erkenntnis herzlich wenig, denn wirklich ändern kann ich die Situation nicht. Irgendwie habe ich ja bereits vorher gewusst, worauf ich mich einlasse und nun muss ich da eben durch.

Am Mittwoch entdecke ich Jonathan einmal ganz kurz aus der Ferne, aber er sieht mich offenbar nicht. Vielleicht *über*sieht er mich auch. Kurz steigt in mir der Drang auf, ihm wie eine Irre zu winken, um sicherzugehen, dass er mich nicht vielleicht doch nur zufällig übersieht. In letzter Sekunde fällt mir ein, dass ich mich zu einem absoluten Volltrottel machen würde, wenn sich dadurch herausstellen sollte, dass er mich *absichtlich* übersieht und ich lasse meinen bereits erhobenen Arm sofort wieder sinken. Dabei schlägt mein Herz deutlich schneller, als es mir lieb ist.

Am Donnerstag graut es mir vor dem Freitag, weil ich mir schon jetzt darüber im Klaren bin, dass ich dann den halben Tag dieses dämliche „heute vor einer Woche hat er mit mir telefoniert"-Gedankenspielchen spielen werde. Und am Samstag wird es mit „heute vor einer Woche hat er mit mir gevögelt" garantiert eher schlimmer als besser werden. Da hilft nur tapfer sein!

Wenn ich heute Abend freihabe, werde ich Valerie anrufen, sie wird bestimmt nicht Nein sagen, wenn ich sie darum bitte, mit mir auszugehen. Und vielleicht kann ich sie sogar dazu überreden, am Samstag mit mir auf einen Kaffee bei meiner Familie vorbeizufahren. Auch wenn das irgendwie herzlos klingen mag, aber wenn ich Besuch mitbringe, dann reißt sich meine Mutter einfach ein bisschen mehr zusammen und die Stimmung ist nicht ganz so bedrückend wie sonst.

Zufrieden mit meinem Plan verbringe ich meinen Nachmittag fast, aber eben auch nur fast, im Einklang mit mir selbst in der Bibliothek.

Nach Feierabend zücke ich schon mein Handy, als ich die Bibliothek noch nicht ganz verlassen habe, um Valerie umgehend eine Nachricht zu schicken. Weit komme ich jedoch nicht, denn mein Weg ins Freie wird abrupt von einem Meter und neunzig aus sehnigen Muskeln mit verschränkten Armen gestoppt.

„Hi!" Mit noch immer verschränkten Armen schaut John auf mich herunter und ich kann nicht so ganz deuten, ob er amüsiert oder vielleicht doch eher verärgert ist.

„Oh, John!"

Messerscharf beobachtet, Hope!

Statt noch irgendetwas zu sagen, starre ich ihn einfach wortlos an.

„Ich wollte nur mal schauen, ob du noch lebst, nachdem du am Sonntag weg warst, als ich mit dem Frühstück zurückkam. Auf meine SMS hast du übrigens auch nicht reagiert. Ich hoffe doch, Sie haben einen triftigen Grund für Ihre schlechten Manieren, junge Dame?“, fragt er mich streng und klingt dabei so, wie meine Mutter bei den seltenen Malen klang, die ich etwas ausgefressen hatte, und ich muss lachen.

+++

John hatte nicht damit gerechnet, dass er so viel würde an Hope denken müssen. Als er mit dem Frühstück zurückkam und sie weg war, da hätte er sich bei jeder anderen vermutlich gefreut. Eine Sorge weniger und kein Stress damit, ihr möglichst elegant den Laufpass zu geben.

Zugegeben: Normalerweise hätte er sich dieses „Problems“ auch schon irgendwann in der Nacht entledigt und sie einfach kurz und ohne auch nur einen Anflug von schlechtem Gewissen vor die Tür gesetzt. Dass er eine Frau hat zum Frühstück bleiben lassen, ist ihm schon seit … eigentlich noch nie passiert.

Leider musste er dann allein frühstücken und statt sich mit Hope danach zu Runde sechs oder so wieder zurück ins Bett kuscheln zu können, hat er ferngesehen. Das war, trotz der sehr befriedigenden Nacht, ziemlich frustrierend.

Montag hat er sich dazu hinreißen lassen, ihr eine SMS zu schicken, auf die sie leider nicht reagiert hat. Und heute hatte er einfach keinen Bock mehr, sich Gedanken darüber zu machen, warum er sich so viele Gedanken über sie macht. Also hat er beschlossen, der Sache auf den Grund zu gehen.

Auch wenn er sich ein wenig lächerlich dabei vorkam, sich wie ein liebeskranker Volltrottel vor der Bibliothek zu postieren und auf sie zu warten. Von dem Gefühl, sich lächerlich zu machen, mal ganz abgesehen, war er obendrein auch noch ziemlich nervös.

Die Zeit des Wartens hat sich allerdings schon allein dafür gelohnt, Hope jetzt knallrot anlaufen zusehen. John kann sich ein Lächeln nicht mehr verkneifen.

+++

John lacht und ich bin irgendwie erleichtert.

„Ich habe keine SMS von dir bekommen", erwidere ich prompt, weil ich irgendwie immer das Gefühl habe, mich rechtfertigen zu müssen, wenn mir jemand Vorwürfe macht. Ich denke kurz darüber nach, wie sie mir wohl entgangen sein könnte und dann fällt mir der Berg von Spam-Nachrichten wieder ein, die ich bekommen habe. Bestimmt habe ich sie dabei versehentlich gelöscht.

„Du kannst ruhig ehrlich zugeben, wenn du eigentlich nur meinen Körper wolltest und deshalb nicht zurückgeschrieben hast, Hope."

„Nein, das ist es nicht", stammle ich und erröte noch ein bisschen heftiger.

„Dann willst du meinen Körper also auch nicht mehr?" John greift sich mit gespielter Geste ans Herz und mein Körper beginnt bei dem Gedanken an den seinen zu vibrieren. Ich höre mich viel zu laut und viel zu albern lachen, aber er macht mich nervös. Ganz eindeutig scheint ihn mein affiges Gelächter zu erfreuen, denn nun lächelt er strahlend und beugt sich zu mir herunter, um mir einen Kuss auf die Schläfe zu pressen.

„Wenn du meine SMS einfach nicht bekommen hast und ich heute beschließe, verblendet genug zu sein, um einfach zu ignorieren, dass du am Sonntagmorgen verschwunden bist, würdest du mir dann vielleicht die Ehre erweisen, heute Abend mit mir auszugehen?“

In meinem manchmal etwas langsam arbeitendem Gehirn muss ich erst einmal einen Moment lang sortieren, was er da gerade gesagt hat. In dem Moment, in dem mein Herz freudig erregt gegen meinen Brustkorb zu klopfen beginnt, fange ich an zu grinsen.

„Du bittest mich um noch ein Date, Jonathan Petterson?“ Während Adrenalin sich aufgeregt kribbelnd in meinem Körper ausbreitet, versuche ich, völlig gelassen auszusehen. Was mir allerdings nur mäßig gelingt, denn ich kann kaum stillstehen.

John hat das mit dem lässigen Aussehen schon eher drauf. Nur seine Hände, die sich ein paar Mal schnell öffnen und wieder schließen, verraten, dass er sich seiner Sache vielleicht doch nicht ganz so sicher ist, wie er tut.

„Ja, ich bitte dich um noch ein Date! Ist das so erstaunlich?“ Er beugt sich ein Stück zu mir herunter und schaut mich an, während er langsam seine Hand nach mir ausstreckt, um damit mein Gesicht zu umfassen. Ich starre auf seine Lippen und erinnere mich daran, wie warm, fest und weich zugleich sie sich auf meinen angefühlt haben. Das aufgeregte Kribbeln in mir breitet sich noch weiter aus, während er sich mir langsam nähert. Meine Augen schließen sich, während sich mein Mund in Erwartung seines Kusses ein bisschen öffnet.

Doch leider passiert nichts, außer dass sich hinter uns jemand räuspert.

Erschrocken fahren wir auseinander und ich sehe das amüsierte Gesicht meiner Chefin vor mir.

„Ich störe ja nur ungern, aber ich müsste dann jetzt mal abschließen!“

„Äh … ja … natürlich“, stottere ich verlegen. „Einen schönen Feierabend noch!“ Dann bugsiere ich John ins Freie.

Kapitel 14

„Und jetzt?" Ich sehe John erwartungsvoll an. Zum einen weiß ich gerade nicht wirklich weiter. Zum anderen ist er es ja, der mich um ein Date gebeten hat. Also gehe ich einfach mal davon aus, dass er da irgendetwas geplant hat.

Er reicht mir seinen Arm, ich hake mich unter und fühle mich seltsam beschwingt und leicht. Vermutlich strahle ich wie ein bekifftes Honigkuchenpferd, aber hey: John Petterson hat mich gerade von der Arbeit abgeholt und jetzt geht er mit mir zu einem Date. Wenn das kein Grund ist zu grinsen, dann weiß ich auch nicht!

„Wir haben noch eine halbe Stunde Zeit, bevor wir los müssen, hast du noch Hunger?"

Tatsächlich knurrt mein Magen schon seit einem Weilchen und ich nicke.

„Dann komm." Er führt mich zu einem kleinen indischen Imbiss, den ich noch nicht kenne. Der Laden ist winzig und gemütlich und die Karte überschaubar.

„Soll ich dich beraten?" Anscheinend hat er mich beobachtet, während ich stirnrunzelnd die Namen der Gerichte in der Karte gelesen habe. Mit indischem Essen kenne ich mich überhaupt nicht aus. Und obwohl ich furchtbaren Hunger habe, bin ich gleichzeitig so aufgeregt, dass mir beinah schlecht ist, auf die freudig-erregte Art und Weise.

„Bestellst du für mich?" Durch die leichte Übelkeit erscheint mir gerade keins der Gerichte auf der Karte besonders verlockend. Aber vielleicht ist das anders, wenn ich es erst einmal vor mir stehen habe.

John bestellt mit ruhiger Souveränität, die ich unglaublich sexy an ihm finde.

Als das Essen dann serviert wird, duftet es so verführerisch, dass ich tatsächlich nicht widerstehen kann.

Vor mir steht Hähnchenbrust in einer aromatischen, roten Soße, die sich mit cremigem Joghurt mischt. Dazu gibt es flaches Fladenbrot. Die verschiedenen Aromen fluten meine Geschmacksnerven und vermischen sich zu einer wahren Explosion. Die scharfe Intensität der Gewürze wird von der sauren Milde des Joghurts gleichzeitig intensiviert und besänftigt und die verschiedenen Konsistenzen vereinen sich genauso zu einem harmonischen Ganzen wie die Aromen.

Zu meinem Ärger bin ich nach wenigen Bissen trotzdem schon ziemlich satt. Wenn ich aufgeregt bin, dann passiert mir das immer. Aus Höflichkeit esse ich noch ein bisschen mehr, auch wenn ich mich wirklich dazu zwingen muss.

Irgendwann schaut John auf die Uhr.

„Wir müssen langsam los." Er bezahlt und hilft mir dann in meinen Mantel. Als wir nach draußen gehen, fängt es an zu schneien.

Nach einer kurzen Autofahrt stellt John den Motor ab und ich schaue mich erstaunt um.

„Autokino? John, es ist Winter!" Ungläubig starre ich auf die Leinwand vor uns.

Er zuckt nur mit den Schultern, während er die richtige Frequenz im Radio sucht.

„Aber es läuft Ice Age! Und es kann einfach nicht sein, dass du den Film noch nie gesehen hast!"

„Ich hoffe, dein Auto hat Standheizung …"

„Hat es nicht. Den Motor laufen zu lassen ist leider auch verboten. Aber ich habe etwas vorbereitet. Wenn Sie eventuell auf der Rückbank Platz nehmen möchten, Mylady?"

Ich verschränke die Arme vor der Brust und ziehe eine Augenbraue hoch.

„Einfach so, ohne Vorspiel gleich auf die Rückbank?"

John wird rot. Er wird tatsächlich rot!

„Ähm ... So war das nicht gemeint. Es ist einfach bequemer ..."

Schmunzelnd krabble ich etwas unelegant nach hinten, während John die Lehnen der Vordersitze umlegt, sodass sie uns nicht die Sicht versperren, bevor er sich neben mich setzt. Dann reicht er mir nacheinander eine dicke, weiche Steppdecke, eine Thermoskanne, eine Tasse und ...

„Ist das eine Wärmflasche?"

Lächelnd hebt er die Decke ein bisschen an und legt sie mir auf die Beine.

„Leider ist sie nicht mehr ganz so warm ... Die Stunde im kalten Auto hat ihr nicht wirklich gutgetan."

Ich bin trotzdem ziemlich beeindruckt, und als der Film losgeht, ist mir wohlig warm, obwohl es draußen so kalt ist. Beinah entspannt schaue ich mir den Film an, der wirklich lustig ist, ich muss es zugeben.

Nach einer Weile werfe ich einen Blick auf Jonathan.

„Kann es sein, dass du frierst?"

„Vielleicht ein kleines bisschen", gibt er verlegen zu.

„Möchtest du vielleicht mit unter meine Decke? Damit dir wieder warm wird?"

Und damit ich näher an deinem hinreißenden Körper bin.

John nimmt mein Angebot an und das sogar ziemlich schnell, wie ich zufrieden feststelle. Seit unserem letzten Treffen haben wir uns nicht noch einmal geküsst. Ich würde das mehr als gern ändern, aber irgendwie bin ich in seiner Nähe heute schüchtern.

John scheint deutlich entspannter zu sein als ich und macht es sich neben mir bequem.

Auch wenn mein Körper mir ganz andere Signale schickt, versuche ich so zu tun, als wäre er gar nicht da. Was verrückt ist, wenn man ein Date hat, schließlich hat man das ja genau deswegen, um eben auszukosten, dass der andere da ist. Nachdem ich das letzte Mal so freimütig mit ihm mitgegangen bin, will ich dieses Mal auf gar keinen Fall den ersten Schritt machen, auch wenn das irgendwie abstrus ist.

Also schaue ich konzentriert auf den Film und schaffe es tatsächlich, darüber zu lachen.

„Du bist sexy, wenn du lachst!“

Ich kichere albern, was mir sofort furchtbar peinlich ist. Ich bin schließlich kein pubertierendes Schulmädchen mehr.

„Du sollst den Film ansehen, nicht mich!“

Seine Zähne blitzen hell auf, als er lächelt. „Ich finde dich aber viel interessanter. Wenn du lachst, dann bekommst du wunderhübsche Grübchen, genau hier.“ Langsam beugt er sich zu mir und küsst die entsprechende Stelle an meiner Wange. „Und deine Lippen kräuseln sich so süß …“ Fast noch im selben Moment berühren seine Lippen die meinen. Zart, ganz zart, bevor er sich wieder zurückzieht.

Johns sinnliche Nähe ist elektrisierend. Mein ganzer Körper befindet sich schlagartig in heller Aufregung, besteht aus nichts als freudigem Kribbeln, Erwartung und meinem Herzschlag, der so laut zu sein scheint, dass selbst John ihn eigentlich hören müsste. Mein Blick bleibt an seinem Mund hängen, was er mit einem zufriedenen Lachen zur Kenntnis nimmt.

„Von diesem Blick träume ich schon die ganze Woche“, flüstert er, bevor er mich erneut küsst. Seine Lippen fühlen sich wie fester Samt an. Ich seufze tief, als er den Kuss intensiver werden lässt, der Druck seines Mundes auf meinem zunimmt und der Tanz seiner Zunge mich fast wahnsinnig werden lässt. Erregung breitet sich, süß und ziehend, in meinem gesamten Körper aus und ich fühle mich seltsam leicht. Beinah so, als würde ich schweben.

Johns Hände umschließen erst mein Gesicht, halten mich, während er mich küsst, bis ich meinen Kopf gegen die Lehne sinken lasse. Meine Augen schließen sich dabei von selbst und das, obwohl ich gar nichts dagegen gehabt hätte, John auch beim Küssen weiterhin anzusehen.

Meine Hände wandern unstet über seinen Rücken, aber durch den dicken Wollstoff hindurch kann ich nichts von ihm spüren. Am liebsten würde ich ihm die Jacke ausziehen, aber das wäre eindeutig zu kalt. Ich drehe mich zu ihm. Gleichzeitig schiebt er mich nach hinten, und noch bevor ich realisiere, wie mir geschieht, liege ich auf der Rückbank und Jonathan liegt halb auf mir. Die Wärme der Decke schützt uns wie ein Kokon gegen die Kälte. Ich fühle mich sicher und geborgen, obwohl ein Auto ohne Heizung im Winter ja an sich nicht viel Gemütlichkeit zu bieten hat.

„Ich dachte, das mit der Rückbank wäre nicht so gemeint gewesen?“, flüstere ich zwischen zwei Küssen schmunzelnd in sein Ohr.

„Hab’s mir anders überlegt“, raunt er zurück. Schon eine Sekunde später ist es mir ohnehin egal, denn er hat es irgendwie geschafft, sich mit seinen Hüften zwischen meine Beine zu mogeln. Als er sein Becken beim nächsten Kuss gegen mich drückt, kann ich ein Keuchen nicht mehr unterdrücken. Selbst durch das feste Material unserer

Jeans hindurch kann ich seine Erektion an meiner Mitte spüren und ich bewege mein Becken in einer kreisenden Bewegung gegen seins.

„Hope … Oh Gott, du bringst mich um den Verstand!"

Die Intensität unserer Küsse nimmt im gleichen Maße zu wie der Grad unserer Erregung. Ich bin mir ziemlich sicher, dass es eigentlich *mein* Verstand ist, der sich hier gerade völlig verabschiedet hat und nicht Johns.

Ich höre seinen Atem, der genauso schnell und stoßweise geht wie meiner, spüre seine Bewegungen, die immer drängender werden. Das Gewicht seines Körpers, das sich angenehm schwer auf mir anfühlt und seine Hände, die überall auf einmal zu sein scheinen. Sie sind warm und fest an meiner Taille, arbeiten sich über meinen Bauch zu meinen Brüsten vor, liebkosen und kneten mich, streicheln wieder meinen Bauch. Dann öffnet John langsam Knopf für Knopf meine Jeans. Tastend arbeitet er sich nach unten vor, und als er sein Ziel erreicht hat, stöhne ich laut auf.

„So feucht", murmelt er verwundert und erfreut, während er meine enge Nässe teilt und erforscht. Ich dränge mich seiner Hand entgegen, ich habe schon lang den Punkt überschritten, an dem ich noch so etwas wie Schamgefühl empfunden hätte. Sein Daumen findet meine kleine Perle, während er mit Zeige- und Mittelfinger in mich eindringt und ich beginne mich unter ihm zu winden. Das süße Ziehen in mir nimmt weiter und weiter zu, trägt mich höher und höher. Mein Körper lechzt nach mehr, nach viel mehr, mehr Druck, mehr Reibung … und nach Erlösung.

Für einen kurzen Moment öffne ich meine Augen und blicke in Johns, die erregt funkeln. Er beugt sich zu mir herunter, küsste mich, seine Zähne kratzen über meine

Unterlippe, er saugt an meiner Oberlippe, scheint mein Stöhnen mit seinem sündigen Mund zu trinken.

„John!" Die erste Welle meines Höhepunktes überrollt mich und überwältigt schreie ich auf. Doch John hört nicht auf, lässt mich wieder und wieder explodieren, bis ich das Gefühl habe, völlig am Rande einer Ohnmacht angekommen zu sein. Erst dann lässt er von mir ab und streichelt mich nur noch sanft.

Als ich wieder halbwegs zu Atem gekommen bin, öffnen sich meine Augen langsam. John kniet noch immer halb über mir und betrachtet mich. Er sieht hochzufrieden mit sich aus.

„Du bist erstaunlich, Hope. Du siehst so unschuldig aus wie ein Engelchen. Aber ein Kuss genügt und auf einmal wirkst du alles andere als unschuldig. Du bist so heiß wie die Sünde, meine Schöne, die pure Sünde."

Da er mich gleich danach wieder küsst, bin ich nicht in der Lage, irgendetwas darauf zu erwidern.

Als kurze Zeit später jemand gegen das Wagenfenster klopft, beiße ich John vor lauter Schreck fast in die Lippe. Wir fahren auseinander und mir wird auf einmal klar, dass wir Sex in seinem Auto hatten, mitten im Autokino. Jeder hätte mir dabei zusehen können, als ich wie ein billiges Flittchen auf seiner Rückbank gekommen bin.

Erschrocken huscht mein Blick zu den Autofenstern, die alle völlig zugeschneit sind.

Dem Himmel sei Dank!

Niemand konnte uns zusehen, weil alle Fenster blickdicht mit Schnee bedeckt sind.

Allerdings kann sich jeder denken, dass wir wohl kaum damit beschäftig waren, dem Film zu folgen, wenn wir diesen gar nicht sehen konnten.

Hektisch und peinlich berührt richte ich meine Kleidung, während John nach vorn klettert.

Kapitel 15

Als John völlig abgeklärt die Scheibe herunterkurbelt, weiß ich auf dem Rücksitz kaum, wo ich hinschauen soll.

„Guten Abend!“ Vor dem Auto steht ein Mitarbeiter des Autokinos und leuchtet mit seiner Taschenlampe zu uns herein. „Ich wollte nur mal darauf hinweisen, dass der Film seit fünfzehn Minuten vorbei ist und Sie das Gelände langsam verlassen müssen. Sie waren wohl sehr … *beschäftigt*?“ Er grinst süffisant und versucht einen Blick auf mich zu erhaschen.

„Ach wirklich? Haben wir gar nicht mitbekommen. Wir haben uns so angeregt über die Physiognomie von Säbelzahneichhörnchen im Vergleich zu der äußeren Erscheinungsform kanadischer Streifenhörnchen unterhalten, dass wir alles andere um uns herum völlig vergessen haben.“ John sieht dem Kinomann ins Gesicht und verzieht keine Miene, woraufhin dieser sich unsicher räuspert.

„Ähm ja, es wird trotzdem Zeit, das Gelände zu verlassen!“

„Wir sind gleich weg.“ John hebt lässig zwei Finger zum Gruß und kurbelt die Scheibe wieder hoch, während ich in Gelächter ausbreche.

Nachdem John in aller Ruhe die Vordersitze wieder hochgeklappt und den Motor angestellt hat, müssen wir erst noch einen Moment warten. Die Scheiben sind nicht nur von außen mit Schnee bedeckt, sondern auch von innen so stark beschlagen, dass wir gar nichts sehen können.

Als die Sicht endlich wieder klar ist, stellen wir fest, dass wir die Letzten auf dem Gelände sind. Von den Betreibern mal abgesehen. Ich bin froh, dass es schon dunkel ist und mich hier außerdem sowieso niemand kennt, ein bisschen unangenehm ist mir die ganze Situation nämlich schon.

Wir sind noch gute fünf Meilen von Johns Wohnung entfernt, als sein Auto plötzlich anfängt, komische Geräusche von sich zu geben. Er schafft es gerade noch, das Auto auf einen Parkplatz in der Nähe des Fahrbahnrandes zu manövrieren, bevor es einfach ausgeht.

Mehrfach versucht er, es wieder zu starten, aber alle Versuche sind vergebens – es ist und bleibt aus und gibt keinen Mucks mehr von sich.

„So eine Scheiße!" Fluchend steigt John aus und öffnet die Motorhaube, schließt sie wieder und greift dann immer noch fluchend zum Telefon.

Er brummt ein paar unverständliche Wörter in sein Handy und beendet das Gespräch kurz darauf verärgert. Der ganze Vorgang wiederholt sich noch ein paar Mal, bis er schließlich genervt gegen einen der Vorderreifen tritt, während er etwas Unverständliches murmelt, das nicht gerade nach liebkosenden Worten klingt. Die romantische Stimmung ist völlig im Eimer. Ich kann es ihm nicht verdenken – ich wäre auch nicht gerade sonderlich begeistert, wenn mein Auto während eines Dates mitten in der Nacht und bei Schneefall seinen Geist aufgeben würde.

„Verdammter Mist!", sagt John, als er schließlich wieder zu mir in den Wagen steigt und die Tür hinter sich schließt. Er sieht genervt aus und auf seiner Stirn hat sich eine tiefe, ärgerliche Falte gebildet. „Der Abschleppdienst will bei dem Wetter nur in Notfällen rauskommen, aber wir stehen ja auf einem Parkplatz. Alle Freunde, die ich angerufen habe, sind entweder nicht erreichbar oder haben sonstige Ausreden auf Lager. Wir müssen schauen, ob wir irgendwo ein Taxi auftreiben können …"

Bei diesem Wetter? Wohl eher nicht.

Die Wahrscheinlichkeit, jetzt ein Taxi zu bekommen, ohne eine Stunde Wartezeit dafür in Kauf nehmen zu müssen, ist mehr als gering.

„Ich denke, wir sollten uns einfach schon auf den Weg machen. So weit ist es doch gar nicht."

Perplex sieht Jonathan mich an.

„Hope, das ist ein Fußmarsch von bestimmt einer Dreiviertelstunde. Und es ist eiskalt!"

„John, es ist *nur* eine Dreiviertelstunde! Und es schneit nur ein *bisschen*."

Er guckt noch immer völlig ungläubig und ich muss lachen.

„Da, wo ich herkomme, lieber Großstadtbewohner, lernt man zwei Dinge: Schießen und zu Fuß gehen. Und da wir für heute eindeutig schon genug Zeit in deinem kalten Auto verbracht haben und ich kein gesteigertes Interesse daran habe, hier zu erfrieren, würde ich vorschlagen, du setzt deinen entzückenden Hintern in Bewegung und wir gehen los."

Er sitzt immer noch im Auto und glotzt mich an und ich schüttle lachend den Kopf, steige aus und laufe einfach los. Es erstaunt mich immer wieder, wie unterschiedlich die Vorstellung von einem Begriff wie „weit" so ausfallen kann.

Noch immer rieselt es zarte, weiße Schneeflocken vom Himmel, die im Schein der Straßenlaternen sanft glitzern.

Ich bücke mich und nehme im Gehen eine Handvoll Schnee auf. Kurze Zeit später höre ich John die Autotür zuschlagen.

„Hope, warte doch mal!"

Lächelnd drehe ich mich zu ihm um, während er hinter mir hereilt. Plötzlich in übermütiger Stimmung, forme ich den Schnee in meiner Hand zu einem lockeren Ball, ziele und treffe John mitten ins Gesicht.

Sein Gesichtsausdruck ist Gold wert. Als er aus dem Auto stieg, war er noch deutlich genervt. Als er den Schneeball abbekam, wechselte er von genervt zu irritiert zu ungläubig. Und jetzt breitet sich ein Lachen auf seinem Gesicht aus.

Ich habe mit einer Schneeballattacke seinerseits gerechnet, stattdessen kommt er jetzt im Laufschritt auf mich zu. Kurz überlege ich, ob ich die Flucht ergreifen soll, aber da er eindeutig schneller ist als ich und der Schnee obendrein recht rutschig, beschließe ich, einfach stehen zu bleiben. Vielleicht habe ich auch gar kein Interesse daran, ihm tatsächlich zu entkommen.

Als er bei mir ankommt, lacht er immer noch. Atemlos reißt er mich in seine Arme und wirbelt mich, als wäre ich ein kleines Kind, lachend ein paar Mal im Kreis herum. Dann bleibt er stehen und küsst mich, so leidenschaftlich, dass mir die Knie weich werden.

„Du bist eine erstaunliche Frau, Hope!" Zum Antworten komme ich nicht, weil seine Lippen schon wieder auf den meinen liegen.

Wir brauchen für die Strecke die doppelte Zeit, was daran liegt, dass wir immer wieder stehen bleiben und einfach nicht voneinander lassen können. Was den Effekt hat, dass wir beide völlig durchgefroren sind, als wir endlich in Johns Wohnung angekommen sind.

„Du brauchst eine heiße Dusche, um wieder aufzutauen“, stellt John fest, als wir unsere schneeverkrusteten Schuhe ausziehen und ich meine Zehen vorsichtig bewege, die sich mittlerweile wie tiefgefroren anfühlen.

Er geht ins Bad und dreht das warme Wasser auf, während ich ihm folge. Ich ziehe mich komplett aus, und als er sich wieder zu mir umdreht, bin ich nackt.

„Kommst du mit?“ Ich stelle mich unter das warme Wasser und es dauert nicht lang, bis sich unsere Körper in der angenehm wärmenden Nässe aneinanderschmiegen.

Der nächste Tag ist ein Freitag und zum ersten Mal in meinem Leben schwänze ich alle Lehrveranstaltungen, die heute auf meinem Stundenplan gestanden hätten.

Kapitel 16

Dass ich blaumache, ist in letzter Zeit leider fast zur Gewohnheit geworden. Zum Glück trägt Valerie mich immer brav in alle Anwesenheitslisten ein. Außerdem ist es mir ohnehin schon immer leichter gefallen, mir den Lernstoff selbst zu erarbeiten, als irgendwelchen vor sich hin schwadronierenden Dozenten in ihren Vorlesungen zu folgen.

Heute schaffe ich es gerade eben noch pünktlich in den Hörsaal und quetsche mich in der letzten Reihe neben Valerie, die mir vorsichtshalber einen Platz freigehalten hat.

„Ich dachte schon, du kommst heute wieder nicht", raunt sie mir augenzwinkernd zu, als ich endlich sitze.

„Doch, ich habe nur ein bisschen verschlafen", gebe ich leicht verärgert zurück.

„Hope, du wirst mir immer sympathischer. Du bekommst ja richtig menschliche Züge." Val lächelt zufrieden, bevor sie ihren Kugelschreiber zückt, um sich Notizen zu machen und der Vorlesung zu folgen. Ich weiß, was sie sich vermutlich denkt. Aber mein Zuspätkommen hatte leider eher unerfreuliche Gründe. Ich hatte die ganze Nacht Albträume und konnte kaum schlafen. Als ich zum gefühlt zweihundertsten Mal auf meinen Wecker geschaut habe, um zu sehen, wie spät es ist, habe ich ihn wohl versehentlich ausgestellt. Müde reibe ich mir die Augen, bevor auch ich Zettel und Stift zücke und versuche, dem Geschehen vor mir irgendwie zu folgen.

Der Vormittag scheint sich endlos hinzuziehen, nachmittags muss ich arbeiten.

Irgendwie ist das heute nicht mein Tag. Ich bin müde, abgespannt, gereizt und ein bisschen depressiv. Vielleicht liegt es daran, dass ich mich heute Abend nicht mit Jonathan treffen kann, weil er zu irgendeiner wichtigen Probe muss. Was ja nicht so schlimm wäre, wenn ich ihn nicht schon die ganze Woche lang nicht gesehen hätte.

Furchtbar! Es gab Zeiten, da habe ich die Augen verdreht, wenn andere Frauen sich so von ihrem Partner abhängig gemacht haben. Jetzt bin ich selbst keinen Deut besser.

Du bist vor allem eine Heulsuse, Hope!

Ach, halt doch die Klappe.

Der ganze Nachmittag ist eine einzige Katastrophe. Meine Chefin meckert wegen angeblich von mir falsch einsortierter Bücher. Mir fällt ein ganzer Stapel bereits vorsortierter Bücher vom Bücherwagen herunter. Alle Leute, die sich heute in die Bibliothek verirrt haben, scheinen schlechte Laune zu haben und doofe Fragen zu stellen.

Auch hier zieht sich die Zeit beinah ins Endlose. Als endlich Feierabend ist, bin ich so kaputt, dass ich mich am liebsten einfach zwischen den Bücherregalen zusammenrollen würde, um einzuschlafen.

Schließlich raffe ich mich aber doch auf, suche meine Sachen zusammen und verlasse nach einem kurzen Gruß die Bibliothek.

Als ich mein Handy in die Hand nehme, sehe ich, dass ich acht Anrufe in Abwesenheit hatte. Kurz hoffe ich darauf, dass wenigstens einer davon von John oder zumindest von Valerie ist. Stattdessen sind alle acht von meiner Mutter. Genervt will ich mein Handy einfach ausschalten, als sie bereits ein neuntes Mal anruft und ich doch auf die Taste zum Annehmen drücke. Fast im selben Moment könnte ich mir deswegen selbst in den Hintern beißen. Denn alles, was sie will, ist es, mir Vorwürfe machen, weil ich mich in den letzten drei oder vier Wochen so wenig habe zu Hause blicken lassen. Sie erzählt mir, wie schlecht es meinem Bruder geht. Wie schlecht es ihr geht, weil sie so viel zu tun hat. Fragt mich, ob mir das denn alles egal sei, ob mir meine Familie egal sei und ob mir mein Bruder eigentlich auch egal sei. Sie redet sich richtig in Rage. Nachdem sie mir zehn Minuten lang sinngemäß mitgeteilt hat, dass ich mindestens die schlechteste Tochter der Welt sei und obendrein, was das Engagement für meine Familie angeht, auch noch eine einzige Enttäuschung, legt sie einfach auf. Auch wenn ich mich wirklich weniger habe zu Hause blicken lassen als sonst, sind ihre Vorwürfe unfair. Ich bin immer noch überdurchschnittlich oft zu Hause, wenn ich mich da mit anderen aus meinem Bekanntenkreis vergleiche. Und außerdem bin ich einundzwanzig Jahre alt. Ich studiere, ich habe einen Job und einen Freund. Wo soll ich all die Zeit denn hernehmen? Ich habe jetzt schon das Gefühl, nichts und niemandem mehr wirklich gerecht werden zu können.

Und weil heute sowieso nicht mein Tag ist, setze ich mich auf die Treppe vor der Bibliothek und fange an zu weinen. Ich habe keine Ahnung, wie lang ich hier sitze, als sich irgendwann eine Hand auf meine Schulter legt.

„Hope, was ist los?", sagt eine vertraute Stimme besorgt und dann finde ich mich in einer warmen, tröstenden Umarmung wieder.

„John …“ Eine Weile schluchze ich vor mich hin, dann beruhige ich mich langsam und krame in meiner Manteltasche nach einem Taschentuch.

„Ist irgendetwas Schlimmes passiert?“ Voller Sorge sieht er mich an und wischt die letzte Träne weg, die mir über meine Wange kullert.

Ich versuche ein Lächeln zustande zu bringen, während ich den Kopf schüttle.

„Nein, eigentlich nicht. Ich hatte nur eine einsame Woche, einen anstrengenden Tag und ein blödes Telefonat mit meiner Mutter.“

+++

Hope allein und weinend auf der Treppe sitzen zu sehen, erweckt in John ein Gefühl, das er erst gar nicht für sich deuten kann.

Er möchte sie festhalten und beschützen, alles Böse von ihr fernhalten, jeden verprügeln, der sie auch nur dazu bringt, traurig zu gucken.

Sie ist so oft so stark, so tough, so unnahbar, dass man fast vergessen könnte, wie verletzlich sie dennoch ist.

Es ist gut, sie im Arm zu halten und das Ausmaß der Zärtlichkeit, die er in diesem Moment für sie empfindet, erstaunt ihn einen Moment lang selbst.

„Hör auf zu weinen, meine Schöne“, flüstert er in ihr Ohr, während er sie sanft hin und her wiegt.

+++

Zaghaft putze ich mir die Nase. „Wo kommst du eigentlich her? Wolltest du nicht zu deiner Probe?“

„Die ist erst später.“ Er reicht mir die Hand und zieht mich von den kalten Treppenstufen hoch. „Und ich glaube, ich lasse sie heute ausfallen, die kommen auch mal ohne mich zurecht. Ich bin hier, weil ich dir etwas zeigen wollte." Den Arm um mich gelegt, führt er mich eine Straße weiter und bleibt vor einem etwas älteren Geländewagen stehen. Dann sucht er etwas in seiner Tasche, bis er mir grinsend einen Schlüssel präsentiert.

„Du hast ein neues Auto!", rufe ich erstaunt.

„Ja, ich habe es gerade abgeholt und wollte dich auf eine Spritztour einladen." Lächelnd öffnet er die Wagentür auf der Beifahrerseite und lässt mich einsteigen. Ich kämpfe ein bisschen mit dem Sicherheitsgurt, der nicht so will wie ich und John beugt sich helfend über mich.

„Komm, ich mach das schon." Er küsst meine Schläfe, während er mühelos den Gurt befestigt. Ich lasse mich seufzend in den bequemen Sitz zurücksinken und fühle mich gleich ein bisschen besser.

Wir sitzen eine ganze Weile schweigend im Auto, bis John irgendwann anhält und den Motor sowie die Scheinwerfer ausschaltet.

„Das ist wunderschön hier, John!"

Wir stehen auf einem Parkplatz, einer Art Aussichtsplattform, von dem aus man einen wunderaren Blick auf die schon abendlich beleuchtete Stadt hat, sodass man tausendfach das Licht der Gebäude und Straßenlaternen glitzern sieht.

„Freut mich, dass es dir gefällt. Und weißt du, was das Beste ist? Das Auto hat sogar Standheizung."

Lächelnd betätigt er ein paar Knöpfe, dann wendet er sich mir zu.

„Und jetzt erzähl mir, was deine Mutter gesagt hat, dass du deswegen so sehr weinen musstest."

„Sie hat mir vorgeworfen, ich würde mich um nichts kümmern und meine Familie wäre mir total egal." In meinem Hals bildet sich ein unangenehmer Kloß, den ich ärgerlich wieder herunterzuschlucken versuche.

„Deine Familie ist dir doch aber wahnsinnig wichtig!"

„Ja, das ist sie. Aber manchmal ist sie auch wahnsinnig anstrengend."

„Da bin ich fast froh, dass ich meine Mutter nicht mehr kennengelernt habe und mein Vater mich in Ruhe lässt ..." Er lächelt schief. Er hat mir erzählt, dass seine Mutter bei seiner Geburt gestorben ist. Sein Vater arbeitet als Manager für irgendeine Ölfirma und hat Geld wie Heu und jede Woche eine andere Frau.

„Vermisst du deinen Vater nie?"

John zuckt mit den Schultern. „Um ihn zu vermissen, müsste ich ihn vermutlich besser kennen. Ich kann mich kaum daran erinnern, dass er mal mit mir gespielt hätte, als ich noch klein war. Dafür gab es immer ein Kindermädchen, das so lang geblieben ist, bis er eine Affäre mit ihr angefangen und wieder beendet hatte. Dann gab es ein neues ..."

Ich sehe ihn an und meine Augen füllen sich mit Tränen. So sehr mich meine Eltern auch manchmal nerven, sie waren doch immer für uns da. In vielerlei Hinsicht legen sie wohl eher zu viel als zu wenig Wert auf Zusammenhalt in der Familie.

„Nicht schon wieder weinen, Hope. Doch nicht deshalb!" John streichelt mir mit seiner Hand über die Wange und ich schmiege mein Gesicht hinein und halte sie dort fest.

„Okay." Meine Stimme klingt zittrig, aber ich reiße mich zusammen.

Wir halten uns an den Händen und sagen ziemlich lang einfach nichts. Die Atmosphäre zwischen uns ist seltsam intim. Ich fühle mich Jonathan näher als je zuvor. Die Wärme des Autos umhüllt und beschützt uns, während es um uns herum immer dunkler wird.

Erst als mein Magen zu knurren beginnt, machen wir uns auf den Rückweg, fahren bei „unserem" Inder vorbei und kaufen uns Essen zum Mitnehmen.

Als wir später zusammen im Bett liegen, male ich die Kontur seines Drachentattoos mit dem Zeigefinger nach, fühle die Muskeln darunter, die sich unter meiner Berührung zusammenziehen und entspannen.

„Wir vermissen dich, wenn du nicht bei uns bist", sagt John lächelnd, bevor er mich küsst und mich auf andere Gedanken bringt.

Wir lieben uns, langsam und bedächtig, beinah andächtig.

„Wenn ich einen HIV-Test vorlege, könnten wir dann die blöden Gummis weglassen?", fragt John mich, als wir später aneinandergekuschelt im Bett liegen.

„Sex ohne Kondom gibt es nur für meinen Ehemann. Ich bin eine Frau mit Prinzipien!"

Er lacht leise, zieht mich noch etwas enger an sich. Streicht mir übers Haar und summt ein leises Lied für mich, wie er es oft macht, damit ich besser einschlafen kann. Als ich schon fast eingeschlafen bin, flüstert er etwas in mein Ohr. Und ich könnte schwören, dass es „Ich liebe dich" ist.

Kapitel 17

„Heute in einem Monat ist schon Weihnachten!“ Ich schaue den Schneeflocken zu, die träge vor dem Fenster hinabfallen. Der Winter ist dieses Jahr wirklich viel zu früh und zu kalt.

„Musst du Weihnachten zu deiner Familie nach Hause?“ John fährt mit zwei Fingern die nackte Haut über meiner Wirbelsäule nach. Es kitzelt ein bisschen, gleichzeitig bekomme ich am ganzen Körper eine Gänsehaut.

Träge drehe ich mich zu ihm herum.

„Ja, die töten mich, wenn ich Weihnachten nicht nach Hause komme.“

„Das wäre sehr ... sehr ... schade.“ Nach jedem Wort verteilt er Küsse auf meiner Halsbeuge. „Wenn sie dich töten würden, dann könntest du gar nicht mehr meinen Namen schreien, wenn du kommst.“ Jetzt küsst er meine nackte Schulter.

„Was machst du denn Weihnachten?“

„Am Vierundzwanzigsten habe ich abends ein Konzert. Es wird bestimmt spät.“ Seine Küsse landen wieder auf meinem Hals und ich habe leichte Schwierigkeiten, mich zu konzentrieren.

„Du fährst nicht zu deinem Vater?“

„Nein, ganz bestimmt nicht. Ich glaube, er ist ohnehin mit Ehefrau Nummer acht irgendwo in Europa über Weihnachten.“

„Oh!“ Ich kann mir gar nicht vorstellen, wie das ist, Weihnachten nicht nach Hause fahren zu können. „Und ich kann vermutlich nicht mal zu deinem Konzert kommen …" Mir war vorher gar nicht so richtig bewusst gewesen, dass wir uns Weihnachten wohl nicht werden sehen können. Wenn ich jetzt darüber nachdenke, finde ich die Vorstellung schrecklich. Auch dass John Weihnachten ohne Familie wird feiern müssen, finde ich furchtbar. Als könne er meine Gedanken lesen, hält er mit dem Küssen inne, lächelt mich an und küsst dann meine Nasenspitze.

„Nicht traurig sein, meine Schöne! Mir ist Weihnachten nicht so wichtig. Eigentlich ist es doch ein Tag wie jeder andere. Außer dass man morgens länger schlafen kann und alle irgendwie verrückt spielen."

„Schade, dass du das so siehst. Ich jedenfalls mag Weihnachten. Die Geschenke, die Gerüche, den schön geschmückten Baum …"

„Du riechst auf jeden Fall besser als jeder Weihnachtsmorgen." Er vergräbt sein Gesicht an meinem Hals und schnuppert an mir, sodass ich lachen muss. „Schöner aussehen als ein Weihnachtsbaum tust du übrigens zweifelsohne auch." Ich muss noch mehr lachen und erst, als er mich fordernd und leidenschaftlich zu küssen beginnt, werde ich wieder ernst.

Als ich mich am 23. Dezember von John verabschiede, um anschließend mit Valerie nach Hause zu fahren, bin ich traurig und überhaupt nicht in Weihnachtsstimmung. Während Val im Auto fröhlich die im Radio laufenden Weihnachtslieder mitsingt, sitze ich schlecht gelaunt neben ihr. Irgendwann stelle ich das Radio einfach aus.

„Seit wann bist du denn so ein Weihnachtsmuffel?" Ihre Lippen kräuseln sich einen Moment zwischen amüsiert und verächtlich, dann stellt sie das Radio wieder an und dreht es noch ein bisschen lauter. Schwer seufzend lehne ich mich zurück und ergebe mich in mein Schicksal. Allerdings mit demonstrativem Schweigen.

„Letztes Jahr war es irgendwie lustiger, mit dir Weihnachten nach Hause zu fahren!“

Bei dem Gedanken daran muss ich lachen. Im letzten Jahr haben wir trotz der winterlichen Temperaturen die Fenster heruntergekurbelt, das Radio so laut wie möglich gestellt und fast genauso laut mitgegrölt.

Dann sind wir zu ihr gefahren und haben uns dort über den selbst gemachten Eierpunsch ihrer Mutter hergemacht. Als ich später zu meinen Eltern gegangen bin, war ich schon halb betrunken und hatte, als wir am 24. Dezember den Weihnachtsbaum schmückten, einen entsetzlichen Kater.

Val singt wieder mit, ziemlich laut und eigentlich ziemlich gut und ich setze, etwas zögerlich und ganz schön schief, irgendwann doch noch mit ein.

Weil ich dieses Jahr versprochen habe, pünktlich zu Hause zu sein, um nach meinem Bruder zu schauen, während meine Eltern die letzten Weihnachtseinkäufe erledigen, muss der Eierpunsch bei Val dieses Jahr allerdings ausfallen. Meine Mutter lässt meinen Bruder nicht mehr allein zu Hause, weil sie Sorge hat, dass er plötzlich Hilfe brauchen könnte. Ich kann ihre Sorge verstehen, aber ich glaube, für meinen Bruder ist es manchmal ziemlich schwer. Nicht nur, dass er ständig auf Hilfe angewiesen ist, zum Arzt gefahren werden muss, nicht mehr zur Uni gehen kann, kaum noch Freunde hat und ständig kränker und kränker wird. Meine Mutter besteht darauf, ihn rund um die Uhr von Familienmitgliedern beaufsichtigen zu lassen, als wäre er ein Kleinkind und kein erwachsener Mann von vierundzwanzig Jahren. Das alles muss schrecklich für ihn sein. Es ist ja für uns schon schlimm. Für ihn muss es noch viel, viel schlimmer sein. Trotzdem hat er immer gute Laune und beschwert sich nie, was ich wirklich bewundere.

Zu Hause angekommen, begrüße ich kurz meine Eltern, die schon hektisch dabei sind, Einkaufslisten zu schreiben, damit sie bloß nichts vergessen. Ich gehe in Mikes Zimmer, das nach der hektischen Küche einer Oase der Ruhe gleicht.

„Hallo, Mike!“

Er sitzt auf dem Bett und liest in irgendeiner Zeitschrift, die er sinken lässt, als ich reinkomme.

„Hallo, Cookie!“

Er rutscht ein bisschen zur Seite, sodass ich mich neben ihn setzen kann, was ich dankbar annehme.

„Brauchst du ein bisschen Asyl, bis die beiden das Haus verlassen haben?“

„Du kennst mich einfach zu gut.“

Er zwinkert mir zu und reicht mir die Fernbedienung, bevor er sich wieder seiner Zeitschrift widmet.

Am nächsten Tag bin ich in Gedanken permanent bei Jonathan.

Es passt mir gar nicht, dass er heute irgendwo ein Konzert gibt, statt schön und besinnlich Weihnachten zu feiern. Außerdem, auch wenn das selbstsüchtig sein mag, hätte ich Weihnachten gern mit ihm zusammen verbracht, einfach nur deshalb, weil ich das schön für mich gefunden hätte. Er fehlt mir.

Wie in meiner Familie üblich, essen wir abends feierlich, es ist schön, aber ein bisschen langweilig. Meine Mutter ist hektisch, mein Vater ruhig, mein Bruder ist müde und ich bin traurig … und außerdem ein bisschen betrunken.

Ich starre den Weihnachtsbaum an und denke an John, der jetzt auf einer Bühne steht und singt. Und daran, dass ich viel lieber im Publikum stehen würde, als hier zu sitzen und mich mit Braten vollzustopfen. Die Stimmung am Tisch könnte deutlich besser sein und ich frage mich, was ich sonst nur immer an Weihnachten gefunden habe.

So früh wie möglich gehe ich ins Bett. Je mehr ich schlafe, desto schneller geht die Zeit vorbei und umso schneller kann ich wieder bei John sein.

Irgendwann nachts wache ich auf. Nach einem Blick auf meinen Wecker stelle ich fest, dass es erst halb zwei ist, also noch lange, lange nicht Zeit, wieder aufzustehen. Gerade habe ich mich wieder umgedreht und es mir gemütlich gemacht, als ich ein Geräusch höre. Und dann gleich noch einmal. Und noch einmal.

Da schmeißt irgendwer Steinchen gegen mein Fenster!

Mit nackten Füßen tappe ich zum Fenster und schaue hinaus. Direkt in die schalkhaft blitzenden Augen Johns.

Kapitel 18

„Was machst du denn hier?“ Ungläubig und fröstelnd stehe ich in der geöffneten Haustür, die einen ganzen Schwall winterlich kalter Luft mit ins Haus lässt.

John zieht die Augenbrauen hoch und grinst. „Im Moment? Wie ein Depp herumstehen!“

Leise lachend ziehe ich ihn ins Haus und lege einen Finger auf meine Lippen, um ihm anzudeuten, dass er so leise wir möglich sein soll. Wenn meine Eltern merken würden, dass ich einen Mann ins Haus lasse, mitten in der Nacht, bekämen sie vermutlich einen Herzinfarkt.

Zum Glück gelingt es mir, John unbemerkt in mein Zimmer zu schleusen.

„Bin gleich wieder da“, flüstere ich ihm zu und mache mich selbst schnell auf den Weg ins Bad.

Mit einem Glas Wasser und frisch geputzten Zähne kehre ich drei Minuten später in mein Zimmer zurück und finde dort John auf meinem Bett sitzend wieder.

Erst nachdem ich meine Zimmertür leise wieder zugemacht und abgeschlossen habe, traue ich mich, ihn endlich zu umarmen und zu küssen.

„Ich bin ganz überrascht, dass du hier bist.“

„Das hoffe ich doch.“ Er zieht mich in seine Arme und lässt sich dann mit mir zusammen rückwärts aufs Bett sinken. „Ich hatte Sehnsucht nach dir. Und du warst doch so traurig darüber, dass wir uns Weihnachten nicht sehen können.“ Sein Gesicht ruht in meinem Haar und er atmet ein paar Mal tief ein und aus. „Außerdem hast du mir gefehlt.“

„Du mir auch", murmle ich, während ich mein Gesicht an seinen Hals schmiege. „Ich freue mich wahnsinnig, dass du hier bist."

John gibt ein leises Brummen von sich. „Ich liebe es, wenn du dich so warm und weich und nach Schlaf anfühlst."

„Du könntest dich ausziehen und zu mir ins Bett legen, dann könnten wir uns irgendwann beide so anfühlen."

Lächelnd streicht er mir mein Haar aus meinem Gesicht. „Ausziehen klingt nach einem hervorragenden Plan …" Als er seine kalten Hände unter mein Nachthemd schiebt, um es mir über den Kopf zu ziehen, quietsche ich auf.

„Pssst … leise. Wir wollen doch nicht, dass deine Eltern etwas mitbekommen."

Lachend lassen wir uns in die Kissen fallen und bemühen uns, so leise wie möglich zu sein.

Mein ursprünglicher Plan, John noch vor dem Morgengrauen ins Freie zu schleusen, scheitert kläglich daran, dass wir verschlafen und erst wach werden, als meine Mutter gegen meine Tür klopft.

„Hope, kommst du? Wir warten alle auf dich. Santa war schon da!"

Ich schrecke aus dem Bett hoch, und wenn ich nicht gerade ganz andere Sorgen hätte, würde ich jetzt die Augen verdrehe.

Santa war schon da!

Als wäre ich ein kleines Kind. Vielleicht glaubt sie ja selbst noch heimlich an den Weihnachtsmann.

Hinter mir setzt sich John im Bett auf und reibt sich die Augen.

„Ach du Scheiße", flüstert er. „Was machen wir denn jetzt?"

„Keine Ahnung." Ich beiße mir auf die Lippe. „Ich würde dich ja hier verstecken … Aber sie kommt bestimmt irgendwann rein und macht das Fenster auf oder zu, dreht die Heizung höher oder niedriger, oder findet irgendeinen anderen Grund, in meinem Zimmer herumzuschnüffeln."

Kurzum: Wir haben ein Problem!

„Hope? Kommst du jetzt endlich?" Die drängende Stimme meiner Mutter hat mich selten mehr genervt als in diesem Moment.

„Gib mir fünf Minuten!", brülle ich durch die geschlossene Tür zurück, während ich fieberhaft darüber nachdenke, wie ich John unauffällig wieder aus dem Haus bekomme. Letztendlich gibt es nur eine einzige Möglichkeit.

„Wenn ich gleich unten bin, dann wartest du fünf Minuten. Dann gehst du so leise wie möglich nach unten. Wenn du hinter der Treppe nach rechts gehst, kommst du in die Küche und dort gibt es einen Hinterausgang …"

Doof ist allerdings, dass die Treppe genau im Wohnzimmer endet. Bis er wieder in der Küche verschwindet, ist er somit für den Rest meiner Familie sichtbar. Ich kann nur hoffen, dass die alle so sehr mit Geschenkeauspacken beschäftigt sind, dass niemand etwas merkt.

Ich ziehe mir eine Strickjacke über das Nachthemd und dicke Socken an die Füße.

„Ich gehe jetzt ins Badezimmer. Wenn du hörst, dass ich nach unten gehe: Warte noch fünf Minuten!" Ein bisschen komme ich mir vor, als würden wir einen Banküberfall planen.

John zieht mich an sich und haucht einen Kuss auf meine rechte Schläfe.

„Kann ich dich später sehen? Dann bleibe ich irgendwo in der Nähe."

„Ich rufe dich an, sobald ich mich loseisen kann. Willst du heute Abend vielleicht mit uns essen?" Irgendwann muss ich ihn schließlich meinen Eltern vorstellen. John grinst mit schief gelegtem Kopf.

„Ich komme gern, aber hast du dir das auch gut überlegt? Einen Mann Weihnachten mit nach Hause zu bringen, ist eine ziemlich große Hausnummer ... Nicht, dass ich mich nicht darüber freuen würde. Du bist nur sonst so zögerlich, was deine Familie angeht."

„Ich würde mich sehr freuen, wenn du kommst. Ich rufe dich an, sobald ich hier weg kann. Bleibst du in der Nähe? Dann besprechen wir später alles."

„Okay", murmelt John, während er mich noch einmal an sich zieht.

Als ich unten bin, kann ich mich auf nichts konzentrieren und spiele nervös am Saum meiner Strickjacke herum. Meine Eltern sitzen zum Glück mit dem Rücken zur Treppe und beobachten, wie mein großer Bruder ein Paar selbst gestrickte Socken auspackt. Ich kann nur hoffen, dass sie damit noch eine Weile beschäftigt sein werden. Während meine Mutter über die Vorzüge von echter Wolle im Vergleich zu Polyacryl oder Baumwolle referiert, wandert der Blick meines Bruders plötzlich zur Seite. Er schaut erst irritiert, dann grinst er breit.

Ich kann mir in etwa denken, was gerade hinter mir passiert und sterbe tausend Tode. Hoffentlich drehen sich meine Eltern nicht gerade jetzt um!

Statt am Saum meiner Jacke zu spielen, beginne ich jetzt, die Fingernägel von Daumen und Ringfinger gegeneinanderschnippen zu lassen, wie immer, wenn ich nervös bin.

Meine Mutter redet immer noch über verschiedene Wollarten, mein Vater nippt an seinem Kaffee und Mike sieht jetzt irgendwie ein bisschen verzweifelt aus.

„Ich würde dann gern weitermachen … Ich nehme dann mal das Geschenk hier *rechts.*“ Er macht eine Geste, die in dieselbe Richtung zeigt und mir rutscht das Herz in die Hose, ganz offensichtlich versucht er dem verirrten Jonathan den richtigen Weg zu weisen.

Ich konzentriere mich darauf, ruhig sitzen zu bleiben, denn wenn ich mich jetzt umdrehe, sind meine Eltern garantiert alarmiert. Als Mike wenige Sekunden später tatsächlich nach seinem Geschenk greift und mir zuzwinkert, atme ich erleichtert auf.

„Und ich dachte schon, ich halluziniere, als ich dich vergangene Nacht habe stöhnen hören …“, raunt er mir feixend zu, als er sich später neben mich setzt. Umgehend laufe ich krebsrot an und muss so doll lachen, dass ich mir auf die Zunge beißen muss, um nicht aufzufallen.

Meine Geschenke fallen unspektakulär aus, von dem Paar Socken aus reiner Wolle natürlich mal ganz abgesehen. Nach der Bescherung und einer ausgiebigen Dusche melde ich mich zu Hause ab, um eine Runde spazieren zu gehen.

Kaum, dass ich das Haus verlassen habe, rufe ich John an, der nach dem zweiten Klingeln schon am Telefon ist. Draußen fängt es gerade an zu schneien, beinah wie in einem furchtbar kitschigen Weihnachtsfilm.

„Hi!“ Sobald ich Johns Stimme höre, fühle ich das aufgeregte Kribbeln in meinem Körper, das sich sofort ausbreitet, wenn ich nur an ihn denke.

„Hey John, mein kleiner Ausbrecherkönig." Am anderen Ende der Leitung höre ich sein leises Lachen. „Wo bist du gerade?"

„Hier!", antwortet er direkt hinter mir. Ich drehe mich um und falle ihm in die Arme. Er hebt mich hoch und wirbelt mich zweimal herum und ich muss lachen, weil ich auf einmal so furchtbar glücklich bin. Als er mich absetzt, küsst er mich, einmal, dann noch einmal, dann greift er in seine Tasche und holt ein kleines Päckchen hervor.

„Fröhliche Weihnachten, meine Schöne!"

„Oh!", hauche ich und reiße es ihm fast aus der Hand. Ich liebe Geschenke. Und vielleicht mag ich tatsächlich auch deswegen Weihnachten so gern.

Schnell wickle ich den kleinen, schweren Gegenstand aus dem Papier aus und betrachte dann ein bisschen verdutzt den winzigen silbernen Drachen in meiner Hand.

„Der sieht ein bisschen aus wie meiner", erklärt John mir und reibt sich über die tätowierte Brustseite. „Ich dachte, er kann auf dich aufpassen, wenn ich mal nicht bei dir sein kann, um das zu erledigen."

Andächtig versuche ich zu nicken und kann ein Lächeln dabei trotzdem nicht unterdrücken.

„Gefällt er dir nicht?" John klingt leicht verletzt.

„Doch, John, er ist wunderschön." Dann greife ich in meine Tasche und hole ebenfalls ein Päckchen hervor.

„Auch dir fröhliche Weihnachten, Jonathan!" Feierlich überreiche ich ihm sein Geschenk. Als er es ausgepackt hat, fängt er schallend an zu lachen, in seinen Händen hält er einen silbernen Drachen, der genauso aussieht wie der, den er mir geschenkt hat.

„Ich dachte, damit dein Drache nicht so allein ist, wenn ich mal nicht da bin …"

„Das ist das schönste Geschenk, das ich jemals bekommen habe. Ganz im Ernst." Er küsst mich sanft. „Und dass wir uns das Gleiche schenken, finde ich irgendwie besonders schön!"

Hand in Hand machen wir einen wunderschönen Winterspaziergang, während die Schneeflocken immer dichter vom Himmel fallen.

„Ich glaube, es gibt gleich Essen zu Hause."

„Bist du dir wirklich sicher, dass du mich mitnehmen willst?" Wir stehen uns gegenüber und halten uns an beiden Händen, während er mir prüfend ins Gesicht sieht.

„Ja, ich bin mir ganz sicher!" Durch eifriges Nicken bekräftige ich meine Aussage.

„Okay. Dann lass uns bitte noch kurz zu meinem Auto gehen."

Dort angekommen, beobachte ich mit Erstaunen, wie John den Kofferraum öffnet und eine Flasche Wein und Pralinen hervorzaubert.

„Ähm, John?"

Schulterzuckend dreht er sich zu mir um.

„Du solltest doch langsam wissen, dass ich immer und auf alles vorbereitet bin!"

„Du bist mein persönlicher Held. Mein Weihnachtsheld! Fehlt nur die rote Mütze."

„Oh, die müsste ich eigentlich auch irgendwo ..." Diesmal beobachte ich mit einigem Entsetzen, wie er sich wieder suchend über seinen Kofferraum beugt. Meiner Meinung nach gibt es nämlich kaum etwas Peinlicheres, als diese albernen Weihnachtsmannmützen, mit denen alle um diese Jahreszeit meinen herumlaufen zu müssen. Und John mit so einer geschmacklosen Kopfbedeckung mit zu meinen Eltern nehmen zu müssen ... Das geht einfach gar nicht!

Nach ein paar Sekunden taucht er grinsend wieder auf.

„War nur ein Scherz!“ Als er meinen Gesichtsausdruck sieht, der vermutlich gerade von entsetzt zu erleichtert wechselt, fängt er an zu lachen. „Niemals würde ich dir so etwas antun, Hope.“

Froh greife ich wieder nach seiner Hand und langsam breitet sich Aufregung in mir aus. Schließlich ist es das erste Mal, dass ich einen Mann mit nach Hause bringe.

Meine Eltern nehmen John ein wenig stirnrunzelnd in Empfang, sind aber so überrumpelt, dass sie erst einmal nichts sagen. Ich bin mir ziemlich sicher, dass sie ein bisschen schockiert sind, John sieht eben eher aus wie ein Bad Boy als wie der nette Junge von nebenan. Da kann auch sein weißes Hemd mit der offenen schwarzen Weste, die aussieht, als würde sie zu einem dreiteiligen Anzug gehören, nicht drüber hinwegtäuschen. John sorgt für Aufregung.

Meine Mutter ist während des Essens so furchtbar aufgedreht, dass ich mich permanent für sie schäme. Während sie sonst kaum lauter als ein erkältetes Mäuschen spricht, ist sie heute laut und schrill. Sie erzählt peinliche Geschichten von früher und am liebsten welche über mich. Sie startet mit der Geschichte, als ich als Neugeborenes das halbe Badezimmer vollgepullert habe, berichtet anschließend darüber, wie sie mich als Vierjährige bei Doktorspielchen mit dem Nachbarsjungen erwischt hat, um dann zu erzählen, wie niedlich ich war, als ich mich mit sechs in einen Mitschüler verliebt habe.

Gleich erwürge ich sie, Weihnachten hin oder her!

Mittlerweile traue ich mich schon kaum noch, von meinem Teller hochzublicken. Meine Serviette ist bis zur

Unkenntlichkeit zerknüllt und meine Wangen brennen heiß, so unangenehm ist mir das alles.

Als sie dann damit anfangen will, die Story meiner ersten Periode zum Besten zu geben, wird es meinem Vater zu bunt und er schreitet ein.

„Würdest du uns jetzt vielleicht etwas von deinem wunderbaren Eierpunsch zubereiten, Liebes?" Meine Mutter springt auf und verschwindet eine halbe Stunde in der Küche und ich kann fürs Erste durchatmen.

Der Rest des Nachmittags läuft, dank größerer Mengen Alkohol, die meine Mutter ruhig statt redselig machen, erstaunlich entspannt ab. Es fängt früh an dunkel zu werden. Als John, der neben meinem Bruder der Einzige ist, der keinen Alkohol getrunken hat, aufsteht, um sich zu verabschieden, räuspert Mike sich vernehmlich.

„Es hat den ganzen Tag geschneit und du hast anderthalb Stunden Weg vor dir. Ich glaube nicht, dass du heute noch zurückfahren solltest." Mein Bruder lächelt, mit sich selbst hochzufrieden, und zwinkert mir zu, während meine Mutter hörbar nach Luft schnappt. Wie gesagt: Für sie ist es unvorstellbar, dass ein Mann bei mir übernachtet, hier in ihrem Haus. Außerdem gehe ich schwer davon aus, dass Jonathan nicht unbedingt ihren Wunschvorstellungen vom optimalen Schwiegersohn entspricht.

„Mom!", die Stimme meines Bruders ist tadelnd. „Du wirst doch nicht ernsthaft so unhöflich sein wollen, einen Gast an Weihnachten vor die Tür zu setzen und ihn in diesem Schneegestöber nach Hause fahren zu lassen?" Mein Bruder scheint gerade eine nahezu diabolische Freude daran zu entwickeln, meine Mutter dazu zu nötigen, dass John über Nacht hierbleiben darf. Das muss heute Mikes persönliche Form des Widerstands gegen sie sein. Offenbar sind ihre Geschichten ihm genauso auf den Geist gegangen wie mir, und mein Bruder und ich haben schon immer zusammengehalten. Anders wären wir gegen unsere Mutter auch aufgeschmissen gewesen. Jetzt lehne ich mich zurück und beobachte amüsiert, wie meine Mutter langsam Schnappatmung bekommt.

„Mutter, wo bleiben denn deine Manieren und deine Gastfreundschaft?“, setzt mein Bruder jetzt noch einen drauf, in dem Bewusstsein, dass meine Mutter auf eben diese Tugenden großen Wert legt.

Ich muss gestehen: Ihr dabei zuzusehen, wie sie sich jetzt windet, hin und hergerissen zwischen ihrem moralischen Anspruch, keine Liebhaber ihrer Tochter hier übernachten zu lassen und dem Anspruch, eine gute Gastgeberin zu sein, ist ein Genuss.

„Er kann ja auf dem Sofa schlafen, Liebes“, eilt mein Vater ihr schließlich zur Hilfe und meine Mutter atmet erleichtert durch.

„Gut.“ Mein Bruder sieht wahnsinnig zufrieden aus. „Dann bringt dem armen Jungen doch auch einen Eierpunsch …“

Hoffentlich wird meine Mutter nie erfahren, dass er den größten Teil der Nacht dann doch nicht auf dem Sofa verbracht hat …

Kapitel 19

Silvester verbringe ich mit Val auf einem Konzert von Jonathan und seiner Band. Ich bin mal wieder völlig überwältigt davon, dass der wunderschöne, sexy singende Kerl, der dort auf der Bühne steht, ausgerechnet *mein* Kerl ist.

Ich liebe es, wie er im Scheinwerferlicht aussieht, wie er sich auf der Bühne bewegt und wie er singt. Und am besten gefällt es mir, wenn er bei jeder Ballade, die er singt, meinen Blick sucht.

Ich bin wahnsinnig stolz auf ihn. Und ich bin ein wenig stolz auf mich, dass es mir gelungen ist, sein Herz zu stehlen. Als er nach dem Konzert und dem tosenden Applaus zu mir kommt, um mich zu küssen, zerspringt mein eigenes Herz fast vor Freude.

Die *Sick Theories* befinden sich im Moment ganz eindeutig auf einem aufsteigenden Ast. Die Buchungen für Konzerte werden immer mehr und die Säle dafür immer größer, die Beträge, die sie damit verdienen, immer höher. Selbst wenn John kein Geld von seinem Vater bekommen würde, könnte er im Moment von seinem Anteil der Bandeinnahmen leben. Ich weiß, wie viele Menschen davon nur träumen können, und freue mich wahnsinnig für ihn. Im Frühjahr hat es ihr Manager geschafft, ihnen ein Konzert in einer riesigen Halle zu organisieren, bei dem der Chef einer großen Plattenfirma anwesend sein soll. Das ist eine gute Chance auf einen Plattenvertrag und John bekommt jedes Mal leuchtende Augen, wenn er davon erzählt.

„Du musst dann mitkommen, Hope – unbedingt. Ich brauche dich. Du bist mein Ruhepol. Du gibst mir Halt. Und du bringst uns Glück!" Er küsst mich lächelnd auf die Nasenspitze und ich freue mich so sehr für ihn, dass ich plötzlich ebenfalls ganz aufgeregt bin.

In den nächsten Wochen stelle ich allerdings fest, dass sein Erfolg, wie so vieles im Leben, auch eine Kehrseite hat. Durch die vielen Konzerte ist er abends und am Wochenende oft unterwegs, sodass wir es nicht immer schaffen, uns so oft zu sehen, wie wir uns das beide wünschen würden, denn ich muss ja auch zur Uni und in der Bibliothek arbeiten und am Wochenende versuche ich, meine Eltern zu entlasten. Mike geht es immer schlechter, sie können ihn immer seltener alleinlassen und ich weiß, wie anstrengend das für alle Beteiligten ist. Also versuche ich, an den Wochenenden nach Möglichkeit nach Hause zu fahren, damit meine Eltern auch mal ein paar Stunden Zeit für sich haben. Zeit, in der sie auf andere Gedanken kommen und vielleicht auch einfach mal ein bisschen abschalten können. Ich kann die Zeit, die ich zu Hause verbringe, zumindest zum Lernen nutzen. Im Mai habe ich mein Studium endlich abgeschlossen und bis dahin stehen so viele Prüfungen an, dass mir ganz schwindelig wird, wenn ich an die Unmengen von Lernstoff denke, den ich in mein armes Gehirn bekommen muss.

Trotzdem schaffen wir es, uns zumindest halbwegs regelmäßig zu sehen. Wenn ich im Wohnheim schlafe und John abends ein Konzert gegeben hat, zu dem ich ihn nicht begleiten konnte, dann kommt er manchmal noch spät nachts zu mir und kuschelt sich mit in mein Bett. Nicht immer bekomme ich dann genügend Schlaf, aber ich genieße seine Nähe einfach zu sehr, um mich darüber ernsthaft zu beschweren.

Meistens aber treffen wir uns in Johns Wohnung, weil dort mehr Platz für uns beide ist als in meinem beengten Zimmer.

Heute wollten wir ursprünglich Essen gehen. Doch draußen pfeift der Wind so kalt und in Johns Wohnung ist es so schön warm und gemütlich, dass wir beschließen, uns stattdessen Essen vom Italiener kommen zu lassen.

„Kann es sein, dass du dich nur nicht mehr mit mir in der Öffentlichkeit sehen lassen willst, jetzt, wo du ein großer Star wirst?", necke ich John, während wir bei Kerzenschein an seinem Esstisch sitzen und köstliche Pasta essen.

Langsam legt er sein Besteck zur Seite, stützt die Ellenbogen auf dem Tisch auf und legt sein Kinn auf seinen Händen ab, um mich intensiv zu betrachten.

„Ich verstecke dich tatsächlich. Jedoch nur vor den ganzen anderen Männern da draußen. Schließlich kann ich ja nicht mehr immer bei dir sein, um sie sofort mit einem Knüppel zu vertreiben!" Seine Stimme ist ganz tief und klingt wie Samt und alter, teurer Whisky. „Trotzdem würde ich dich nächstes Wochenende gern zu einem Konzert nach Springfield mitnehmen. Von dort aus ist es nur ein Katzensprung bis in die Berge. Wir könnten uns dort ein Zimmer in einer Pension nehmen, was meinst du?"

„Das klingt total verlockend, wirklich. Nur habe ich meinen Eltern versprochen, am Wochenende nach Hause zu kommen ..."

„So wie fast jedes Wochenende in den letzten beiden Monaten", stellt er nüchtern fest.

„Sie brauchen mich doch! Sie können doch nicht rund um die Uhr immerzu zu Hause sein, falls mal was mit Mike ist."

„Sie sind zu zweit, Hope. Sie können sich abwechseln!" Die romantische Stimmung ist mit einem Schlag dahin.

„Sie müssen doch auch mal etwas *zusammen* unternehmen können!" Dass sie genau an diesem Wochenende ebenfalls einen Kurzurlaub geplant haben, erwähne ich lieber nicht. „Das ist meine Familie, John. Ich kann sie doch nicht so hängen lassen!"

„Hope, ich finde es völlig richtig, dass du deine Familie unterstützt. Aber denkst du dabei auch mal an dich? Oder an uns? Ich kann mich kaum erinnern, wann wir das letzte Mal ein Wochenende gemeinsam verbringen konnten. Du kümmerst dich immer wie selbstverständlich um deine Familie und denkst dabei nicht an dich. Ich mache mir Sorgen um dich! Das Studium, deine Arbeit in der Bibliothek, die viele Lernerei. Und mich gibt es schließlich auch noch. Wie lange meinst du, kannst du das durchhalten? Du fährst jedes Wochenende, an dem du nicht arbeiten musst, zu deiner Familie und kümmerst dich um sie. Das ist sehr ehrenhaft, aber meinst du nicht, dass du auch dir selbst ab und an mal ein bisschen Zeit für dich gönnen solltest?" Zwischen seinen Augenbrauen bildet sich eine steile Falte, als er mich jetzt ansieht. „Bedanken sie sich wenigstens bei dir, Hope, oder finden sie das alles völlig selbstverständlich?"

„Mike bedankt sich immer", murmle ich ziemlich kleinlaut.

„Das habe ich mir gedacht. Aber was ist mit deinen Eltern? Sagen die ab und an mal Danke?"

Ich sage nichts und beginne schweigend damit, wieder Pasta in meinen Mund zu schaufeln, obwohl mir eigentlich der Appetit vergangen ist. Außerdem bin ich viel zu stolz, um zuzugeben, dass John mit seiner Frage einen wunden Punkt bei mir getroffen hat. Niedergeschlagen blicke ich auf meinen Teller und schiebe das Essen stumm von der einen auf die andere Seite.

Irgendwann höre ich, wie Jonathan seinen Stuhl zurückschiebt, kurz darauf schlingt er von hinten seine Arme um mich.

„Ich liebe dich, Hope. Und alles, was ich will, ist, dass es dir gut geht."

Ich sage gar nichts und halte ihn nur so fest, wie ich kann.

Das Wochenende bei meinen Eltern verläuft ruhig und unkompliziert. Ich verbringe gern Zeit mit meinem großen Bruder. Wir sehen fern und stopfen uns mit ungesunden Lebensmitteln voll, fast so, wie wir das manchmal gemacht haben, als wir Kinder waren. Nein, vielleicht nicht ganz: *Ich* stopfe mich mit ungesunden Lebensmitteln voll. Mein Bruder ernährt sich gesund, um seinen Körper nicht noch mehr zu belasten. Mir wird das Herz schwer, wenn ich ihn anschaue und registriere, wie dünn er geworden ist. Und wie blass.

Samstag kommt Valerie bei uns vorbei, was meinen Bruder sogar dazu bewegt, aufzustehen und sich zu uns in die Küche zu setzen. Er scheint heute ohnehin einen guten Tag zu haben, denn er strahlt und erzählt fast den ganzen Nachmittag. Und auch Valerie ist bestens gelaunt.

Irgendwann bekommen wir alle drei Hunger und ich untersuche den Kühl- sowie den Gefrierschrank auf ihren jeweiligen Inhalt.

„Oh verdammt, und dabei hätte ich so gern Eis gegessen." Ich schließe den Gefrierschrank und drehe mich mit einem enttäuschten Schnauben wieder um. Beinah im selben Moment baumeln Vals Autoschlüssel vor meiner Nase herum.

„Du weißt ja, wo es Nachschub gibt. Bring mir eine Gemüsepizza mit, bitte.“ Sie grinst schelmisch und ich zögere nicht lang, bevor ich ihr den Schlüssel aus der Hand nehme. Das wiederum ist das Stichwort für Mike. Seine Bestellung ist allerdings so lang, dass ich mir letztendlich alles aufschreiben muss, um hinterher nicht die Hälfte zu vergessen.

Ich fahre gern einkaufen und besonders gern fahre ich allein einkaufen. Ich mag es, in aller Ruhe durch die Regalreihen zu schlendern und am allerliebsten mag ich es, durch die mir so vertrauten Ortschaften wieder nach Hause zu fahren. Vom Supermarkt bis zu meinem Elternhaus muss ich eine Strecke von etwas mehr als zwanzig Kilometern zurücklegen und diese zwanzig Kilometer sind vollgestopft mit Erinnerungen. Mit beinah nostalgischer Wehmut betrachte ich die vorbeiziehenden Häuser, das einzige Kino weit und breit. Die Schlittschuhhalle, in der es nur im Winter eine Eisbahn gibt und in der Valerie und ich früher Dauergäste waren. Die Bibliothek, in der ich halbe Tage verbracht habe, die vertrauten Konstellationen von Bäumen und Gebäuden.

Am Ortsausgang komme ich an der Fläche vorbei, auf der der jährliche Wintermarkt stattfindet und ich muss lächeln und an John denken.

Mein John.

Zurück zu Hause habe ich das Gefühl, Valerie und Mike bei irgendetwas zu stören. Zumindest benehmen sie sich wie zwei kleine Kinder, die man bei etwas Verbotenem ertappt hat, als ich in die Küche komme.

„Geht’s euch beiden gut?“

Statt einer vernünftigen Antwort folgt nur einvernehmliches Gekicher und ich schüttle lächelnd den

Kopf, während ich meine Einkäufe verstaue. Die beiden scheinen sich wirklich gut zu verstehen, fast könnte ich ein klein wenig eifersüchtig werden. Aber wirklich nur fast.

Als Val gegen Abend wieder verschwindet, ist Mike auf einmal ziemlich blass und geht zügig ins Bett. Vielleicht war der Nachmittag doch ein bisschen viel für ihn. Doch ich finde, das war es wert – denn er hat zumindest den halben Nachmittag lang gelacht.

Kapitel 20

Ich stehe draußen in der Kälte vor den Proberäumen und warte auf John. Eigentlich müsste ich um diese Zeit in einer Vorlesung sitzen, aber man gewöhnt sich an viele Dinge, wenn man sie nur oft genug macht. Auch daran, blauzumachen.

Zum Glück muss ich nicht sehr lang warten, bis John, gefolgt von ein paar Bandkollegen, ins Gespräch vertieft den Probenraum verlässt.

Er sieht ein bisschen genervt aus. Und er wirkt ziemlich ernst. Zwischen seinen Augenbrauen hat sich eine steile Falte gebildet, sein Gang ist energisch und bestimmt. Er sagt kein Wort, schüttelt nur wegen irgendetwas stumm den Kopf.

Mein einsamer Krieger!

Er hat mich immer noch nicht entdeckt, also mache ich ein paar Schritte in seine Richtung, bis meine Bewegung seine Aufmerksamkeit erregt.

Der Wandel, der sich auf seinem Gesicht vollzieht, als er mich entdeckt, sagt mir mehr, als es jedes Liebesgeständnis könnte. Er sieht mich und lächelt. Und während sein Gesicht vorher fest verschlossen war wie eine undurchdringbare Maske, öffnet es sich, als er mich erkennt. Er lächelt, strahlend und ehrlich, was dazu führt, dass meine Knie ganz weich werden, während mein Herzschlag sich überproportional beschleunigt.

Im Gegensatz zu mir können seine Bandkollegen die Wandlung in seinem Gesicht nicht sehen, weil sie ein Stück hinter ihm gehen. Umso erstaunter schauen sie, als John kurz die Hand zum Gruß hebt, seine Schritte beschleunigt und die Jungs einfach stehen lässt, nur um möglichst schnell zu mir zu kommen.

„Meine Schöne!" Er strahlt, als er mich endlich erreicht hat und ich schlinge beide Arme fest um seinen Hals, während er mich hochhebt und küsst. „Was machst du denn hier?"

„Ich wollte dich überraschen." Ich küsse ihn gleich noch einmal, während sich mein armes Herz anfühlt, als müsste es überschäumen vor lauter Glück. „Gibst du mir deine Autoschlüssel? Ich habe einen kleinen Ausflug für uns geplant."

Zugegeben: Es wäre schöner, hätte ich ein eigenes Auto und müsste ihn nicht um seins bitten. Aber was nicht ist, das ist nicht. Also muss es so gehen. Tatsächlich gibt John mir seine Autoschlüssel bereitwillig und ohne zu murren.

„Ist das dein Rucksack?" John deutet auf das monströse Ding, das neben mir steht und ich nicke. „Ich vermute mal, dass du mir nicht verraten wirst, was du damit vorhast? Überraschung und so?" Er sieht mich fragend an und ich nicke abermals. Ohne weitere Fragen zu stellen, nimmt er den Rucksack auf seine Schultern und trägt ihn für mich zum Auto.

„Ich habe dich noch nie fahren sehen", stellt er fest, als er ein paar Minuten später auf den Beifahrersitz klettert, während ich den Motor starte.

„Ach so?" Ich ziehe eine Augenbraue in die Höhe. „Schnall dich lieber an." John zwinkert mir zu und folgt meiner Anweisung umgehend. Eigentlich bin ich eine sehr umsichtige Fahrerin. Dass er sich anschnallen soll, ist vor allem meinem Sicherheitsbedürfnis geschuldet, aber das muss er ja nicht gleich wissen.

Während der Fahrt legt John seine Hand auf mein Bein und wir schweigen. Es ist nicht die Art von

Schweigen, die entsteht, weil niemand weiß, was er sagen soll. Es ist die Art von Schweigen, die es nur zwischen zwei Menschen gibt, die auch ohne viele Worte wissen, was der andere gerade empfindet. Es ist einvernehmliches, angenehmes, vertrautes Schweigen, das manchmal tiefer gehen kann, als Worte das je könnten.

Als wir schließlich anhalten, sieht John mich erstaunt an.

„Was hast du vor, Hope?“ Er schaut sich um und kann sich offensichtlich nicht vorstellen, was wir hier wollen.

Statt einer Antwort nehme ich ihn lächelnd an die Hand und wir gehen gemeinsam auf die Eishalle zu,

„Schlittschuhlaufen, Hope? Du bist die ganze weite Strecke fast bis zu dir nach Hause gefahren, um mit mir Schlittschuhlaufen zu gehen? Das hätten wir auch schneller haben können …“ Er klingt nicht ärgerlich, aber ziemlich verwundert.

Ich bleibe kurz stehen, um mich auf Zehenspitzen zu stellen, ihn zu mir herunterzuziehen und ihn kurz zu küssen. „Wart's doch einfach ab“, flüstere ich anschließend in sein Ohr und küsse ihn dann noch einmal.

Fünf Minuten später haben wir uns Schlittschuhe geliehen und staksen die wenigen Meter bis zur Eisfläche unelegant auf den wackligen Kufen nebeneinander her.

Ich betrete das Eis als Erste, drehe mich um und fahre ein kurzes Stück rückwärts, bis Jonathan bei mir angekommen ist.

„Und jetzt schau!“ Ich zeige auf das große Panoramabild der Rocky Mountains, das fast eine ganze Seite der Eishalle ziert. „Ich dachte mir, wenn wir schon nicht wirklich zusammen in die Berge fahren konnten, ist dies wenigstens ein kleiner Ersatz.“ Ich greife nach seiner

Hand. „Außerdem habe ich hier als Kind so viel Zeit verbracht, dass ich es schön fand, mal mit dir hierher zu kommen. Ein bisschen meiner Vergangenheit mit dir teilen zu können und …“ Ich komme nicht mehr dazu, den Satz zu Ende führen, weil John mich in diesem Moment in seine Arme zieht und mich küsst. So heftig, dass wir auf dem glatten Untergrund um ein Haar hinfallen, aber zum Glück ist die Bande hinter mir und gibt uns Halt.

Wir verbringen zwei Stunden auf der Eisfläche. Spielen Fangen, fahren Hand in Hand oder knutschen am Rand hemmungslos herum, bis wir irgendwann ermahnt werden und das Eis lachend verlassen.

Mittlerweile ist es Nachmittag geworden und wir haben beide ziemlich Hunger.

„Ich habe noch eine Überraschung für dich.“

Ohne jeglichen Widerstand überlässt John mir wieder die Fahrerseite, als wir bei seinem Auto angekommen sind, und nach einer halbstündigen Fahrt halte ich am Waldrand an.

„Wir müssen uns ein bisschen beeilen. Bevor es dunkel wird, sollten wir da sein. Der Rucksack muss auch mit …“

Wir haben ein gutes Stück Fußmarsch durch den Wald vor uns. Aber die Strecke ist wunderschön, stellenweise liegt ein bisschen Schnee, die Luft ist eiskalt und klar und an den Bäumen haben sich durch gefrorenen Reif zauberhafte Eiskonstruktionen gebildet. Irgendwann lichtet sich der Wald vor uns und wir kommen zu einer Reihe von Blockhütten, die hier stehen.

„Warte kurz, bitte.“ Ich gebe John einen Kuss, bevor ich zu der größten der Hütten laufe.

Als ich zurückkomme, hat John den Rucksack abgesetzt und sieht mich mit verschränkten Armen grinsend an.

„Ähm, Hope, du weißt schon, dass man von der anderen Seite auch hätte mit dem Auto herkommen können?“

Lächelnd zucke ich mit den Schultern.

„Klar hätte man das. Aber der Weg ist doch so einmalig schön.“

Kopfschüttelnd und grinsend betrachtet John mich, bevor er den schweren Rucksack wieder aufnimmt.

„Komm. Ich mach's später wieder gut.“ Ebenfalls grinsend strecke ich die Hand nach ihm aus.

„Oh ja, das wirst du.“ Er ist jetzt ganz nah neben mir und seine Stimme nur noch ein tiefes Raunen. „Das wirst du und ich weiß auch schon wie.“ Ich bin mir nicht so ganz sicher, ob seine Drohung vielleicht doch eher ein Versprechen ist und mein Körper beginnt voller Vorfreude zu kribbeln.

Wir gehen zu einer der kleineren Hütten und ich schließe auf, gehe dann zur Seite, damit John hereinkommen und den schweren Rucksack abstellen kann.

„Wann hast du das alles organisiert, Hope?“

„Ich hatte am Wochenende jede Menge Zeit zum Telefonieren. Um diese Zeit sind die Hütten nicht sonderlich beliebt … Obwohl draußen ein beheizter Jacuzzi steht …“

„Oh!“ Auf seinem Gesicht macht sich ein breites Grinsen breit. „Ich hoffe doch sehr, dass dieser vor fremden Blicken geschützt ist und du deinen Bikini vergessen hast?“

Ich lache leise. „Ähm … Ja und ja. Aber vielleicht sollten wir erst mal etwas essen?“

„Klingt nach einem guten Plan."

Gemeinsam räumen wir den Rucksack aus und essen ein paar Sandwiches, die ich mitgebracht habe.

Den Rest des Tages verbringen wir die meiste Zeit irgendwo eng umschlungen. Auf dem Bett, im Whirlpool, unter der Dusche.

Abends fallen wir todmüde ins Bett.

„Ich danke dir für diesen wunderschönen Tag", flüstert John in mein Ohr, als er mich eng an sich zieht.

„Nein, ich bin diejenige, die zu danken hat. Dafür, dass es dich in meinem Leben gibt. Und dafür, dass du immer so viel Geduld mit mir hast. Ich habe heute ein Stück meiner Vergangenheit mit dir geteilt, weil ich auch meine Zukunft mit dir teilen möchte."

Ich verschränke meine Finger mit seinen.

„Du bist meine Zukunft, Hope. Die Einzige, bei der ich mich wie ich selbst fühlen kann. Ich liebe dich. Und ich möchte nie mehr ohne dich sein müssen.

„Ich liebe dich auch, John."

Aber eigentlich sind diese Worte gar nicht stark genug für all das, was ich für ihn empfinde.

Kapitel 21

Nach den anderthalb gestohlenen Tagen nur für uns hat uns der graue Alltag wieder fest im Griff und wir haben kaum Zeit füreinander.

Trotz aller zeitlichen Schwierigkeiten ist es zwischen Jonathan und mir einfach wundervoll. Er ist alles, was ich mir je zu erträumen gewagt habe und noch viel, viel mehr als das. Mit ihm zusammen ist es romantisch, leidenschaftlich und so voller Liebe, dass mein Herz zu singen beginnt, wenn ich nur an ihn denke.

Heute haben wir unser erstes richtiges Date seit zwei Wochen. Natürlich ist es nicht so, als hätten wir uns die letzten vierzehn Tage nicht gesehen, aber wir hatten nie wirklich einen ganzen Abend füreinander – vor allem nicht an einem Wochenende. Aber heute ist Freitag und wir haben beide das ganze Wochenende frei und sind fest gewillt, es zusammen zu verbringen. Ich muss nur noch den halben Tag in der Bibliothek hinter mich bringen und bin schon jetzt erfüllt von Vorfreude und Ungeduld.

Gegen Nachmittag bekomme ich eine SMS von John.

Wir treffen uns heute Abend um 19:30 Uhr bei mir.
Habe eine kleine Überraschung für Dich.
Zieh Dir was Hübsches an, meine Schöne!
Gruß und Kuss,
John

Stirnrunzelnd packe ich mein Handy wieder in meine Tasche und sortiere weiter Bücher ein.

Eine Überraschung und ich soll mir was Hübsches anziehen? Es wäre ja schön gewesen, wenn er ein bisschen genauer geworden wäre. Ich meine, es ist schließlich ein Unterschied, ob ich mir was Hübsches anziehen soll für einen Besuch im nächsten Pub, etwas Hübsches, um beim Italiener essen zu gehen, oder etwas Hübsches für einen Besuch in der Oper. Männer!

Erst will ich nachfragen, aber dann komme ich mir ein bisschen doof dabei vor.

In die Oper wird er wohl kaum mit mir gehen wollen … und für alles andere werde ich schon eine Lösung finden.

In der Bibliothek ist es heute sehr ruhig und mein restlicher Arbeitstag zieht sich mal wieder wie Kaugummi. Es ist, als würde die Zeit überhaupt nicht vergehen wollen und eine lähmende Langeweile hat mich fest im Griff, während ich am Computer sitze und mich durch die vielen Titel des Archivs klicke, einfach nur, damit es so aussieht, als würde ich etwas zu tun haben und damit ich keine Löcher in die Luft starren muss.

Manchmal habe ich das Gefühl, dass solche Tage wie heute, an denen nichts zu tun ist, anstrengender sind, als solche, an denen man vor lauter Arbeit kaum weiß, wo man anfangen soll.

Als ich endlich Feierabend habe und in meinem kleinen Zimmer angekommen bin, würde ich mich am liebsten eine Weile hinlegen. Aber dafür bleibt keine Zeit mehr. In einer Dreiviertelstunde bin ich schon mit John verabredet und ich muss mich vorher noch umziehen. Und eine heiße Dusche wäre auch nicht schlecht.

Ich schaffe es gerade noch rechtzeitig. Nach einigen Grübeleien habe ich mich für mein schwarzes Jerseykleid mit dem Wickelausschnitt, schwarze Strümpfe und schwarze Stiefel entschieden. Und weil es immer noch ziemlich kalt draußen ist, habe ich einen schwarzen Strickbolero drübergezogen und das Ganze mit der Perlenkette meiner Großmutter aufgemotzt. Falls es nicht ganz so schick sein sollte, kann ich die zur Not immer noch in die Tasche stecken. Damit sollte ich auf alle Eventualitäten vorbereitet sein, bis auf Oper oder Bowling passt das zu fast allen Gelegenheiten. Ich wickle mich in meinen Schal und ziehe meinen Mantel über, dann gehe ich schnell los.

Punkt 19:30 Uhr stehe ich vor Johns Wohnung. Ich will gerade anklopfen, als ich den Zettel an der Tür sehe:

Komm aufs Dach! John

Ich hoffe doch sehr für ihn, dass es sich lohnt, bis aufs Dach hinaufzuklettern, denn es sind immerhin zwölf Stockwerke von hier aus und der Aufzug ist wie immer außer Betrieb.

Seufzend stecke ich seine Nachricht in meine Manteltasche und laufe los. Gleich auf dem ersten Treppenansatz liegt eine cremeweiße, langstielige Rose. Und auf jedem weiteren auch. Da es viele Treppenstufen und somit viele Absätze sind, sind es eine Menge Rosen, die ich eingesammelt habe, bis ich oben ankomme.

+++

Während John auf dem Dach steht und wartet, ist er ein bisschen nervös. Bis die Tür sich endlich öffnet und Hope hindurchkommt, scheinen Stunden vergangen zu sein.

Sie sieht einfach wunderschön aus!

Ihr leicht gewelltes Haar hebt sich hell von ihrem dunklen Mantel ab. Genau wie die hellen Rosen, die sie in den Armen hält. In dem Moment, in dem sie die Tür öffnet und wieder hinter sich schließt, nimmt wie auf Kommando der Wind ein bisschen zu, greift in ihr Haar und umspielt damit ihr Gesicht.

Wie in einem kitschigen Film.

Ein bisschen unsicher lächelnd kommt sie auf ihn zu. Er küsst sie vorsichtig, bevor er ihr die Rosen aus der Hand nimmt und sie in eine Vase stellt, die er extra zu diesem Zweck mit heraufgebracht hat.

Hope schmeckt nach einer Mischung aus Kirschen, Zimt und Vanille und er küsst sie gleich noch einmal.

„Hi", flüstert sie an seinem Mund. „Und danke für die Rosen!" Bevor sie sich ein wenig von ihm löst und sich umschaut, küsst er sie ein drittes Mal. „Es ist wunderschön hier!" Den Kopf in den Nacken gelegt, betrachtet sie den klaren Himmel; die Sterne erscheinen heute Abend so gestochen scharf, als könne man sie greifen. „Wolltest du mir die Sterne zeigen?"

Johns Herz schlägt deutlich schneller, noch schneller, als sie ihn wieder ansieht.

„Ich habe mir zumindest gedacht, dass sie dir gefallen werden. Aber zeigen wollte ich dir etwas anderes."

Langsam zieht er eine kleine Schachtel aus seiner Tasche und sinkt auf die Knie.

„Hope, du bist schöner für mich als jeder dieser Sterne." Er grinst schief, weil er selbst kaum glauben kann, dass er den unglaublichen Kitsch, den er da gerade von sich gibt, auch tatsächlich so empfindet. Hope selbst steht jetzt ganz ruhig und sieht nicht nur wunderschön, sondern vor allem verwundert aus.

John wird plötzlich verlegen. Kurz reibt er sich über das Brustbein, als wolle er sichergehen, dass sich sein Herz immer noch in seinem Körper befindet. Dann beschließt er, es einfach kurz zu machen, statt lang drum herumzureden.

„Ich liebe dich von ganzen Herzen. Mehr als ich mir je vorgestellt hätte, einen Menschen lieben zu können. Ich könnte mir nichts Schöneres vorstellen, als dich für den Rest meines Lebens als meine Frau an meiner Seite zu haben. Du hast mir mal vorgeworfen, ich würde nicht wirklich zu dir stehen. Was nicht stimmt. Ich möchte, dass jeder weiß, dass ich genauso zu dir gehöre, wie du zu mir. Und aus diesem Grund möchte ich dich heiraten. Hier und jetzt." Er holt tief Luft. „Heiratest du mich, Hope? Bitte?"

Völlig entgeistert schaut die Frau seines Herzens ihn an und sagt nichts. Eigentlich hatte er ja gehofft, dass sie vor Rührung halb außer sich wäre, aber sie sieht nach wie vor vor allem verwundert aus.

Das hatte ich mir irgendwie anders vorgestellt.

John macht sich schon mal auf das Schlimmste gefasst, während er immer noch vor ihr am Boden kniet.

+++

„War das jetzt ein ernst gemeinter Antrag?" Ich kann gar nicht richtig glauben, was ich da gerade gehört habe.

John schaut zu mir hoch. „Natürlich. Was soll das denn sonst gewesen sein? Glaubst du, ich bereite das alles vor, kaufe einen Ring und Hunderte von Rosen, sinke vor dir auf die Knie nur um dann „verarscht" zu schreien und mich kaputtzulachen? Dafür wäre mir der Aufwand dann doch ein bisschen zu groß gewesen. So gern ich dich auch ärgere." Er kniet noch immer vor mir und schaut mich mit schief gelegtem Kopf erwartungsvoll an. Energisch ziehe ich ihn zu mir hoch.

„Ich … Ach John … Wir sind doch aber erst so kurz zusammen und wir sind so jung. Wir haben doch nicht einmal eine gemeinsame Wohnung … Irgendwie erscheint mir das so … unvernünftig!“

Wenn ich mich so selbst reden höre, habe ich das Gefühl, dass hier gerade etwas gehörig falsch läuft.

Hope, du hast gerade einen Antrag bekommen. John Petterson hat dir gerade einen Heiratsantrag gemacht!

Meine Reaktion auf einen Heiratsantrag hatte ich mir in meinen Kleinmädchenträumen doch immer ein bisschen anders vorgestellt. In meinen Träumen gab es hinreißende Küsse, dahingehauchte „Jas“ und ein paar Tränen der Rührung. Keine vernünftigen Argumente.

Zum Glück ist Johns Selbstbewusstsein unerschütterlich genug, um das aushalten zu können.

„Klar sind wir das. Und natürlich ist es ein Risiko. Aber ist es das nicht immer? Jede Liebe beginnt mit einem allerersten Blick, einem ersten Kuss. Und was danach kommt, kann man nicht wissen. Wann ist denn der richtige Zeitpunkt, um sich enger aneinander zu binden? Ich kenne Paare, die haben sich nach über zwanzig Ehejahren wieder voneinander getrennt. Ich liebe dich. Und ich fühle mich besser, wenn du bei mir bist, vollständig, komplett. Ich bin mir so sicher, wie man sich nur sein kann, dass ich das auch an jedem anderen Tag meines Lebens so empfinden werde. Also, sag mir noch mal, warum sollten wir jetzt nicht heiraten?“

Ich beiße mir auf die Lippen. „Du willst doch nur Sex ohne Kondom mit mir haben …“

Ein breites Grinsen stiehlt sich auf Johns Gesicht. „Das natürlich auch!“ Er küsst meine Stirn. „Bekomme ich eine Antwort von dir, meine Schöne?“

Bevor ich antworten kann, muss ich mich räuspern, meine Stimme gehorcht mir plötzlich nicht mehr.

„Was hast du mich noch mal gefragt?“

„Es gefällt dir also doch, wenn ich vor dir im Schmutz knie, kann das sein?“

„Ein bisschen vielleicht.“ Ich muss schmunzeln.

„Also gut.“ Lächelnd fällt John wieder vor mir auf die Knie. Dann wird er erneut ernst und greift nach meinen Händen.

„Hope Elizabeth Marshall, du bist die Frau, die mich glücklich macht und mit der ich den Rest meines Lebens verbringen möchte. Würdest du mir die Ehre erweisen, meine Frau zu werden?“

Dieses Mal lasse ich mich auch auf die Knie fallen. Ich küsse ihn, sanft und zärtlich. Anschließend sage ich: „Ja!“ Und sonst nichts.

Und dann kommen sie doch noch, die großen Gefühle und die Tränen aus meinen Träumen.

Kapitel 22

John und ich sitzen auf einer kleinen Bank, die er extra aufs Dach geschafft haben muss. Überall um uns herum stehen, in allen möglichen und unmöglichen Behältern, diese wunderschönen, cremefarbenen Rosen.

Mein *Verlobter* (ich finde das Wort so altmodisch albern, dass ich das Gesicht verziehen muss, als ich daran denke) holt unter der Bank eine Thermoskanne hervor und gießt mir einen Becher heißen Tee ein. Ich lege meine kalten Finger um die warme Tasse und schnuppere an dem heißen Dampf, der daraus emporsteigt.

„Fenchel, Minze und Süßholz?"

John zuckt lächelnd mit den Schultern.

„Ich dachte, das beruhigt vielleicht deinen Magen. Du trinkst das Gebräu doch sonst immer, wenn du nervös bist …"

„Du hattest Sorge, dein Heiratsantrag würde mir auf den Magen schlagen?"

„Angeblich sollen manche Frauen ja am Tag ihrer Hochzeit schrecklich nervös sein …"

Ich puste in die heiße Flüssigkeit und schaue nachdenklich auf die Wellen, die sich dabei im Tee bilden.

„Hast du dir schon überlegt, wann die Hochzeit stattfinden soll? Und in welchem Rahmen?" Es gibt ja unbegrenzte Möglichkeiten zu heiraten. Hoffentlich will er keine Hochzeit mit viel Bier, lauten Gitarren und Ledermontur in der Garage bei einem seiner Freunde … Ansonsten bin ich guter Dinge, dass wir einen Kompromiss finden werden. John sagt irgendetwas und reißt mich damit aus meinen Gedanken. „Wie bitte?“, frage ich nach und nehme einen Schluck Tee.

„Ich habe gesagt: in genau vierzehn Minuten und hier!“

Ich verschlucke mich so heftig an meinem Tee, dass ich einen Hustenanfall bekomme und einen Teil des Getränks durch die Nase wieder von mir gebe. Dass mir jetzt das Blut ins Gesicht steigt, liegt nicht nur daran, dass ich keine Luft mehr bekomme.

Du bist wirklich die geborene Romantikerin, Hope!

Lachend klopft John mir auf den Rücken und wartet geduldig, bis ich wieder zu Atem komme.

„Irgendwie dachte ich mir, ich gehe lieber mal auf Nummer sicher. Damit du später keine kalten Füße bekommst.“

Er drückt mich fest an sich und riecht wie immer umwerfend gut. Als er mich wieder loslässt, fühle ich mich völlig benommen. So wirklich kann ich gar nicht begreifen, was hier gerade passiert.

Du wirst heiraten, Hope! In nicht einmal einer halben Stunde wirst du heiraten!

Jetzt kann ich den Tee auf einmal wirklich gut gebrauchen, den John mitgebracht hat. Ich trinke einen großen Schluck davon und betrachte John, der irgendetwas in sein Handy eintippt.

Er hat sich richtig schick gemacht, das ist mir vorher gar nicht aufgefallen. Er trägt eine zweireihige, dunkle Wolljacke, die mich ein bisschen an eine Marineuniform erinnert. Dazu hat er eine ebenfalls dunkle Stoffhose an. Als ich auf seine Schuhe schaue, muss ich schmunzeln: Er trägt seine abgenutzten Armeestiefel. Diese Stiefel sind so sehr John und sie passen so gut zu ihm und erstaunlicherweise auch zu seinem ganzen Outfit, dass sich plötzlich ein ganz warmes Gefühl in mir breitmacht.

Das ist John. Mein John! Und ich liebe ihn.

Ich ziehe ihn näher zu mir heran und küsse ihn, lang und intensiv.

„Ich bin stolz darauf, dass ich deine Frau werden darf. Und ich liebe dich wahnsinnig!“

Mit einer beinah trägen Geste streicht er mir eine Haarsträhne aus dem Gesicht und küsst meine Schläfe. Er scheint etwas sagen zu wollen, aber kein Wort verlässt seine Lippen. Und es ist auch unnötig. Die Liebe in seinem Blick und das Lächeln auf seinem Mund verraten mir alles, was ich wissen will.

Meine Nase verstecke ich an seinem Hals und atme mit geschlossenen Augen ein paar Mal tief seinen Duft ein.

Nur widerwillig mache ich meine Augen irgendwann wieder auf, weil mir etwas eingefallen ist.

„John?“

„Hmm?“

„Wie hast du das gemeint, dass wir hier auf dem Dach heiraten?“

Es ist wohl meiner allgemeinen Verwirrung heute zuzuschreiben, dass ich das nicht schon viel früher gefragt habe, aber mein Gehirn scheint heute Abend mehr als schwerfällig zu arbeiten.

„In ein paar Minuten kommt ein Friedensrichter, der uns trauen wird. Zusammen mit Valerie und Frank im Schlepptau, die unsere Trauzeugen sein werden. Und einen Fotografen habe ich auch organisiert. Ich dachte, du willst bestimmt Fotos haben.“

„Ja, Fotos wären toll.“ Darüber habe ich noch gar nicht nachgedacht. Eine Hochzeit ohne Fotos ist ja fast so, als hätte sie gar nicht wirklich stattgefunden. „Ich habe gar keinen Ausweis mit“, fällt mir plötzlich siedend heiß an.

„Ganz ruhig bleiben.“ Besänftigend tätschelt er meinen Arm. „Den bringt Val mit.“

„Kommt sonst noch irgendjemand?“

„Nein, ich dachte, wir halten den Rahmen so klein wie möglich. Aber wenn du willst, können wir deine Eltern anrufen, damit sie auch herkommen. Dann warten wir solange.“

„Nein, auf gar keinen Fall!“, antworte ich schnell. Meine hysterische Mutter, die keifend und weinend versucht, mir das alles wieder auszureden, ist gerade die Letzte, die ich hier gebrauchen kann. Jetzt, wo ich mich einmal entschieden habe, will ich nichts anderes mehr hören und wissen. Einfach deshalb, weil es sich gerade in diesem Moment so verdammt richtig anfühlt. Natürlich gibt es Hunderte von vernünftigen Argumenten gegen diese Hochzeit. Aber man heiratet schließlich nicht aus Vernunft, sondern aus Liebe. Und die Liebe, die John und mich miteinander verbindet, die spüre ich gerade so intensiv wie nie zuvor.

Und dann komme ich gar nicht mehr dazu, mir irgendwelche Gedanken zu machen. Denn die Tür geht auf und Valerie betritt das Dach, stürzt auf mich zu und umarmt mich.

„Ich freue mich so für dich. Für euch!“ Sie drückt mich fest an sich. „Wir haben acht Minuten“, flüstert sie mir ins Ohr. „In meinem Rucksack sind deine wichtigsten Schminkutensilien. Ich dachte mir, ich frische dein Make-up schnell auf. Damit du die schönste Braut der Welt wirst und auf den Fotos, die den Rest deines Lebens dein Wohnzimmer zieren werden, keine roten, verheulten Flecken zu sehen sind!“

„Du bist ein Schatz, Val!“

„Hope ist auch so die schönste Braut der Welt“, wirft John von der Seite aus ein.

„Klappe halten!“, erwidert Valerie barsch. „Von so etwas haben Männer keine Ahnung. Dreh dich um und schau erst wieder hin, wenn ich es dir erlaube. Wenn sie schon kein überraschendes Brautkleid trägt, dann gönn ihr wenigstens das hier."

Grinsend verschränkt John die Arme vor der Brust, traut sich aber anscheinend nicht, noch weitere Widerworte zu geben. Er kehrt uns brav den Rücken zu und tritt an das Geländer, das das Flachdach umgibt, um das nächtliche Panorama der Stadt zu betrachten.

Val drückt mich zurück auf die Bank und macht sich an die Arbeit. Geduldig schließe ich auf Kommando Augen und Mund, öffne sie auf ihren Befehl hin wieder und halte still, bis sie irgendwann in die Hände klatscht.

„Fertig!", sagt sie triumphierend und hält mir einen kleinen Spiegel vor mein Gesicht, den sie aus ihrer Tasche gezaubert hat.

Und sie hat wirklich wahre Wunder vollbracht. Meine Augen wirken ausdrucksvoll und strahlend, mein Mund rosa, voll und glänzend. Meine blonden Locken hat sie mir an der linken Seite locker zurückgesteckt und sie so gekämmt, dass der Rest üppig über meine rechte Schulter fällt. Zusätzlich hat sie mir drei der Rosen dicht nebeneinander ins Haar gesteckt, die schöner sind, als es jeder Schleier oder andere Kopfschmuck hätte sein können.

Ich will schon zu Jonathan gehen, aber sie hält mich zurück.

„Warte kurz." In ihrer Tasche wühlend bringt sie mehrere Gegenstände zum Vorschein.

„Die Ohrringe …", triumphierend hält sie ein paar Ohrringe in die Luft, an denen an einem dünnen Silberkettchen je eine Perle baumelt. „Die Ohrringe passen zu deiner Perlenkette. Ich wusste genau, dass du die heute trägst. Sie sind mein Hochzeitsgeschenk für dich. Und etwas Neues. Die Kette von deiner Granny ist etwas

Altes." Dann schiebt sie mir ein spitzenbesetztes Taschentuch in die Jacke meines Mantels. „Das will ich später wieder haben. Damit hast du etwas Geborgtes. Und hier ist etwas Blaues." Mit einer Sicherheitsnadel befestigt sie eine kleine, hellblaue Schleife an der Innenseite meines Mantels. „das muss zur Abschreckung der bösen Geister reichen, ansonsten vertreibe ich sie." Sie küsst mich auf die Wange.

„Und jetzt …" Suchend schaut sie sich um, dann geht sie zu den Blumen, die ich auf der Treppe eingesammelt habe. Mit einer passenden, cremefarbenen Schleife, die sie ebenfalls aus ihrem Rucksack zieht, bindet sie die Rosen zusammen, bevor sie sie mir in dem Arm legt. Musternd tritt sie einen Schritt zurück und begutachtet mich von Kopf bis Fuß.

„Perfekt!", sagt sie schließlich und ich kann sehen, dass in ihren Augen Tränen glitzern. „Jetzt bist du wirklich die schönste Braut der Welt."

Beinah im selben Moment öffnet sich die Tür zum Dach erneut und Frank kommt heraus, im Schlepptau zwei mir unbekannte Leute, die wohl der Friedensrichter und der Fotograf sein müssen.

Und dann kann ich auch schon John an meiner Seite spüren. „Du siehst einfach umwerfend aus, meine Schöne", flüstert er andächtig in mein Ohr und greift gleichzeitig nach meiner Hand.

Mein Herz schlägt mir plötzlich bis zum Hals.

Wir werden jetzt heiraten!

Ich kann mich nicht erinnern, wann ich das letzte Mal so aufgeregt gewesen bin, wie in diesem Moment. Wahrscheinlich liegt das daran, dass ich noch *nie* so aufgeregt gewesen bin, wie in eben diesem Moment. Jonathans Hand ruht warm und fest in meiner und sanft drückt er meine Finger. Und in diesem Moment fällt mir auf: Ich war auch noch nie so unglaublich, sagenhaft glücklich.

Kapitel 23

Die Trauzeremonie rauscht an mir vorbei und ich bekomme nicht einmal die Hälfte davon bewusst mit. Stattdessen höre ich Valerie hinter mir stehen, die sich permanent die Nase putzt. Ich spüre die Wärme von Johns Hand, die die meine festhält. Ich sehe das Panorama der Stadt unter uns, die vielen Lichter, die in der Dunkelheit glitzern, genau wie die Tausenden von Sternen, die den Himmel zu erleuchten scheinen. Und ich sehe John. Er steht neben mir, sicher, strahlend und in sich ruhend, ohne einen Hauch von Nervosität. Ich habe nur Augen für ihn in diesem Moment und beinah verpasse ich es, am richtigen Zeitpunkt wieder zuzuhören. Zum Glück bekomme ich es gerade noch rechtzeitig wieder hin, meine Aufmerksamkeit auf den Friedensrichter zu richten, sonst hätte ich das Ehegelübde, das ich nachsprechen muss, von ihm wiederholen lassen müssen. Was mir unglaublich peinlich gewesen wäre.

Anschließend steckt John mir den wunderschönen Ring an den Finger, zieht mich an sich, um mich zu küssen, wir unterschreiben ein paar Dokumente und dann ist es vorbei.

Ich bin eine verheiratete Frau!

Einen Moment lang frage ich mich, ob ich mich jetzt irgendwie anders fühlen müsste. Aber ich fühle mich immer noch genauso wie vorher, ich bin immer noch ich selbst.

Wer solltest du auch sonst sein, du dummes Ding?

Obwohl heute mein Hochzeitstag ist, scheint ein Teil von mir, wie so oft, nicht sonderlich nett zu mir zu sein.

Aber zum Glück sind alle anderen nett zu mir, wenn ich es schon selbst nicht bin.

Valerie fällt mir um den Hals und quietscht vor lauter Freude. Frank gratuliert mir strahlend und auch der Friedensrichter scheint irgendwie sehr gerührt zu sein, auch wenn er sich schnell wieder von uns verabschiedet.

Nur zu viert bleiben wir eine Weile auf dem Dach stehen, stoßen mit Champagner an, den Valerie mitgebracht hat und ich bin so glücklich, dass ich mich beinah schwerelos fühle. Niemand von uns redet viel, aber wir alle lächeln. Es fühlt sich schön und feierlich an. Aber trotz aller Romantik ist die Nacht trotzdem irgendwann zu kalt, um noch länger draußen zu bleiben. Frank und Valerie verabschieden sich ziemlich zügig, um sich wieder ins Warme zurückzuziehen.

John und ich bleiben allein zurück und zum hundertsten Male an diesem Abend zieht er mich in seine Arme, um mich zu küssen.

„Wollen wir auch rein ins Warme gehen?" In seiner Stimme schwingt etwas mit, das mir sagt, dass er wohl eher Dinge vorhat, bei denen mir nicht nur warm, sondern ziemlich heiß werden wird.

Sein nächster Kuss ist deutlich fordernder als der vorherige und die feinen Härchen an meinem Körper stellen sich auf, als er mir anschließend in die Augen blickt. Sein Lächeln ist wölfisch und auf seiner rechten Wange bildet sich das kleine Grübchen, das ich so sehr mag.

„Ja, lass uns reingehen", flüstere ich, während ich kleine Küsse auf seinem Hals verteile und mich an seinem Kragen festhalte, weil ich mich gerade nicht von ihm lösen mag. Seine Nähe fühlt sich einfach zu gut an. Beim nächsten Kuss dränge ich mich enger gegen ihn, was ihm zu gefallen scheint und ihm ein raues Lachen entlockt.

Trotzdem löst er meine Finger von seinem Kragen und nimmt meine Hand.

„Nicht, Hope. Du weißt doch, was passiert, wenn du das machst. Und was wäre ich denn für ein Ehemann, wenn ich meine Frau in unserer Hochzeitsnacht irgendwo in der Kälte vögeln würde, als wäre ich ein notgeiler Teenager ohne Zuhause? Es ist unsere Hochzeitsnacht! Ich will dich in meinem Bett. In unserem Bett! Und ich will mir Zeit lassen."

Sanft und gleichzeitig bestimmt zieht er mich zur Tür, um mich anschließend durch das Treppenhaus zu seiner Wohnung zu bringen. Zwischendrin müssen wir immer wieder stehen bleiben, um uns zu küssen. Nach der halben Strecke durchs Treppenhaus hebt er mich auf seine Arme und trägt mich, so mühelos, als würde ich nicht mehr als eine Puppe wiegen. An seiner Wohnung angekommen, schafft er es tatsächlich, die Tür aufzuschließen, ohne mich abzusetzen.

Mit dem Fuß gibt er der Tür einen Tritt, als wir es irgendwie in seine kleine Wohnung geschafft haben. Bei der Tür zum Schlafzimmer machen wir uns diese Mühe nicht mehr. Warum auch? Wir sind schließlich allein hier.

Er beginnt Küsse auf meinem Hals zu verteilen, die dafür sorgen, dass ich mich auf nichts mehr sonst konzentrieren kann. Außerdem will ich das gar nicht mehr. Ich will nur John. Ich will ihn spüren, küssen und halten, ihn lieben.

Vorsichtig legt er mich auf seinem Bett ab, zieht erst mich aus, langsam und feierlich, nur die Perlenkette lässt er um meinen Hals. Dann zieht er sich selbst aus und ich genieße den Anblick, den er mir dabei bietet.

Als er zu mir aufs Bett kommt, ziehe ich ihn in meine Arme, küsse ihn, dränge mich gegen ihn und ihm wird ziemlich schnell klar, was ich von ihm will. Nämlich ihn spüren, so nah und so intensiv wie nur irgend möglich. Wir lieben uns, ehrfurchtsvoll und andächtig und mit dem Gefühl der ultimativen Nähe.

Draußen hat der Wind deutlich aufgefrischt und es braut sich ein Sturm zusammen, der um das Haus herum pfeift. Aber ich fühle mich sicher und geborgen in Jonathans Armen, als wir später eng umschlungen einschlafen.

Kapitel 24

Meinen Eltern von der Hochzeit zu erzählen, ist nicht ganz so einfach. Aber ich bringe es bei meinem nächsten Besuch hinter mich, kurz bevor Valerie mich wieder abholt, und verlasse dann fluchtartig das Haus, bevor ich mir irgendwelche Vorträge anhören muss. Ändern können es meine Eltern ja ohnehin nicht mehr. Die nächsten drei Wochen werde ich es auch nicht schaffen, nach Hause zu kommen, weil meine Abschlussprüfungen vor der Tür stehen und ich lernen muss und keine Zeit habe. Bis dahin ist hoffentlich ein bisschen Gras über die Sache gewachsen. Meine Mutter ist zwar der Meinung, ich könne genauso gut zu Hause lernen, aber ich sehe das ein bisschen anders. Zumal Valerie ebenfalls zum Lernen im Wohnheim bleiben wird und die Fahrt mit dem Bus nach Hause einer halben Weltreise gleicht.

Die Prüfungen sind anstrengend und zeitintensiv und ich habe immer das Gefühl, einfach nicht genug gelernt zu haben. Da in Johns Wohnung viel mehr Platz ist als bei mir, bin ich mehr oder weniger bei ihm eingezogen. Immer, wenn er da ist, kümmert er sich um mich. Er holt mich von der Arbeit ab und sorgt dafür, dass ich genug esse und irgendwann mal mit der Lernerei Feierabend mache.

Als dann endlich alles vorbei ist, bin ich fest davon überzeugt, durch alle Prüfungen gefallen zu sein, auch wenn das realistisch betrachtet der totale Quatsch ist. Ich habe immer gute Noten gehabt und alle Prüfungsfragen beantworten können. Trotzdem bleibt das ungute Gefühl.

Für mich ist das Warten auf die Prüfungsergebnisse daher mit reichlich Stress verbunden. Zusätzlich ärgere ich über mich selbst, dass ich mir immer so viele Sorgen mache, immer so perfekt sein muss.

Bei meinem nächsten Besuch zu Hause macht mir meine Mutter Vorwürfe, dass ich nur an mich selbst denken würde. Sie fragt mich, ob mir meine Familie egal geworden sei, wo ich jetzt eine verheiratete Frau wäre. Ich weiß nicht, warum mich das immer so sehr trifft. Denn genau genommen weiß ich ja, dass es nicht stimmt und dass ich mich weitaus mehr um meine Familie kümmere, als es die meisten anderen in meinem Alter und meiner Situation machen. Das Problem liegt wohl eher bei meiner Mutter als bei mir, weil sie ziemliche Schwierigkeiten damit zu haben scheint, dass ich nicht mehr das kleine, süße Mädchen bin, das alles so macht, wie sie es möchte, sondern dass ich erwachsen bin und meine eigenen Entscheidungen treffe, sowie mein eigenes Leben führe. Dennoch bohrt sich ihr Vorwurf wie ein schmerzender Stachel in mein Herz und ich muss heftig schlucken, um nicht mal wieder loszuflennen. Meinem Vater scheint die ganze Sache mit der Hochzeit relativ egal zu sein.

„Ich hoffe, du kommst wenigstens nächstes Wochenende nach Hause, damit wir zu Maudes Geburtstag fahren können, so wie jedes Jahr? Oder hast du da auch wieder keine Zeit für uns? Die Flugtickets sind schon gekauft. Und wir verlassen uns auf dich. Das können wir doch wohl hoffentlich noch?“

Ich murmle eine Zustimmung. Meine Eltern besuchen meine Tante jedes Jahr an ihrem Geburtstag. Ich habe schon vor Monaten versprochen, dass ich nach Hause komme, um mich um Mike zu kümmern. Allerdings muss ich gestehen, dass ich es vergessen hätte, wenn meine

Mutter mich nicht erinnert hätte. Der Stress der letzten Wochen hat mein Konzentrationsvermögen und meine Merkfähigkeit, was Alltagsdinge angeht, nicht unbedingt positiv beeinflusst.

Zum Glück holt mich Valerie auch dieses Mal wieder bei meinen Eltern ab und bringt mich auf andere Gedanken und es dauert nicht lang, bis ich mich wieder ein bisschen entspannen kann.

„Was machst du eigentlich den lieben langen Tag, wenn du weder mit mir Kaffee trinken gehst, noch in der Bibliothek arbeitest?"

Ich lache leise. Viel Zeit bleibt danach ja nicht mehr übrig und die verbringe ich nach Möglichkeit mit John. Und in der Zwischenzeit …

„Ich schreibe an einem Krimi."

„Was?" Valerie dreht den Kopf ruckartig zu mir und ich bekomme Panik, weil sie nicht auf die Straße schaut.

„Konzentrier dich aufs Fahren, sonst erzähle ich dir gar nichts mehr", tadle ich sie, muss aber gleichzeitig lächeln.

„Aye, aye, Captain!" Ganz artig blickt Val wieder auf die Straße.

„John und ich haben neulich einen alten Sherlock-Holmes-Film gesehen. Und weil ich am nächsten Tag tatsächlich mal ein bisschen Freizeit hatte, habe ich einfach mal versucht, ein bisschen zu schreiben. Mal schauen, was daraus wird. Zumindest hält es mich davon ab, durchzudrehen und Amok zu laufen, während ich auf die dämlichen Prüfungsergebnisse warte."

„Als ob du durchfallen würdest – im Leben nicht!" Abfällig zieht Valerie die Nase kraus.

„Der Teufel ist manchmal ein Eichhörnchen", gebe ich schulterzuckend zurück. Tatsächlich kann man das ja nie so genau wissen. Man kann natürlich Vermutungen und

Prognosen anstellen, aber das sind und bleiben eben auch Vermutungen und Prognosen. Und das wiederum ist ungewiss genug, um mich in den Wahnsinn zu treiben, wenn ich nichts zu tun habe.

Zum Glück bin ich meistens ausreichend beschäftigt, um abgelenkt zu sein. Und wenn nichts zu tun ist und niemand da ist, der mich ablenken kann, dann stürze ich mich eben in die Schreiberei.

Kapitel 25

„Ich bin froh, dass du morgen dabei sein wirst. Das beruhigt mich und es gibt mir Kraft." John beugt sich über mich, um mich zu küssen und ich kann selbst spüren, wie ich mich in seinen Armen plötzlich verkrampfe.

Ich versuche mich aufzurichten und ein ungutes Gefühl ergreift immer mehr von mir Besitz.

„Hope?" Jonathan hat sich jetzt ebenfalls aufgerichtet. „Du kommst doch morgen, oder?"

Bevor ich antworten kann, muss ich mehrfach schlucken, damit der Kloß aus meinem Hals wieder verschwindet.

„Ich kann nicht."

„Du kannst nicht?"

„Ich habe meinen Eltern versprochen, bei meinem Bruder zu bleiben ..."

Ich habe einfach nicht an das Konzert gedacht. Oh verdammt!

„Du hast bitte was?" Johns Stimme klingt jetzt schneidend scharf.

„Sie fliegen morgen zum Geburtstag meiner Tante, ich habe schon vor Wochen zugesagt ... Ich ... Oh verdammt, es tut mir so leid! Mike kann doch nicht allein bleiben und ..."

„Hope, dein Bruder ist vierundzwanzig Jahre alt. Er kann ein Telefon bedienen, wenn er etwas hat. Er muss nicht den ganzen Tag bewacht werden. Im Übrigen gibt es für so etwas ambulante Pflegekräfte. Oder Babysitter ..." Mittlerweile sitzt er auf dem Bett und funkelt mich böse an.

„Du weißt doch auch, dass es ihm immer schlechter geht …“ Meine Stimme ist tonlos, kaum mehr als Flüstern. Ganz im Gegensatz zu Johns.

„Seit acht Wochen steht der Termin für das Konzert fest. Seit acht verdammten Wochen, Hope! Und genauso lang bitte ich dich darum, mich dorthin zu begleiten. Mir beizustehen, zu einem Termin, der mir verdammt wichtig ist. Bei dem ich dich brauche! Verstehst du? Ich *brauche* dich dort! Ich verstehe nicht, warum es dir unmöglich ist, deinen Eltern gegenüber auch mal Nein zu sagen. Und warum es nicht möglich ist, Mike mal für vier Stunden tagsüber allein zu lassen. Er ist doch kein verdammtes Baby mehr. Er ist erwachsen. Und für dich gibt es immer nur deine Familie. Die kommt immer zuerst, Scheiße noch mal. Immer!“ Mit beiden Händen fährt er sich durch die Haare. „Ich bin dein Mann, Hope! Wir sind verheiratet! Ich habe ja eine Menge Verständnis, aber langsam habe ich wirklich die Schnauze voll. Ich habe keine Lust, immer die zweite Geige zu spielen.“ Er sieht mich an und ich erkenne seine Wut und seine Verletztheit. In meinen Augen sammeln sich erste Tränen, die ich energisch wegblinzle.

„Es ist meine Familie, John!“

„Ja, deine Familie. Und die ist dir immer mehr wert. Und mich behandelst du wie irgendeinen dahergelaufenen Clown! Ich sollte auch deine Familie sein, wir sind immerhin verheiratet! Das war der einzige Termin, Hope! Das erste Mal, das ich dich gebeten habe, mich zu begleiten.“ Er rauft sich wieder die Haare und der Kloß in meinem Hals wird immer größer. Wie ferngesteuert stehe ich langsam vom Bett auf.

„Ich muss jetzt gehen …“

John lacht bitter. „Ja, geh du nur! Aber irgendwann wirst du dich mal entscheiden müssen, ob du auf Dauer sie wählst, oder vielleicht doch auch mal mich!“

Ich wende mich ab, will ihn jetzt nicht ansehen müssen. Den Schmerz, den ich in seiner Stimme höre, nicht auch noch in seinem Gesicht sehen müssen. Zwischen uns breitet sich ein Schweigen aus, eine Kälte, die mir beinah körperliche Schmerzen bereitet.

Als ich die Tür schon fast hinter mir geschlossen habe, setzt er noch einmal zum Sprechen an. „Du wirst nicht einmal versuchen, ihnen zu sagen, dass du nicht kannst, stimmt's?"

Ich erwidere nichts auf diese Frage. Ich kann einfach nicht.

„Bis übermorgen", flüstere ich heiser und schließe dann leise die Tür hinter mir.

All die negativen Gefühle schlucke ich in mir herunter, verdränge und verberge sie tief in mir. Denn wenn ich gleich bei Mike bin, soll er nicht sehen, wie schlecht es mir geht.

Als ich in den Bus steige, friere ich erbärmlich.

+++

John starrt ihr fassungslos hinterher. Mit allem hat er gerechnet, aber nicht damit, dass sie ihm bei diesem Termin hängen lassen wird. Er hätte sie dort gebraucht! Ihre Ruhe, ihre Nähe, ihre Kraft.

Sie kommt nicht. Er hat sie einmal um etwas gebeten und sie kommt nicht!

Er hat das dringende Bedürfnis, irgendetwas mit bloßen Fäusten zu zerstören, auf etwas so lang einzuschlagen, bis es einfach verschwunden ist.

+++

Als ich zu Hause ankomme, sind meine Eltern schon dabei, ihre Sachen zusammenzusuchen. Wir wechseln nur ein paar Worte miteinander, dann gehe ich in Mikes

Zimmer, um nach ihm zu sehen. Er schläft tief und fest. Heute war er bei der Dialyse. Danach ist er meistens völlig fertig. Ich schiebe mir einen Sessel an sein Bett und nehme meinen Laptop heraus, um zu schreiben. Natürlich könnte ich mich auch ins Wohnzimmer setzen, doch ich habe keine Lust, dort allein zu sein. Aber heute kann ich mich einfach keine zwei Minuten am Stück konzentrieren. Schließlich packe ich den Laptop wieder zurück in meinen Rucksack, rutsche näher ans Bett und betrachte das Gesicht meines schlafenden Bruders. In den letzten Wochen hat er immer weiter abgebaut, schläft immer mehr und hat trotzdem dunkle Ringe unter den Augen.

Mein großer Bruder!

Ich kann mich daran erinnern, wie sehr ich zu ihm aufgeblickt habe, als wir beide klein waren, wie sehr ich seine Kraft und seine Stärke immer bewundert habe. Und jetzt liegt er hier und ist kaum mehr als ein Schatten seiner selbst.

Tief seufzend stehe ich aus dem Sessel auf, nehme mir die überflüssigen Kissen und Decken vom Fußende seines Bettes und lege sie auf den Boden. Ich schreibe John eine SMS. Dann schalte ich den Fernseher ein und rolle mich auf meinem Deckenlager zusammen. Genau so habe ich oft gelegen, als ich ein Kind war und nicht einschlafen konnte. Mike hat mir dann so lang Geschichten erzählt, bis es mit dem Schlafen doch geklappt hat.

Jetzt ist es allerdings noch zu früh zum Schlafen und ich schaue stattdessen alte Zeichentrickserien im Fernsehen an. Irgendwann regt sich Mike und wird wach.

„Hey, Cookie", sagt er, als er mich sieht und blinzelt verschlafen.

„Hey, großer Bruder!" Ich setze mich auf. „Brauchst du irgendetwas? Hast du vielleicht Hunger?"

Er schüttelt den Kopf. „Danke, ich habe alles hier, was ich brauche." Er greift nach seinem Wasserglas auf dem Nachttisch und trinkt ein paar Schlucke.

„Wie war es heute beim Arzt?"

Mike zuckt resigniert mit den Schultern.

„Wie immer: anstrengend und ohne Neuigkeiten!" Dann richtet er seinen Blick wieder auf den Fernseher. „Was schaust du dir an?"

„Alte Folgen von Roger Rabbit.

„Sehr gut." Nachdem er das Wasserglas wieder weggestellt hat, stopft er sich das Kissen in seinem Rücken zurecht und wir schauen zusammen fern. Wir sitzen einfach nur da. Schweigen zusammen und lachen zusammen über Stellen, über die wir schon so oft gelacht haben. Plötzlich wird mir klar, dass wir beide wissen, dass wir nicht mehr oft Gelegenheit dazu haben werden. Mir schnürt sich die Kehle zu bei dem Gedanken. Ich klammere mich innerlich daran fest, dass er hoffentlich bald ein Spenderorgan bekommen wird. Der Gedanke, dass ich ansonsten in nicht allzu ferner Zukunft keinen großen Bruder mehr haben werde, dass Mike einfach plötzlich weg sein wird, ist so unfassbar, dass ich gar nicht genauer darüber nachdenken mag.

Nach einer Weile stelle ich fest, dass Mike nicht mehr lacht, wenn ich lache und schon wieder eingeschlafen ist.

Ich versuche John anzurufen, bestimmt zehnmal, aber er lässt immer die Mailbox anspringen. Auf meine SMS hat er auch nicht reagiert. Das ungute Gefühl wird immer stärker und lässt sich einfach nicht verdrängen. Am liebsten würde ich zu ihm fahren, aber ich kann Mike ja jetzt nicht allein lassen. Wenn mal etwas mit ihm sein sollte und niemand ist hier … Das wäre eine Katastrophe.

Die Nacht verbringe ich vor Mikes Bett. Viel Schlaf finde ich allerdings nicht.

Ich träume von John, der bei seinem morgigen Konzert auf der Bühne tot umfällt und nur von Mike und mir gerettet werden kann. Aber wir schaffen es einfach nicht pünktlich dorthin zu kommen, egal, wie verzweifelt wir es versuchen.

Als ich morgens aufwache, bin ich froh, dass die Nacht endlich vorbei ist.

Nach einer ausgiebigen Dusche ziehe ich mich an und mache Frühstück für Mike und mich. Am Tag nach der Dialyse ist er meistens ein bisschen fitter. Vielleicht können wir nach dem Frühstück sogar ein bisschen spazieren gehen.

Kaum habe ich den Tisch fertig gedeckt und Tee gekocht, kommt Mike zu mir in die Küche. Er sieht ein bisschen besser aus als gestern.

„Morgen, Cookie", sagt er lächelnd und schlurft zum Küchentisch.

Der Tag vergeht zäh und langsam und meine Gedanken wandern immer wieder zu John und dem Konzert. Ich habe ihn telefonisch immer noch nicht erreichen können. Von Minute zu Minute werde ich unruhiger, bis ich letztendlich nicht mehr still sitzen kann. Natürlich hat John irgendwie recht gehabt. Ich hätte dieses eine Mal Nein sagen müssen. Meine Eltern verfügen immer wie selbstverständlich über mich und das ist nicht okay. Sie hätten mich vorher fragen müssen, bevor sie mein Einverständnis einfach vorrausetzen. Und ich hätte einfach Nein sagen sollen.

Unruhig rutsche ich auf dem Stuhl hin und her und trommle mit den Fingern auf den Küchentisch, während ich darauf warte, dass die Mikrowelle unser Essen endlich aufgewärmt hat.

„Was ist los, Hope?“ Mikes Stirn legt sich in besorgte Falten.

„Nichts.“ Abwehrend schüttle ich den Kopf.

„Du lügst, Schwesterchen. Was ist los?“

Seufzend lege ich den Kopf in den Nacken und reibe mir dann über die Augen.

„Es ist wegen John …“

„Habt ihr Stress?“

„Er hat mich seit Wochen darum gebeten, dass ich bei seinem Konzert dabei bin … Es geht dabei um die Option auf einen ziemlich großen Plattenvertrag und er hätte mich eben gern dabei gehabt.“

„Und das Konzert ist heute und du spielst stattdessen den Babysitter für deinen großen Bruder?“

„Nein. Ja … Ach Scheiße. John war so sauer, weil er gleich geahnt hat, dass ich Mum und Dad nicht mal gesagt habe, dass ich heute einen anderen Termin habe. Aber es ist mir doch wichtig. Und ich bin gern bei dir.“ Ich beuge mich über den Tisch und greife nach Mikes Hand, um sie zu drücken.

In seinen Augen kann ich plötzlich dieses übermütige Funkeln erkennen, das er immer dann hat, wenn er nichts Gutes im Schilde führt. Nach einem Moment legt er den Kopf schief.

„Was macht eigentlich Val heute?“ Sein Tonfall ist dabei so auffällig gleichgültig, dass ich sofort Lunte wittere.

„Was soll sie denn heute machen?“

Mike grinst breit. „Ach … Ich dachte, sie wäre vielleicht ein guter Babysitter für mich. Und du hättest den Abend frei …“

Ich lege den Kopf schief. „Du redest hier von einer Win-win-Situation?“

„Genau davon.“ Er sieht sehr mit sich zufrieden aus.

„Val und du?“ Ich bin ein bisschen verwundert, aber mein Bruder zuckt nur lässig mit den Schultern.

Nachdem ich eine halbe Stunde lang Bedenken geäußert habe, wird mein Bruder schließlich böse. Er wirft mir vor, dass ich ihn wie ein Kleinkind behandle und schließlich gebe ich mich geschlagen und rufe Val an.

Kapitel 26

Es dauert keine halbe Stunde, bis Val zufrieden lächelnd in der Tür steht. Zum Glück war sie bei ihren Eltern und hatte es somit nicht weit.

„Hattest du vor auszugehen?“ Ich mustere ihr Make-up und ihr Outfit kritisch.

„Doch nicht ohne dich!“ Sie zwinkert mir zu und schiebt mich zur Seite, um sich an mir vorbei ins Haus zu drängeln. „Du siehst übrigens auch heiß aus.“

Ich habe mich umgezogen und ein bisschen geschminkt, um für Johns Konzert gut auszusehen. Aber eigentlich bin ich viel zu nervös, um mir darüber wirklich Gedanken zu machen. Und zu spät dran bin ich auch. Wahrscheinlich sind sie schon fertig, wenn ich endlich da bin.

Statt endlich loszufahren, verfolge ich Valerie ins Haus und gebe ihr eine ganze Liste mit Telefonnummern, Anweisungen und guten Ratschlägen. So lang, bis sie genervt die Augen verdreht und Mike in der Tür seines Zimmers erscheint. Mit verschränkten Armen lehnt er sich lässig in den Türrahmen, und als er Valerie sieht, bekommt er tatsächlich ein bisschen Farbe im Gesicht.

„Ich glaube, wir bekommen das hin, Cookie. Val wird schon in der Lage sein, das Telefon zu bedienen und einen Krankenwagen zu rufen, wenn ich plötzlich kollabieren sollte.“ Ich könnte schwören, dass da ein Hauch von Röte in seine Wangen steigt, als er Val betrachtet und dieses Funkeln in seinen Augen habe ich noch nie zuvor gesehen. Sie selbst scheint tatsächlich ein bisschen verlegen zu sein, als sie ihn jetzt betrachtet.

Valerie und verlegen!

Ich kann kaum fassen, was hier gerade passiert.

Mit einem letzten ungläubigen Blick auf die beiden schnappe ich mir Vals Autoschlüssel, ziehe mir kopfschüttelnd meinen Mantel über mein schwarzes Kleid und verlasse das Haus.

Als ich endlich in der Halle ankomme, in der die *Sick Theories* heute spielen, ist das Konzert beinah vorbei.

Wie gebannt starre ich auf die Bühne, auf der John steht und singt. Seine Stimme ist tief, rau und sexy und er gibt als Zugabe eine langsame Ballade, die ich besonders liebe. Eine Träne löst sich und rollt mir warm über meine Wange, während er die unendlichen Leiden des Trennungsschmerzes besingt.

Dann ist es vorbei. Tosender Applaus brandet auf und während kurz darauf die meisten Menschen versuchen, die Halle zu verlassen, versuche ich mich in der Hoffnung, zu John zu kommen, irgendwie in die andere Richtung vorzukämpfen.

+++

Als John die Garderobe betritt, ist er schon völlig zugedröhnt. Er hat angefangen, sich mit Alkohol zuzukippen, als Hope gestern einfach gegangen ist. Er kann sich nicht daran erinnern, schon einmal so wütend auf jemanden gewesen oder so verletzt und enttäuscht worden zu sein. Und so betrunken war er auch schon lang nicht mehr. Das Konzert hat er gerade so überstanden und irgendwie war es ihm auf einmal egal, ob er erfolgreich ist oder nicht. Ob er gut oder schlecht ist und ob es bei dem anwesenden Plattenfirmafuzzi gut ankommt oder nicht. Alles scheißegal.

Stattdessen haben seine Augen ständig das Publikum in der Hoffnung abgesucht, Hope dort doch noch irgendwo zu entdecken. Aber sie ist nicht aufgetaucht. Natürlich nicht. Wie immer geht ihre Familie vor und er spielt auf einmal keine Rolle mehr. Egal, wie sehr er sie braucht, wie lang er einen solchen Termin im Vorhinein ankündigt – für ihn hat sie keine Zeit. Dabei ist er ihr *Ehemann.* Und somit sollte er jawohl verlangen können, wenigstens mit ihrer Familie auf dieselbe Stufe gestellt zu werden. Mehr will er ja gar nicht. Nur das.

Der Alkohol hat seinen Verstand benebelt, aber seine Gefühle wollen sich einfach nicht darin ertränken lassen. Vielleicht können sie ja schwimmen. Immer noch sind da Wut und Enttäuschung in ihm, nur mittlerweile in einer gefährlichen Mischung mit jeder Menge alkoholisierter Unvernunft.

Mühsam hält er sich am Türrahmen der Garderobentür fest. Seiner eigenen Garderobe. Fast so, als wäre er schon ein Star. Wenigstens eine Sache, an die er sich gewöhnen könnte!

Und, aber hallo, wer ist das denn?

Da steht eine ihm fremde, aber sehr sexy Blondine mitten in seiner Kabine, die einen stahlblauen, halbtransparenten Spitzen-BH sowie einen kurzen schwarzen Minirock trägt, der mehr enthüllt, als er verdeckt. Dazu trägt sie mörderisch hohe Stöckelschuhe – und sonst nichts.

Während er sich noch fragt, wer die Unbekannte hier hereingelassen und ob sie sich wohl in der Tür geirrt hat, kommt sie, lasziv und langsam, auf ihn zu. Sie öffnet dabei ihren BH, was ihn ziemlich schnell wieder von seiner Frage ablenkt.

„Ich habe dich das ganze Konzert über beobachtet. Du warst einfach unglaublich. Ich hatte bei fast jedem deiner

Songs eine Gänsehaut", haucht sie, während sie ihren BH fallen lässt. „Übrigens bin ich auf jedem deiner Konzerte gewesen."

Na, wenigstens eine, die interessiert, was er macht.

Im selben Moment ist sie auch schon bei ihm und fängt an, ihn zu küssen. Ohne dass er es geplant hätte, schlingt er seine Hände um ihre Taille, während sie ihre nackten Brüste gegen seinen Oberkörper presst und ihm langsam ihre Zunge in den Mund schiebt.

+++

Ich brauche ziemlich lang, bis ich mich zu Johns Garderobe durchgekämpft habe und wäre nie dort angekommen, wenn Frank mich nicht zufällig gesehen und netterweise mit in den Backstagebereich genommen hätte.

Meine Güte, was für eine große Veranstaltung! Mit Sicherheitsleuten und eigener Garderobe, wie richtige Stars. Das hat heute Abend wirklich eine ganz andere Dimension, als es die Konzerte der Band vorher hatten. Ich bekomme ein noch viel schlechteres Gewissen, weil ich nicht dabei gewesen bin. Ein Stück weit muss ich John ja recht geben: Ich hätte dabei sein sollen und ihm zur Seite stehen müssen.

Alles, was er wollte, war, mich dabei zu haben, um ihm Sicherheit zu geben und um so etwas gemeinsam zu erleben. Doch statt meinem Mann beizustehen, habe ich lieber den Konflikt mit meinen Eltern vermieden. Weil ich ein Feigling bin, was das angeht.

Seufzend und mit einem mulmigen Gefühl im Bauch greife ich nach der Türklinke von Johns Garderobe. Bevor ich sie herunterdrücke, zögere ich einen Moment lang. Hoffentlich freut er sich, mich zu sehen und verzeiht mir, dass ich erst jetzt komme. Erneut streiche ich mein Kleid glatt und muss lächeln, als mir auffällt, dass ich es beim letzten Mal auf unserer Hochzeit getragen habe. Hoffentlich ist das ein gutes Omen!

Dann mache ich die Tür auf und gehe hinein.

Im ersten Moment denke ich, ich habe mich vielleicht in der Tür geirrt. Ich sehe den mit einem schwarzen T-Shirt bekleideten Rücken eines Mannes, der von zwei Frauenhänden gestreichelt wird, die in genau diesem Moment am Saum des Shirts nesteln, um es ihm über den Kopf zu ziehen. Aber als sie es endlich geschafft hat, kann ich seine Tattoos sehen, die Ausläufer eines dunkelgrünen Drachens, die durch seine Bewegungen aussehen, als wäre er lebendig geworden. Mit absolut widerlicher Gewissheit wird mir klar, dass ich mich nicht in der Tür geirrt habe.

Ich will mich umdrehen und einfach gehen, flüchten, die Augen fest vor dem verschließen, was hier gerade passiert. Ich will das alles gar nicht sehen. Aber mein Körper gehorcht mir nicht. Wie paralysiert bleibe ich stehen und starre die beiden an. Sie hat sich ein bisschen gedreht und ich kann jetzt erkennen, dass sie keinen BH mehr trägt und ihre nackten Brüste gegen seinen nun ebenfalls nackten Oberkörper presst. Dann wandern ihre Hände nach vorn, einen kurzen Augenblick später fällt Johns Hose herunter und bleibt an seinen Stiefeln hängen, während sich die Hände der Blondine in Johns Boxershorts schieben und seinen nackten Po umfassen.

Mir wird schlecht. Endlich gehorchen meine Beine mir wieder, sodass ich ein paar zögerliche Schritte rückwärts machen kann. Mit einem lauten Klirren schmeiße ich dabei ein Glas von der kleinen Kommode, die gleich neben der Tür steht. Das Geräusch schreckt John und seinen Groupie auf und sie drehen sich beide zu mir um.

John sieht mich an und ich erkenne Verwunderung in seinem Blick, die sich dann zu Erschrecken, Erkenntnis und so etwas wie Schmerz zu wandeln scheint. Bevor ich mich abwende, um kommentarlos wegzulaufen, erhasche ich einen Blick auf Johns nette Gespielin. Und blicke in die triumphierenden, babyblauen Augen von Vivian Anni.

Kapitel 27

Irgendwie schaffe ich es, die Straße zu erreichen, bevor John mich eingeholt hat.

Er musste sich ja auch erst mal wieder anziehen!

Der Gedanke schmeckt mehr als bitter.

Er ruft mich und sucht mich, aber ich will ihn nicht sehen. Ich verstecke mich wie ein Feigling in einem dunklen Hauseingang, damit er mich nicht sieht. Mein ganzer Körper zittert und mein Herzschlag dröhnt in meinen Ohren, aber ich halte einfach still und warte, bis John mich endlich nicht mehr ruft. Und obwohl ich darauf ja eigentlich gewartet habe, fühlt es sich nun endgültig und furchtbar an. Fast würde ich mir wünschen, er würde mich doch wieder rufen, aber nichts dergleichen passiert. Die Stille um mich herum ist so endgültig, dass sich meine Kehle und mein Magen wie zugeschnürt anfühlen. Aber es ist mir egal. Alles ist mir gerade egal. Ich will nach Hause und vergessen, was ich gesehen habe. Es aus meinem Kopf verbannen und nie wieder daran denken müssen. Und ich will John nie mehr wiedersehen.

Aber weiß ich ganz genau, dass ich eben diese Bilder vor Augen haben werde, sobald ich sie schließe.

Mein Handy klingelt, ich erkenne schon am Klingelton, dass es John ist. Ich stelle es einfach ab.

Zum Glück habe ich Valeries Auto vorhin ein paar Straßen weit weg parken müssen, weil kein näherer Parkplatz mehr frei war. Die Chance, dass John es nicht entdeckt hat und ich unbehelligt einsteigen kann, ist also recht groß. Trotzdem schaue ich mich vorsichtig um, als ich mich dem Wagen nähere. Vielleicht benehme ich mich gerade entsetzlich kindisch. Aber John jetzt zu sehen, das ist im Augenblick einfach mehr, als ich ertragen kann. Ich bin so aufgewühlt, dass ich ohnehin nicht vernünftig mit ihm reden könnte. Und ich bin so wütend auf ihn, dass ich ihm am liebsten den Schädel einschlagen würde.

Die ganze Fahrt zurück nach Hause kämpfe ich gegen die Tränen. Beim Autofahren heulen zu müssen, ist der Sicherheit im Straßenverkehr nicht gerade zuträglich, das ist mir selbst in diesem Zustand klar. Tapfer reiße ich mich zusammen, bis ich die Haustür aufschließe. Dann breche ich weinend und laut schluchzend zusammen. Innerhalb kürzester Zeit kommt Val aus Mikes Zimmer gestürzt, um zu schauen, was mit mir los ist. Als ich sie sehe, fange ich gleich noch heftiger an zu schluchzen. Es dauert bestimmt zehn Minuten, bis ich überhaupt wieder in der Lage bin, verständliche Worte von mir zu geben und ihr erzählen kann, was passiert ist.

„So ein Arschloch", zischt sie wütend, während sie mich im Arm hält und hin und her wiegt wie ein kleines Baby. „Und Vivian, der ollen Kuh, sollte auch mal jemand ein paar auf die Nase hauen." Ich gebe ein Geräusch von mir, das man weder als Zustimmung noch als Ablehnung deuten kann. „Ach, ist doch wahr!" echauffiert sich Val und ihre Wut tut mir gut. Sie reißt mich ein bisschen aus meiner Verzweiflung. Zumindest genug, um den Weg bis in die Küche zu schaffen, wo sie mich auf einen Stuhl verfrachtet und die Schränke meiner Eltern nach Tee durchsucht. Nachdem sie Wasser aufgesetzt hat, sieht sie mich nachdenklich an.

„Eigentlich wäre etwas Härteres ja besser. Gibt es in diesem Haus irgendwo Whisky?"

„In der Vitrine im Wohnzimmer." Mein Bruder steht im Türrahmen und betrachtet mich sorgenvoll, bevor er sich zu mir an den Tisch setzt. „Ich hab alles mit angehört. Ach Cookie … Das tut mir so leid!“ Ein wenig hilflos tätschelt er meine Hand, während ich meine Tränen wegzublinzeln versuche. Vergebens.

Zum Glück kommt Valerie schnell mit dem Whisky wieder und gießt mir einen mehr als großzügig bemessenen Schluck davon ein. Der Alkohol wärmt meine Kehle und meinen Magen und tatsächlich beruhige ich mich wenigstens ein bisschen. Als ich nach der Flasche greifen will, um mir nachzuschenken, hält Val mich zurück.

„Ein Glas reicht. Sonst hast du morgen Liebeskummer und zusätzlich einen Kater. Und du kannst mir glauben: Das ist keine gute Mischung.“

„Nein, ganz und gar nicht.“ Mike lacht leise und die beiden tauschen vielsagende Blicke aus. Was auch immer da läuft, würde mich brennend interessieren – wenn ich nicht gerade so sehr mit mir selbst beschäftigt wäre.

Statt des Whiskys schiebt Valerie mir den Tee herüber, der jetzt fertig ist. Beim Geruch von Fenchel mit Süßholz und Minze muss ich an meine Hochzeit denken und fange wieder an zu weinen. Ich schluchze so lang, bis ich das Gefühl habe, keine Tränen mehr zu haben, während Mike und Valerie mich abwechselnd in den Arm nehmen und zu trösten versuchen. Aber während ich hier sitze und weine, wird mir klar, dass mich im Moment einfach nichts trösten kann. Irgendwann bin ich so erschöpft, dass mir selbst zum Weinen die Kraft fehlt.

„Komm, ich bringe dich ins Bett.“ Wie ein kleines Kind bringt Val mich in mein Zimmer und zieht mir Schuhe, Kleid und Strumpfhose aus, was ich einfach nur stumm über mich ergehen lasse. Dann zieht sie mir das Nachthemd über den Kopf und deckt mich liebevoll zu.

„Schlaf gut, Hope. Vielleicht sieht morgen die Welt schon wieder ganz anders aus.

Leider tut sie das nicht. Genaugenommen sieht die Welt für mich am nächsten Morgen sogar noch beschissener aus als am Abend zuvor. Nachdem ich vor lauter Erschöpfung eingeschlafen bin, wurde ich immer wieder von Albträumen geweckt und habe mich jedes Mal wieder in den Schlaf weinen müssen. Ich habe entsetzliche Kopfschmerzen und meine Nase ist verstopft, mein Gesicht fühlt sich von der vielen Heulerei völlig verquollen an. Ich bin kaum fünf Minuten wach, als es an der Tür klingelt. Ohne es sicher wissen zu können, kann ich mir denken, wer das ist und am liebsten würde ich mich unter meinem Bett verkriechen.

Vorsichtig schleiche ich mich zu meiner Zimmertür und warte bis Val vorbeikommt, um die Haustür zu öffnen.

„Wenn das John ist, dann will ich ihn nicht sehen“, flüstere ich ihr zu.

Sie nickt verständnisvoll „Das dachte ich mir schon.“ Dann geht sie weiter zur Eingangstür, während ich mich in meinem Zimmer verstecke, aber in der Nähe der Zimmertür bleibe, um besser lauschen zu können. Warum ich hören will, was John sagt, weiß ich selbst nicht so genau. Aus masochistischem Selbsthass vielleicht. Oder aus neu erwachtem wissenschaftlichen Interesse, das der Frage gilt, ob es etwas gibt, das dazu führt, dass es mir noch ein bisschen schlechter geht als im Moment.

Und was soll ich sagen: Es funktioniert. Ich brauche nur Johns Stimme zu hören und schon verwandle ich mich wieder in ein heulendes Häufchen Elend.

„Hope will dich nicht sehen, John!“, höre ich Valeries energische Stimme durch die Tür.

„Ich muss sie sprechen."

„Sie will nicht!" Dann scheint es so was wie ein kurzes Handgemenge zu geben und ich höre John kurz aufheulen.

„Sei froh, dass es nur dein Schienbein und nicht deine Eier waren! Glaub mir, ich würde dir gern und mit einem Lächeln in deine Kronjuwelen treten. Und wenn du noch einmal versuchst, dich an mir vorbeizudrängen, rufe ich die Bullen."

„Ach Scheiße. Val …" John klingt jetzt so verzweifelt, dass ich am liebsten zu ihm laufen würde. „Ich … Ach verdammt. Sag mir wenigstens, ob es ihr gut geht!"

„Was glaubst *du* denn, John? Sie hat gestern ihren Ehemann mit einer anderen erwischt. Übrigens war es nicht nur *irgendeine* andere, sondern ihre Erzfeindin, wenn du so willst. Und es geht ihr beschissen."

Nachdem sich die Haustür geschlossen hat, kann ich mich nicht mehr zurückhalten. Ich nehme meine schmerzende Hand von meinem Mund weg und bemerke erst jetzt, dass ich mir die Fingerknöchel blutig gebissen habe. Hemmungslos fange ich an zu weinen und werfe mich voller Verzweiflung und Schmerz in Vals Arme, als sie in mein Zimmer kommt.

+++

Nachdem Valerie ihn an der Tür abgewimmelt hat, bleibt John eine Weile unschlüssig vor Hopes Elternhaus stehen. Selbst durch die geschlossenen Fenster hindurch kann er sie jetzt weinen hören, verzweifelt, voller Trauer und Schmerz.

Als er ihr haltloses Schluchzen hört, wird ihm auf einmal klar, dass er größeren Mist gebaut hat, als er bis jetzt realisiert hat. Viel größeren. So großen Mist, dass er sich nicht sicher ist, ob er das je wieder wird in Ordnung bringen können.

+++

Kapitel 28

Die nächsten Tage verbringe ich wie in Trance.

Ich mag nichts essen und ich kann nicht schlafen. Vermutlich müsste ich traurig sein, aber ich fühle nichts außer einem dumpfen Gefühl von … Emotionslosigkeit. Auch wenn man die objektiv gesehen natürlich gar nicht fühlen kann.

Meine Mutter verhält sich zum ersten Mal, seit ich älter als vierzehn bin, so, wie ich es mir von ihr wünsche. Sie ist da, aber sie sagt nichts. Sie hält mich fest, wenn ich wieder mal einen Heulkrampf bekomme, sie versucht mich zaghaft zum Essen zu überreden, aber ansonsten sagt sie nichts. Macht mir keine Vorwürfe, stellt keine neugierigen Fragen. Mike scheint sie wohl in groben Zügen darüber informiert zu haben, was passiert ist und ich rechne es ihr hoch an, dass sie jetzt nicht alles noch schlimmer oder mir gar Vorwürfe macht. Und mein Vater, der ist eben mein Vater und hört brav auf das, was meine Mutter ihm sagt.

Zum ersten Mal seit Jahren weiß ich tatsächlich zu schätzen, eine Familie zu haben, bei der man sich verkriechen kann, wenn es einem nicht gut geht.

John kommt mehrfach vorbei, aber irgendwer wimmelt ihn immer für mich ab. Mein Handy habe ich einfach abgeschaltet. Ich will nicht mit ihm reden. Ich will einfach nicht.

Valerie kommt mich jeden Tag besuchen, sitzt einfach bei mir und sieht mit mir fern oder erzählt mir lauter Belanglosigkeiten, um mich auf andere Gedanken zu bringen.

Als sie heute in mein Zimmer kommt, hat sie eine strenge Miene aufgesetzt.

„So geht das nicht weiter, Hope. Du kannst dich nicht für den Rest deines Lebens in deinem Zimmer vergraben!"

„Solange meine Eltern mich nicht rauswerfen, sehe ich nicht, wo da das Problem liegen sollte. Du siehst doch, dass ich es kann", brumme ich, während ich mir die Decke fast bis über den Kopf ziehe und ihr den Rücken zudrehe.

„Mir ist das jetzt zu doof, Hope. Du wirst jetzt aufstehen und eine heiße Dusche nehmen. Du fängst nämlich langsam, aber sicher an zu müffeln. Dann ziehst du dir etwas an, das keine Ähnlichkeit mit einem Schlafanzug hat. Und danach wirst du rausgehen und mit John reden. Er steht nämlich schon wieder mit seinem Auto vor der Haustür und wartet darauf, dass du rauskommt, um mit ihm zu sprechen."

Entsetzt richte ich mich in meinem Bett auf.

„Das werde ich ganz bestimmt nicht tun!" Ich versuche mich an meiner Bettdecke festzuhalten, aber Valerie ist schneller und zieht sie mir erbarmungslos weg.

Verräterisches Miststück von einer besten Freundin!

„Oh doch, du wirst. Und wenn ich dich eigenhändig unter die Dusche und anschließend auf die Straße zerren muss!" Sie stemmt die Hände in die Hüften und ich stehe langsam auf, weil ich mir ziemlich sicher bin, dass sie das tatsächlich tun würde. Und da ich seit Tagen nicht richtig gegessen habe, wäre ich gerade nicht dazu in der Lage, mich erfolgreich gegen sie zur Wehr zu setzen.

„Hope, ich kann ja verstehen, dass du ihn nicht wiedersehen willst. Aber du wirst das klären müssen. Ihr seid immer noch verheiratet! Rede mit ihm. Wenigstens dieses eine Mal. Danach kannst du meinetwegen alles über einen Anwalt klären. Aber dieses eine Mal, das bist du euch beiden schuldig."

Ich sage nichts, als ich mich auf meinen Weg ins Badezimmer mache. Sie hat ja recht. Trotzdem würde ich gern noch eine Weile vor allem davonlaufen.

Zwanzig Minuten später stehe ich erbärmlich frierend auf der Straße. Ich habe, unter Valeries Protest, einen Jogginganzug angezogen und darüber die dickste Jacke, die ich finden konnte. Trotzdem zittere ich noch immer wie Espenlaub, als ich langsam zu Johns Wagen gehe. Als er mich kommen sieht, steigt er sofort aus.

„Hope!" Er streckt die Hände nach mir aus, aber ich weiche vor ihm zurück, will mich auf gar keinen Fall von ihm berühren lassen. Ich kann es ja schon kaum ertragen, ihn anzusehen.

„Nicht!" Ich schüttle den Kopf und schlucke heftig. „Wir müssen reden, John."

„Ja, ich weiß. Es tut mir so leid, Hope … Wenn ich nur … Ach, verdammt!"

Für einen kurzen Moment sehe ich ihm jetzt doch ins Gesicht. Und dann wird mir etwas klar.

„Ich glaube, ich habe mich falsch ausgedrückt, John. Nicht *wir* müssen reden, sondern *ich* werde reden und du wirst zuhören. Ich will das alles nicht hören. Keine Entschuldigungen, keine Erklärungen, keine Ausflüchte." Es wäre natürlich fair, ihn auch zu Wort kommen zu lassen. Aber ich weiß, dass ich dann nicht mehr den Mut und die Kraft finden werde, um zu tun, was ich tun muss. Erneut hole ich tief Luft. „Mir ist klar, dass ich mich nicht richtig verhalten habe, als ich nicht zu deinem Konzert gekommen bin, obwohl dir das so wichtig war und du mich darum gebeten hast. Das weiß ich jetzt. Aber was du gemacht hast … Ich kann dir nicht mehr vertrauen, John. Ich kann es einfach nicht mehr. Du wirst vermutlich noch viele Konzerte geben und auf jedem wird es hübsche

Frauen geben, die nur zu gern in deiner Garderobe auf dich warten würden. Zu Hause sitzen und mir jedes Mal Gedanken darüber machen zu müssen, ob du mich gerade vielleicht fröhlich betrügst – das halte ich einfach nicht aus. Aber genau das wird passieren. Weil du mein Vertrauen in dich zerstört hast. Ich kann nicht mehr daran glauben, dass es nur mich für dich gibt, weil sich gleich bei der erstbesten Gelegenheit herausgestellt hat, dass dem nicht so ist. Dass du nur ein bisschen betrunken sein musst und ein bisschen sauer auf mich und schon ist es passiert."

„Du könntest immer mitkommen, wenn du mir nicht vertraust, Hope. Dann hättest du Gewissheit."

„Was wäre denn das für ein Leben, John? Du weißt selbst, dass das nicht geht. Ich will nicht nur dein Anhängsel sein. Ich will mein eigenes Leben haben. Und was wäre das bitte für eine Beziehung, in der ich dich ständig kontrolliere? Das würde uns unglücklich machen. Alle beide. Ich kann das nicht. Und um ehrlich zu sein, will ich es auch nicht. Wenn man sich liebt und wenn es funktionieren soll, dann muss man gemeinsam einen Weg finden, bei dem beide so bleiben können, wie sie sind. Einen Weg der gegenseitigen Akzeptanz. Und man muss sich vertrauen. Und dir vertrauen ist etwas, das ich jetzt einfach nicht mehr kann. Ich würde mir so sehr wünschen, dass es mit uns irgendwie weitergeht. Aber ich weiß, dass es nicht geht. Nicht, ohne dass wir uns gegenseitig unglücklich machen. Wir sind so jung … Und vielleicht hatten sie alle recht und wir haben uns nur in etwas verrannt, weil wir so sehr daran glauben wollten, dass wir etwas anderes sind als alle anderen. Dass unsere Liebe stärker und besser ist …" Mein Schädel fühlt sich jetzt an, als wolle er jeden Moment platzen, ich presse meine eiskalten Finger einen Moment gegen meine Schläfen. „Ich denke, dass das alles ein Fehler war, John. Wir hätten niemals heiraten sollen."

„Hope …" Johns Stimme ist völlig tonlos und ich wage es nicht, ihm noch einmal ins Gesicht zu sehen. „Ich bereue so sehr, was da in der Garderobe passiert ist, mit diesem Mädchen. Ich …"

„Wenn man bereut, dann ist es meistens zu spät. Du kannst nicht mehr rückgängig machen, was passiert ist. Und ich kann es leider auch nicht."

Ich sehe, dass er die Arme nach mir ausstreckt und mein Herz beginnt sehnsuchtsvoll schneller zu schlagen. Ich kann das dumpfe, sehnende Wummern in meinem ganzen Körper spüren und es fühlt sich ekelhaft an.

Ich befürchte, mitten auf der Straße zusammenzubrechen, wenn ich noch einen Augenblick länger hier bleibe. „Ich werde mir einen Anwalt suchen und die Scheidung einreichen. Dann bist du wieder frei und kannst dich ganz auf deine Karriere konzentrieren. Das ist doch auch etwas Positives." Selbst für meine Ohren klingt das nur wie eine hohle Phrase.

Meine letzten Kräfte mobilisierend schaffe ich es, mich umzudrehen.

„Leb wohl, Jonathan. Ich wünsche dir alles Gute." Meine Stimme ist dünn und zittrig.

„Ich liebe dich, Hope", flüstert John hinter mir, als ich ihn einfach auf der Straße stehen lasse. Ich bin mir sicher, dass er gerade genauso elend aussieht, wie ich mich fühle.

Kapitel 29

+++

Am Tag der Scheidung sitzt Hope blass, dünn und stumm neben ihrem Anwalt und hält den Blick krampfhaft auf ihre Hände gerichtet, die verschränkt vor ihr auf dem Tisch liegen. Zwischendurch presst sie immer wieder ihre Hände so fest zusammen, dass ihre Fingerknöchel weiß hervortreten.

Sie sieht müde und abgekämpft aus, viel zu dünn, völlig erschöpft und unendlich traurig.

John würde gern zu ihr hingehen, sie in den Arm nehmen, ihr zärtliche Belanglosigkeiten ins Ohr flüstern und sagen, dass alles wieder gut wird. So lang, bis er selbst wieder daran glauben kann.

Er sehnt sich so sehr nach ihrer Nähe.

Aber als er sie jetzt so sieht, ist endgültig deutlich, dass es vorbei ist.

Er muss raus hier, raus aus diesem Raum, in dem ihre Nähe plötzlich unerträglich für ihn geworden ist. Beinah ohne hinzusehen unterschreibt er die Scheidungspapiere und stürmt nach draußen, an die frische Luft, irgendwohin, wo Hope nicht so erdrückend präsent ist wie in diesem verdammten Raum.

Abends ist er so besoffen, dass er bei der Bandprobe in einem Sessel hängt und einschläft, statt proben zu können. Er wird davon geweckt, dass sein Manager ihn unsanft an der Schulter rüttelt.

„Wach auf, John!"

Blinzelnd kommt er zu sich und fühlt sich hundeelend.

„John, jetzt reiß dich zusammen! Sei froh, dass du das Mädchen los bist. Ich habe dir doch einen Gefallen getan, als ich die kleine blonde Schlampe in deine Garderobe gelassen habe … Niemand, der eine Karriere wie du vor sich hat, braucht ein braves Frauchen an seiner Seite."

John rammt ihm die Faust ins Gesicht. Das knackende Geräusch macht ihm unzweifelhaft klar, dass er gerade seinem Manager die Nase gebrochen hat.

Für einen Moment fühlt er sich großartig. Allerdings dauert dieser Moment leider nur so lang, bis er auf das versiffte Klo des Probenkellers torkelt, um dort einen großen Teil des Gemischs aus billigem Brandy und Cola, das er vorhin getrunken hat, wieder auszukotzen.

+++

Die Scheidung ist schneller über die Bühne gegangen, als ich gehofft hatte. Oder vielleicht auch schneller, als ich gefürchtet hatte. Mein Anwalt hat beinah einen Nervenzusammenbruch bekommen, weil ich auf jegliche Unterhaltszahlungen verzichtet habe, aber ich finde es besser so. Ich weiß, dass diese Scheidung gegen Johns Willen geschieht und ich will ihm nicht zusätzlich finanziell schaden.

Mir geht es schlecht, auch noch Wochen danach. Ich schaffe es kaum, mein Leben irgendwie auf die Reihe zu bekommen. Und trotzdem weiß ich, dass es die richtige Entscheidung gewesen ist. Die einzig mögliche für mich.

Dennoch fühlt es sich alles andere als richtig an. Mein Herz sehnt sich, trotz der Verletzung und des Verrats, nach Dingen, die mein Verstand ihm nicht mehr bereit ist zu gewähren. Es sehnt sich nach John.

Eigentlich müsste ich Bewerbungen schreiben, aber ich fühle mich dazu im Moment nicht in der Lage.

Es gibt so viele Nächte, in denen ich wach liege, und mich frage, ob es jetzt wohl andere in Johns Leben gibt. Andere Frauen, die ihm dabei helfen, den Schrecken und die Einsamkeit der Nächte zu überstehen, während ich hier liege und allein bin. Ich hasse jede einzelne von ihnen inbrünstig.

Ich verbringe meine Tage in lähmender Lethargie, die nur von den Phasen unterbrochen wird, in denen ich an meinem Krimi schreibe, der von Kapitel zu Kapitel finsterer und blutrünstiger wird.

Die Zeit heilt alle Wunden, sagt man.

Jeden Abend bete ich dafür, alt genug zu werden, um das zu erleben.

Neun Jahre später

Kapitel 1

Keine Ahnung, was Valerie sich dabei gedacht hat, mich zu einem Blind Date mit diesem Typen zu überreden. Ob sie ihn sich vorher überhaupt mal angesehen hat?

Zugegeben: Er hat ein hübsches Gesicht. Und scheint, soweit ich das unter seinem durchaus schicken Anzug erkennen kann, auch eine ganz passable Figur zu haben.

Aber leider ist er ein selbstverliebtes Arschloch. Seit einer geschlagenen Stunde erzählt er mir ohne Punkt und Komma von seinen Heldentaten im OP-Saal. Ich frage mich, ob er wohl auch beim Sex permanent spricht, einfach weil er es furchtbar geil findet, sich selbst reden zu hören.

Ich schenke ihm schon kaum noch Aufmerksamkeit, sondern stochere nur lustlos in meinem Essen herum und betrachte mit einer Mischung aus Faszination und Ekel seine Fingernägel. Wie kann man nur so dreckige Fingernägel haben? Und das als Arzt, auch noch als Chirurg …

Ich sollte mich wirklich nicht mehr darauf einlassen, wenn Valerie irgendwelche Dates für mich organisiert. Wirklich nicht. So schlimm ist es als Single nämlich auch nicht, nur Valerie kann das einfach nicht nachvollziehen. Vielleicht liegt es daran, dass sie vor acht Jahren meinen Bruder samt neuer Niere geheiratet hat und die beiden seitdem so glücklich zusammen sind, dass sie vermutlich sogar Konfetti pupsen.

Erst als es plötzlich still am Tisch wird, bemerke ich, dass mein tolles Date mir anscheinend eine Frage gestellt hat.

„Äh, wie bitte?", beeile ich mich zu sagen. Ich bin echt viel zu nett. Eigentlich sollte ich einfach aufstehen und gehen.

Ronald lächelt nachsichtig und ich hätte Lust, ihm den Inhalt meines halb vollen Rotweinglases ins Gesicht zu kippen. Einfach nur so, damit er mal ein bisschen die Fassung verliert.

„Ich habe gehört, du schreibst Kriminalromane?"

„Ja, das stimmt. Ich bin Krimiautorin."

„Und davon kann man leben?" Er klingt erstaunt und überheblich.

Sehe ich vielleicht aus wie eine Leiche, du Arsch?

„Ja, mein Sohn und ich leben ganz gut davon", antworte ich ihm höflich.

„Interessant.

Lügner!

Er trinkt einen Schluck Wein, nicht ohne vorher in großtuerischer Geste seinen Rotweinkelch geschwenkt zu haben.

„Ich wollte auch schon immer mal einen Krimi schreiben. Ich habe auch schon ein paar sehr gute Ideen dazu. Das wird bestimmt ein Erfolg! Aber leider fehlt mir immer die Zeit, das auch umzustezen. Du weißt schon, die vielen Operationen und so."

Ich schaue auf meinen Teller und verdrehe die Augen. Als ob das so einfach wäre! Nur, weil man Buchstaben zu sinnvollen Wörtern und diese wiederum zu sinnvollen Sätzen aneinanderreihen kann, muss man deswegen noch lang nicht *schreiben* können. Aber Ronald würde das mit Sicherheit nicht begreifen. Er gehört zu der Sorte Mann, die einfach ALLES kann.

Seufzend schiebe ich meinen Teller von mir weg, mir ist endgültig der Appetit vergangen.

„Und ich wollte auch schon immer mal einen Blinddarm herausnehmen", murmle ich. „Leider fehlt mir dazu auch immer die Zeit!"

Ronald sieht mich irritiert an. „Wie bitte?" Er ist jetzt tatsächlich verwirrt, der Ärmste.

„Nichts", antworte ich kopfschüttelnd. „Ich muss nur langsam nach Hause, mein Sohn wartet bestimmt schon auf mich." Das stimmt zwar so nicht, Sam übernachtet heute bei einem Freund, aber das muss Ronald ja nicht wissen. Schließlich ist nach Hause zu seinem Kind zu müssen immer eine Ausrede, die schwer zu entkräften ist.

„Möchtest du gar keinen Nachtisch mehr?" In eindeutig zweideutiger Geste zieht Ronald die Augenbrauen hoch.

Wie kann man nur so von sich überzeugt sein?

„Nein, danke. Ich möchte nur nach Hause." Mit einem entschuldigenden Lächeln schaue ich ihn an, während er dem Ober winkt, um zu bezahlen. Kurz überlege ich, ob ich ihm anbieten soll, die Rechnung zu teilen, entscheide mich aber schnell wieder anders. Ich betrachte es einfach als eine Art Schmerzensgeld. Eine Entschädigung für diesen missglückten Abend, den ich wirklich sinnvoller hätte verbringen können.

Fünf Minuten später stehe ich neben Ronald auf dem Parkplatz. Es ist kalt geworden. Heute Morgen war davon nichts zu spüren, aber auf einmal ist es richtig winterlich eisig und die Luft riecht schon nach Schnee. Fröstelnd wickle ich mich enger in meinen Mantel, was der gute Ron gleich als stille Einladung auffasst, seinen Arm um meine Schultern legen zu müssen. Ich versuche ihn mir so gut das eben geht vom Leibe zu halten, ohne grob unhöflich zu werden, aber irgendwie scheint meine Körpersprache heute überaus missverständlich zu sein. Ehe ich weiß, wie mir geschieht, hat er mich an sich gezogen und küsst mich. Dabei schiebt er mir ohne Vorwarnung seine Zunge tief in den Mund. Erschrocken über diesen Angriff ziehe ich die Luft scharf ein, was Ron völlig falsch zu verstehen scheint und weshalb er seine Bemühungen noch intensiviert. Seine Hände begrapschen meinen Po und er presst sich noch ein bisschen näher an mich. Dann lässt er endlich von meinem Mund ab und ich will schon erleichtert aufatmen, als er sich meinem linken Ohr zu widmen beginnt. Auch hier setzt er seine Zunge ein, die er tief in meinen Gehörgang zu stecken versucht. Ich kann mich der Assoziation einer glitschigen Nacktschnecke einfach nicht erwehren.

Nun sollte ich wirklich ganz dringend gehen! Ich seufze tief, was Ronald jedoch auch wieder als Aufmunterung aufzufassen scheint.

„Komm schon, Baby, sag mir, was du willst", flüstert er in mein Ohr, was zumindest dazu führt, dass er seine Zunge vorher dort herausnehmen muss. „Komm schon, sag mir etwas Schmutziges!" Jetzt leckt er nass an meinem Hals herum und ich kann ein Schaudern nicht unterdrücken.

„Deine Fingernägel", antworte ich dann, ohne darüber nachzudenken.

„Häh?" Irritiert hält er inne und ich nutze die Chance und mache mich entschlossen von ihm los.

„Nichts", beeile ich mich zu sagen. „Aber ich muss jetzt wirklich dringend gehen. Ich melde mich!", rufe ich ihm im Weggehen zu, in der festen Absicht, das niemals zu tun.

Dann rette ich mich schnell in mein Auto und verlasse fluchtartig den Parkplatz.

Kurz bevor ich zu Hause bin, fallen die ersten Schneeflocken vom Himmel, und als ich die Haustür aufschließe, haben sich die paar Flocken zu einem immer dichteren Schneegestöber entwickelt.

Kapitel 2

Zu Hause angekommen, rufe ich kurz bei der Mutter von Sams Freund an, um zu sagen, dass ich wieder zurück bin und um mich zu erkundigen, ob alles in Ordnung ist. Ich weiß selbst, dass das vermutlich völlig übertrieben ist, er ist immerhin schon acht Jahre alt und es ist nicht die erste Nacht, die er woanders schläft. Trotzdem fühle ich mich nach dem Telefonat besser.

Gemächlich gehe ich anschließend ins Bad und ziehe mich langsam aus. Meine Haare stecke ich hoch, damit sie beim Duschen nicht nass werden. Die Dusche allerdings habe ich bitter nötig. Zum einen bin ich mittlerweile völlig durchgefroren, zum anderen habe ich das Gefühl, Rons Spucke überall an mir kleben zu haben.

Ich drehe das Wasser so heiß, dass ich es gerade noch ertragen kann, und stelle mich unter den Strahl. Ich schließe einen Moment lang die Augen, um die reinigende Hitze zu genießen.

Als ich mit der Dusche fertig bin, ziehe ich mir Leggings und ein Top an, meine wärmsten Socken und eine lange, graue Strickjacke aus grober Wolle darüber. Dann gehe ich in die Küche, setze Wasser für Tee auf und nehme eine Packung Kekse aus dem Schrank, um sie in eine Schale zu schütten.

Wenn ich schon freiwillig auf Nachtisch in jeglicher Form verzichtet habe, dann will ich wenigstens jetzt etwas Süßes haben.

+++

Bei so einem Wetter mit dem Motorrad unterwegs zu sein, grenzt an den puren Irrsinn. Aber als er heute Morgen losgefahren ist, war der Himmel klar, die Sonne schien und die Temperaturen lagen im Plusbereich. Wenn das Wetter mitgespielt hätte, wäre er noch ewig weitergefahren, aber der Schnee wird immer dichter und nimmt ihm völlig die Sicht. Zurückfahren wird heute nicht mehr drin sein. Seufzend hält er nach einem Motel oder einer Pension Ausschau, aber in dieser dämlichen Einöde hier gibt es einfach nichts. Nichts, nichts und wieder nichts. Außer Schnee und Bäume. Er hätte sich hier ja einfach abholen lassen können. Aber zum einen hat er gerade überhaupt keine Ahnung, wo er ist, und zum anderen hat er sein Handy nicht mitgenommen, weil er keinen Bock auf Störungen hatte.

Was für eine grandiose Idee!

Allerdings käme bei diesem Wetter wohl auch mit dem Auto niemand weit. So oder so: Jetzt ist er auf sich allein gestellt.

Vor ihm taucht auf der Straße eine scharfe Linkskurve auf und er geht vom Gas, aber zu spät. Aufgrund des Schnees kommt er ins Rutschen und die schwere Maschine beginnt erheblich zu schlingern. Erst in letzter Sekunde gelingt es ihm, sie wieder unter Kontrolle zu bekommen.

„Scheiße! So eine verdammte Scheiße!"

An eine Weiterfahrt ist bei diesem Wetter auf gar keinen Fall mehr zu denken. Fluchend steigt er schließlich ab und schiebt. Er kann nur hoffen, schnell eine Unterkunft zu finden.

Zähneknirschend schiebt er seine Maschine neben sich her und die Minuten kommen ihm wie Stunden vor. Mittlerweile ist es so kalt, dass er anfängt zu zittern. In der nächsten Kurve rutscht er aus und fällt in den verdammten Schnee. Zum Glück fällt die Maschine dabei nicht auf ihn drauf, aber er braucht mehrere Minuten, bis er das schwere Gerät wieder hochgewuchtet hat. Völlig erschöpft und durchgefroren schiebt er weiter.

Irgendwann sieht er durch den dichten Schnee ein Licht schimmern, und als er näherkommt, erkennt er hinter ein paar Bäumen ein schwach beleuchtetes Haus. Es ist das erste in einer kleinen Ansammlung, die so etwas wie ein Dorf darstellen soll. Zögernd bleibt er einen Moment stehen, aber letztendlich siegt die Vernunft. Wer weiß schon, wo in dieser gottverdammten Einöde wieder eine Spur von Zivilisation zu finden sein wird! Auf gut Glück geht er also auf das erste der Häuser zu.

Als er näherkommt, löst er den Bewegungsmelder aus und ist von dem hellen Licht einen kurzen Augenblick lang geblendet. Blinzelnd und mit steifen Fingern schiebt er seine Maschine in Richtung des Hauses und stellt sie vor der Garage ab.

Etwas zögerlich stapft er die paar Schritte bis zum Haus durch den tiefen Schnee. Im Dunkeln irgendwo bei Fremden zu klingeln und um Asyl vor dem Schnee bitten zu müssen, entspricht nicht unbedingt seiner Vorstellung von einem geglückten Ausflug.

Nach einem Blick auf das Klingelschild muss er allerdings lächeln. „Petterson" steht auf dem Schild.

Na, wenn das mal kein gutes Omen ist!

Es dauert nicht lang, bis die Tür aufgeht und eine blonde Frau dahinter zum Vorschein kommt. Gerade will er eine Begrüßung murmeln, als ihn die Erkenntnis wie ein Blitz trifft und er erstarrt, unfähig, sich zu bewegen oder auch nur einen Ton von sich zu geben. Für einen Moment hört sein Herz auf zu schlagen, dann setzt es mit einem unangenehmen Stolpern wieder ein, um dann in einem doppelt so schnellen Rhythmus mit dem Schlagen fortzufahren. Völlig entgeistert starrt er in ihr Gesicht und folgt ihrem Mienenspiel, das in diesem Moment von Irritation über die späte Störung zu Erkennen und Fassungslosigkeit wechselt.

„John!“ Ihre Stimme ist fast tonlos und trotzdem hätte er sie unter Tausenden erkannt.

Er selbst muss sich mehrfach räuspern, bis er wieder sprechen kann.

„Hope!“ Zu mehr ist er nicht in der Lage.

+++

Kapitel 3

Ich stehe völlig fassungslos in der Tür und spüre, wie mir erst heiß, dann kalt und dann wieder heiß wird. Meine Hände fangen an zu zittern und mein Herz beginnt zu rasen. Ich halte mich am Türgriff fest, weil es das Einzige ist, das ich in diesem Moment zu fassen bekomme.

Diesen Moment, den Moment, in dem ich John wiedersehe, habe ich mir so oft ausgemalt, ich habe ihn mir herbeigesehnt und ich habe ihn gefürchtet. Damit, dass ich ihn hier wiedersehe, hier vor meiner Tür, damit hätte ich niemals gerechnet. Wie auch? Dies ist das Haus meiner verstorbenen Tante und er ist niemals mit mir hier gewesen.

Ich kann mich immer noch nicht rühren, ich stehe nur da und starre ihn an.

Zumindest John scheint sich langsam wieder im Griff zu haben.

„Hope … Ich … Es tut mir leid, dass ich dich belästige!“ Seine Worte klingen seltsam, als müsse er sich beherrschen, um nichts Dummes zu tun oder zu sagen. Mit der Hand fährt er sich durchs Gesicht, um ein paar Schneeflocken wegzuwischen, aber beinah im selben Moment bleiben neue in seinen langen, dunklen Wimpern hängen. Dann räuspert er sich wieder. „Ich hatte einen kleinen Motorradunfall und kenne mich hier nicht aus. Kann ich vielleicht kurz hereinkommen und jemanden anrufen, der mich abholt? Ich störe auch nicht lang.“

Ich mache die Tür ganz auf und gehe einen Schritt zur Seite, sodass er hereinkommen kann. Dann führe ich John ins Wohnzimmer.

Stumm nicke ich und deute auf das Telefon, das auf einem Tischchen neben dem Sofa steht.

„Du kannst es gern versuchen, aber ich glaube nicht, dass du eine Chance hast. Hier wird heute niemand mehr durchkommen. Es schneit ununterbrochen, seit über zwei Stunden. Alle Wege dürften zu sein."

In der Küche fängt mein Teekessel aufdringlich an zu flöten und ohne ein weiteres Wort in Richtung Jonathan zu verlieren, drehe ich mich um, um Tee aufzugießen. Meine Hände zittern so sehr, dass es mich wundert, dass mir dies gelingt, ohne alles zu verschütten.

Ich fühle mich, als müsste ich jeden Moment ohnmächtig werden. Weit öffne ich das Fenster und atme tief die kalte Luft ein, während sich mein Herzschlag langsam wieder normalisiert und das Zittern ein wenig nachlässt. Als ich mich so weit beruhigt habe, dass ich wieder halbwegs klar denken kann, nehme ich zwei Tassen aus dem Schrank und stelle sie zusammen mit den Keksen und dem frisch aufgebrühten Tee auf ein Tablett.

+++

Hopes Duft umgibt sie wie ein Schleier.

Sie riecht so gut! Nach Orangenschalen und irgendetwas Cremigem, nach Vanille, Zimt und Kirschen und ein bisschen nach Seife auf warmer, weicher Frauenhaut.

Fuck! Die dämlichen Orangenschalen sind nicht das Problem, Mann.

Sie riecht genau wie früher. Sie riecht nach Hope, nach purem, hemmungslosem Sex und dem Gefühl, irgendwo zu Hause zu sein. Sie riecht nach Liebe.

All die Gefühle, die er in den letzten Jahren mit Gewalt zu verdrängen versucht hat, sind mit einem Schlag wieder da. Die Liebe, der Schmerz, die Erinnerung an ihren süßen, verlockenden Körper, einfach alles.

Nur ein kurzer Blick auf sie hat genügt, um wieder zu wissen, wie sehr er sie geliebt hat. Nach all den Jahren zwischen aufgetakelten Groupies hat er beinah vergessen, wie schön und natürlich Hope ist. Hope. Seine Hope …

Mach dir nichts vor, Junge. Leider hast du es nie wirklich vergessen können!

In einer bitteren Geste schüttelt er den Kopf. In dem Versuch, es zu vergessen, hat er ein ganzes Jahr lang alle Drogen eingeworfen, die er zwischen die Finger bekommen hat. Und er hat jede Frau, die ihn auch nur entfernt an sie erinnert hat, jedes dämliche, blonde Groupie, gevögelt in dem verzweifelten Versuch, die Erinnerungen an Hope mit neuen zu überspielen. Jedes Mal hat er sich danach schlechter als vorher gefühlt und der einzige Effekt war, dass ihm sein Verlust nur umso schmerzhafter bewusst wurde.

Dann hat er es mit Brünetten versucht, mit ähnlich schlechten Ergebnissen.

Irgendwann hat sein Manager ihn gezwungen, eine Therapie zu machen, die ihn zumindest von den Drogen weggebracht hat. Im Nachhinein denkt er manchmal, dass ihm das das Leben gerettet hat.

Dabei, Hope zu vergessen, hat ihm die Therapie allerdings nicht geholfen. Erst die Jahre haben geschafft, dass diese Wunde, die ihr Verlust in seinem Herzen hinterlassen hat, nicht mehr ganz so schmerzhaft ist.

Aber sie jetzt zu sehen, das reißt alles wieder auf. Auf gar keinen Fall kann er hier bleiben, nicht eine Minute länger als unbedingt nötig. Er wird jetzt jemanden anrufen und dann draußen warten, bis er abgeholt wird.

Entschlossen greift er zum Telefon und wählt.

+++

Als ich zurück ins Wohnzimmer komme, habe ich mich ein bisschen gesammelt. John sitzt auf dem Sofa und hat seine Jacke ein Stück geöffnet. Die Ellenbogen hat er auf seine Knie gestützt und er presst sein Gesicht einen Moment lang in seine Handflächen.

„Und, warst du erfolgreich?"

Er schüttelt den Kopf und sieht einen Moment lang so verzweifelt aus, dass ich ihn am liebsten tröstend in den Arm nehmen würde, auch wenn ich weiß, dass das mit Sicherheit alles andere als eine gute Idee sein dürfte.

Müde sieht John mich an und schüttelt erneut den Kopf.

„Es scheint überhaupt kein Durchkommen zu sein, nirgendwo. Gibt es hier im Ort irgendwo so etwas wie ein Motel oder eine Pension? Irgendwo in der Nähe?"

Über diese Frage muss ich fast lachen.

„Das nächste ist ungefähr fünfundzwanzig Kilometer weit weg ... Wenn du dich durch den Schnee dorthin kämpfen möchtest: nur zu!"

Unsicher setze ich mich auf die äußerste Ecke des Sofas und sehe ihn an. Eigentlich hat er sich kaum verändert. Die Jahre haben seine Gesichtszüge ein wenig herber werden lassen, was gut zu ihm passt.

Ich habe ihn neun Jahre lang nicht gesehen. Neun Jahre! Die ganze Situation kommt mir so abstrus und surreal vor, als würde ich sie gar nicht selbst erleben, sondern vielleicht in einem Film betrachten. Meine Hände zittern leicht und ich habe keine Ahnung, was ich sagen soll, fühle mich völlig verwirrt. Ich möchte ihn so schnell wie möglich wieder wegschicken. Und gleichzeitig ...

Lieber nicht darüber nachdenken, Hope. Lass es einfach!

Langsam erhebe ich mich vom Sofa und gehe in Richtung Telefon, während ich darüber nachdenke, bei welchem meiner unmittelbaren Nachbarn ich ihn unterbringen könnte. Es wird schon niemand dumme Fragen stellen, ich bin eine Frau und ganz allein, es ist schließlich klar, dass ich keinen Fremden hier übernachten lassen kann, einfach so.

John schlingt die Arme eng um sich, als würde er frieren und tatsächlich sind seine Finger und seine Lippen ziemlich blau. Und er zittert. Erst jetzt sehe ich, dass seine Kleidung zum Teil völlig durchnässt ist. Offensichtlich ist er in den Schnee gefallen.

Wie kann man nur so idiotisch sein und bei diesem Wetter mit dem Motorrad losfahren?

Statt wie geplant nach dem Telefon zu greifen, bleibe ich stehen. Vielleicht ist es der Mutterinstinkt, der über meinen Verstand siegt. Oder irgendein dämlicher Helferkomplex.

„Du bist völlig durchgefroren, John. Du solltest eine heiße Dusche nehmen und dich aufwärmen. Ich schaue mal nach, ob ich etwas anderes zum Anziehen für dich finde."

Ich muss verrückt sein.

Ich sollte ihn einfach wieder vor die Tür setzen.

Aber jetzt habe ich es gesagt … und ich kann es nicht mehr zurücknehmen. Zumindest nicht, ohne dass es sehr seltsam wäre.

John sieht mir einen Moment lang in die Augen und ich kann seinen Blick nicht deuten. Dann nickt er und folgt mir in Richtung Badezimmer.

Verdammt, ich muss wirklich völlig wahnsinnig sein!

Kapitel 4

Mit einem verwirrten Kopfschütteln gehe ich vom Bad aus in Richtung meines Schlafzimmers, während ich höre, wie John das Wasser anstellt.

Ich setzte mich auf mein Bett und drücke mein Gesicht in meine Handflächen, ganz ähnlich seiner Geste vorhin.

Langsam, ganz langsam begreife ich, was hier gerade passiert.

Das ist John. Er ist hier und er steht unter meiner Dusche.

Ich habe jahrelang versucht, ihn zu vergessen und jetzt ist er einfach hier. Aus heiterem Himmel, in meinem Haus. Nackt, unter meiner Dusche!

Der letzte Gedanke löst etwas in mir aus, worüber ich lieber nicht näher nachdenken will. Ich versuche mich abzulenken, indem ich nach Sachen in meinem Schrank suche, die Johns Zustand von *nackt* auf *angezogen* ändern können und wodurch sich zumindest ein Teil meines Problems hoffentlich von selbst erledigen wird.

Da ich nicht viele Sachen habe, die ihm passen könnten, finde ich schnell, was ich suche. Etwas verlegen nehme ich die graue Sweatjacke mit der weichen Kapuze heraus, die sowieso ihm gehört und die ich einfach behalten habe. Sie liegt immer noch bei mir im Schrank, ich habe mich nie davon trennen können. Gezielt greife ich nach einem dunkelblauen Herren-T-Shirt in XL, das ich im Sommer manchmal zum Schlafen trage, und einem Paar Boxershorts mit kleinen niedlichen Kaninchen, die ich ebenfalls manchmal nachts trage. Bei dem Gedanken daran, wie Jonathan wohl darin aussehen wird, stiehlt sich ein Grinsen in mein Gesicht, das ich gleich wieder verbanne.

Schön brav bleiben, Hope.

Seufzend schiebe ich mir eine Haarsträhne aus dem Gesicht und stecke sie mit einer Haarnadel neu fest.

Eine Hose für John zu finden ist schon schwieriger, aber letztendlich finde ich ganz hinten im Schrank ein Paar Jeans, die ursprünglich mal meinem Bruder gehört haben und die ich mal irgendwann mitgenommen habe, um sie als Jeansflicken für die Hosen von Sam zu verarbeiten. Irgendwie habe ich es aber nie übers Herz gebracht, eine völlig intakte Hose zu zerstören, um eine kaputte damit zu reparieren. Selbst dann nicht, wenn sie meinem Bruder gar nicht mehr passt. Gut so. Jetzt verhindert es, dass John ohne Hose in meinem Wohnzimmer sitzen muss.

Im Grunde sehr bedauerlich.

Schnell nehme ich ein Paar Socken aus der Schublade; es bleibt mir nur, eins von meinen zu nehmen, das sich hoffentlich weit genug dehnen wird, um an Johns Füße zu passen.

Mit meinem Kleidungsstapel im Arm stehe ich vor dem Badezimmer, in dem Jonathan seine Dusche mittlerweile beendet zu haben scheint, denn das Wasser läuft nicht mehr. Ich klopfe vorsichtig an, weil ich ihm mitteilen will, dass ich trockene Sachen für ihn habe. „John?" Gerade will ich ihm sagen, dass ich ihm die Klamotten vor die Tür legen werde, als eben diese aufspringt.

+++

John steigt aus der Dusche und wickelt sich ein Handtuch um die Hüften. Das ganze verdammte Bad roch so sehr nach Hope, als er vorhin hereingekommen ist, dass ihm beinah schwindelig geworden ist.

Neun verdammte Jahre ist es her. Und kaum, dass er sie wiedersieht, ist alles wieder da.

Auf der Ablage über dem Wachbecken liegt die Perlenkette, die sie von ihrer Großmutter geerbt hat, daneben ein Paar passender Ohrringe. Beinah andächtig hebt er sie hoch und lässt die Perlen einzeln durch seine Finger gleiten. Bis auf die Kette ist es hier fast schon penibel aufgeräumt, nicht einmal eine Zahnbürste steht auf dem Waschbeckenrand. Einen kurzen Moment lang ist John versucht, den Badezimmerschrank zu öffnen, in der Hoffnung, dort ein paar weitere Informationen über sie zu finden. Etwa, ob es eine zweite Zahnbürste gibt, ob Aftershave in ihrem Schrank steht, ob dort einen Rasierer liegt …

Während er noch mit sich ringt, ob das Informationen sind, die er wirklich haben will, klopft es an die Tür und er öffnet, ohne vorher groß darüber nachzudenken.

+++

Ich bin froh, dass ich meinen eigenen Gesichtsausdruck nicht sehen muss, als Jonathan die Badezimmertür öffnet.

Er steht da, eingehüllt in den Dampf der heißen Dusche, der noch im Badezimmer hängt, und mit einem weißen Handtuch um seine Hüften. Das Badezimmer ist erfüllt vom Duft seiner frisch gewaschenen Haut. So sehr ich auch versucht habe, ihn zu vergessen, mein Körper erinnert sich immer noch an ihn. An ihn und all das, was er so mit mir angestellt hat. Mein Blick bleibt an seinem Oberkörper hängen, seinen muskelbepackten, tätowierten Oberarmen, an dem so vertrauten, dunkelgrünen Drachen, der sich von seinem rechten Oberarm über seine Schulter bis unter seine Brust erstreckt und auch auf seinen Rücken, auch wenn ich das gerade nicht sehen kann. Und auf seiner anderen Schulter, da ist nun auch ein Drache, ein violetter. Feiner, irgendwie … weiblicher. In der Mitte seiner Brust halten die Krallen der beiden Drachen einen Stern.

Auf seinem Bauch, unterhalb seines Nabels ist auch eine neue Tätowierung hinzugekommen, die sich von seinem rechten Hüftknochen mit einem Schwung nach unten zu seinem linken Hüftknochen zieht. Dort steht irgendetwas, aber ich kann nur den Anfang und das Ende erkennen, der Rest verschwindet unter seinem Handtuch. Mir wird ganz heiß, in meinem Bauch beginnt es zu kribbeln und eine Stelle ein Stück weiter südwärts meldet sich ebenfalls zu Wort.

Erst als John sich räuspert, merke ich, dass ich ihn anstarre. Und zwar dass ich Stellen von ihm anstarre, die ich besser nicht anstarren sollte. Errötend blicke ich hoch und in ein Paar dunkelbraune Augen, die mich plötzlich amüsiert und wissend anfunkeln. Mein Gesicht beginnt regelrecht zu brennen.

„Ich habe hier etwas zum Anziehen für dich."

Und bitte zieh dich schnell an!

Den Kleiderstapel, den ich eng an mich gedrückt habe, lege ich jetzt wie geplant feinsäuberlich vor der Tür ab. Was angesichts dessen, dass die Tür offen ist, ziemlich albern ist. Dann drehe ich mich um und gehe so schnell ich kann ins Wohnzimmer. Dort werfe ich einen kurzen Blick auf meinen Tee, den ich unangetastet stehen lasse, um stattdessen eine Flasche Whisky und ein Glas aus dem Schrank zu nehmen.

Der erste Schluck läuft durch meine Kehle, ich spüre das sanfte Brennen und schließe seufzend die Augen.

„Vierfach?" Johns Stimme hinter mir klingt amüsiert.

„Mindestens." Langsam drehe ich mich zu ihm um. „Möchtest du auch?"

„Bitte. Ich glaube, den kann ich gut gebrauchen."

Ich nehme ein weiteres Glas und fülle es für ihn. Als ich es ihm gebe, berühren sich unsere Fingerspitzen und ich ziehe meine Hand schnell wieder zurück.

Kapitel 5

Meinen ersten Whisky stürze ich viel zu schnell herunter und schenke mir dann umgehend den nächsten ein, mit dem ich es aber nun langsamer angehen lasse.

Seufzend setzte ich mich zu Jonathan auf das Sofa und als sich unsere Blicke treffen – und viel zu lang festhalten – , ist da etwas Tiefes, Dunkles in seinem. Er mustert mich eingehend und einen Moment zu lang bleiben seine Augen an meinem Mund hängen. Unwillkürlich muss ich schlucken und Johns Mund verzieht sich zu einem Lächeln. Er fährt sich mit der Hand durch den Nacken. Dann finden seine Augen wieder zu meinen und er sieht mich nachdenklich an.

„Irgendwie hatte ich mir unser etwaiges Wiedersehen immer anders vorgestellt." Nachdenklich ziehen sich seine Brauen zusammen. „Ich habe mir so oft ausgemalt, was ich dann zu dir sagen werde. Und jetzt fällt mir nichts mehr davon ein."

+++

Tatsächlich ist das Einzige, das ihm einfällt, Hope einfach zu küssen.

Ihr Blick vorhin auf seinem nackten Oberkörper … Zum Glück hatte er das Handtuch um die Hüften geschlungen, das wenigstens für einen kurzen Moment seine Reaktion auf sie hat verbergen können.

Und jetzt sitzt er hier und starrt sie an, als wäre er ein Volltrottel. Wie ein Schuljunge, der sich in die unerreichbare Lehrerin verliebt hat und sie nun aus der Ferne anhimmelt.

Ihre blonden Locken, die sie locker am Hinterkopf aufgesteckt hat und diese grauen Augen mit den bunten Flecken darin … Sie hat sich kaum verändert.

Sein Herz zieht sich schmerzlich zusammen.

Er hat sie vermisst, verdammt noch mal. Sie hat ihm gefehlt. All die vielen Jahre hat er mit unveränderter Liebe und Sehnsucht an sie gedacht.

Eine einzelne Haarsträhne hat sich in ihr Gesicht verirrt und fällt ihr in die Augen.

Ohne genau zu wissen, was er da tut, streckt er seine Hand danach aus, um sie ihr aus dem Gesicht zu streichen.

Er weiß ganz genau, dass es ein Fehler sein wird, sie zu berühren, dass es alte Wunden aufreißen wird. Aber er kann die Bewegung einfach nicht mehr stoppen.

+++

Ich starre völlig gebannt auf seine Hand, die sich nach meiner Wange ausstreckt. Er streicht mir eine Haarsträhne aus meinem Gesicht und lässt sich dabei viel mehr Zeit, als dafür nötig gewesen wäre. Danach kommt seine Hand sofort zurück. Immer noch langsam, beinah andächtig, streicht sein Daumen über meine Augenbraue, fährt die Kontur meines Wangenknochens nach und streift dann meine Unterlippe. Ich schnappe unwillkürlich nach Luft und spüre, dass sich mein Mund wie von selbst ein kleines Stück öffnet.

Steh auf und geh, sonst kannst du nicht mehr aufhalten, was hier gerade passiert!

Aber eine Einsicht zu haben und auch danach zu handeln, das ist eindeutig zweierlei. Denn irgendwie sind meine Beine wie gelähmt und in meinem Kopf herrscht eine unglaubliche Leere, während mein Herz zu rasen beginnt. Immer noch sitze ich nur da und starre ihn an wie ein Mondkalb.

John greift nach meiner Hand, zieht sie an seinen Mund und beginnt meine Fingerkuppen zu küssen. Meine Augen schließen sich und jeder Kuss scheint einen kleinen Hitzestoß direkt in meine Mitte zu leiten. Leise seufze ich auf.

„Hope …“ Johns Stimme ist nur ein raues Flüstern, und als ich meine Augen wieder öffne, ist sein Gesicht direkt vor meinem. Er riecht so wahnsinnig gut. Nach den Resten seines Parfüms, das trotz der Dusche immer noch an seiner Haut haftet, und nach sich selbst. Herb, männlich, dunkel und nach einem Hauch von Gewürzen, nach Wacholder, Ingwer und Piment. Er ist mir jetzt so nahe, dass ich die kleine, helle Narbe an seinem Kinn sehen kann, die er sich zugezogen hat, als er als Kind vom Fahrrad gefallen ist. Alles an ihm ist mir immer noch so wahnsinnig vertraut – und gleichzeitig fremder denn je.

Langsam, ganz langsam nähern sich unsere Lippen und vereinigen sich zu einem Kuss, der so zart und sanft ist, dass man ihn kaum spüren kann. Sofort zieht John sich wieder zurück.

„Wir sollten das nicht machen“, flüstert er ein wenig atemlos.

„Nein, sollten wir nicht.“ Ich versuche, ein bisschen mehr Entfernung zwischen uns zu bringen, setzte mich gerade hin und atme tief durch.

Noch mehr Abstand, das wird sonst nichts!

In einem letzten, verzweifelten Versuch, das zu unterlassen, was wir hier gerade angefangen haben, will ich vom Sofa aufstehen. Aber weit komme ich nicht. Kaum, dass ich aufgestanden bin, gibt John in tiefes, knurrendes Geräusch von sich und zieht mich zurück. Ich lande in seinen Armen, die mich umfangen und festhalten.

Kurz schnappe ich nach Luft und nehme dann erneut, noch intensiver als vorhin, seinen vertrauten Geruch wahr. Und noch immer, nach all den Jahren, erinnert sich mein Körper sofort an ihn und an die Freuden, die er ihm bereitet hat. Ich will ihn. In diesem Moment will ich ihn so sehr!

Das Blut rauscht in meinen Ohren und mein Herz schlägt laut, hart und schnell gegen meine Brust. Adrenalin und eine heiße Welle in mir aufwallender Lust bringen meinen gesamten Körper zum Kribbeln. Als Johns Lippen wieder auf meine treffen, diesmal fest und fordernd, gebe ich ein heiseres Keuchen von mir.

Flüchtig blitzen die Erinnerungen an den grauenhaften Kuss mit Ron heute Abend in meinem Kopf auf. Dass Küsse so unterschiedlich sein können, eine so unterschiedliche Wirkung auf mich haben können ... Sofort werde ich aber wieder abgelenkt, da Johns Zunge Einlass in meinen Mund fordert. Noch immer schmeckt er so unglaublich, so wahnsinnig gut. Seine Zunge dringt in meinen Mund ein, erst vorsichtig, als wolle er auch ganz sicher gehen, dass ich das auch will. Dann wird er zunehmend fordernder und leidenschaftlicher. Seine Hände, die gerade noch auf meinen Schulterblättern geruht haben, wandern jetzt langsam an meiner Wirbelsäule nach oben. Sie streichen über die Rückseite meines Halses und krallen sich schließlich im locker aufgesteckten Haar in meinen Nacken fest. Mit einem sanften Zug biegt er meinen Kopf zurück, um seinen Kuss weiter intensivieren und seine Zunge tiefer in meinen Mund eindringen lassen zu können.

Ich fühle mich wie berauscht von ihm. Die Wärme seines Körpers dringt durch meine Kleidung bis auf meine Haut und ich will nur noch eines: mehr von ihm. Viel mehr von ihm. Alles von ihm. Mein Körper presst sich enger gegen seinen und ich kann Johns Herzschlag spüren, der genauso schnell ist wie meiner. Noch ein wenig zögerlich schiebe ich meine Hände unter sein Sweatshirt und er atmet scharf ein, als sie dort auf seine nackte Haut treffen. Glatte, warme Haut und feste Muskeln begrüßen mich und Johns Atmung beschleunigt sich immer mehr, als ich den Rand seines Hosenbundes mit meinen Fingernägeln nachfahre.

Seine Hüften stoßen in meine Richtung, ich spüre seine harte Erektion an meiner Mitte und dränge mich ihm entgegen. Über seinen Rücken und seine Seiten taste ich mich zu seinem Hosenknopf vor und John hebt sein Becken für mich an, damit ich meine Hände zwischen unsere Körper schieben kann. Mit zittrigen Händen nestle ich an seinem Hosenknopf herum, während unsere Münder nicht voneinander lassen können, wir nicht aufhören können, uns zu küssen.

Ich weiß nicht, ob Sekunden oder Minuten vergangen sind, bis es mir endlich gelingt, den Knopf an seiner Jeans zu öffnen.

Und als es mir endlich gelungen ist, klingelt das Telefon.

Kapitel 6

Erschrocken fahren wir auseinander. Vermutlich wird uns beiden auf einmal bewusst, was wir da gerade getan haben.

„Ich sollte da besser drangehen", sage ich, plötzlich verlegen. Nickend entlässt John mich aus seiner Umarmung und beinah schon fluchtartig stürze ich zum Telefon.

Der Anruf kommt von Valerie, die wissen will, wie mein Date war. Ein bisschen stotternd und zögerlich gebe ich ein paar überaus kurz angebundene Antworten auf ihre bohrenden Fragen.

„Alles okay bei dir? Du klingst so komisch!", fragt sie schließlich, alarmiert durch mein vermutlich ungewohntes Verhalten.

„Ja, alles in Ordnung. Ich arbeite nur gerade und bin so sehr in der Geschichte drin …" Eine bessere Ausrede fällt mir nicht ein und Val scheint nicht sonderlich überzeugt.

„Ooookayyy", sagt sie gedehnt und ich bin mir sicher, dass sie nun ein bisschen beleidigt ist, aber ich fühle mich gerade nicht imstande, mich darum zu kümmern.

„Ich ruf dich morgen an, wenn ich Zeit zum Reden habe, ja?", versuche ich sie möglichst schnell wieder loszuwerden.

„In Ordnung", gibt Valerie sich schließlich geschlagen, murmelt ein paar Abschiedsworte und legt dann auf. Erleichtert stelle ich das Telefon zur Seite. Allerdings hält meine Erleichterung nur so lang an, bis ich wieder zu John hinübersehe.

Seine Körperhaltung strahlt ebenfalls Unbehagen aus und er reibt sich mit der Hand das Brustbein.

Während ich ihn betrachte und langsam wieder näherkomme, fühle ich mich, als wäre ich plötzlich wieder nüchtern geworden und durch eine Art göttliche Fügung wieder zu Verstand gekommen. Ein wenig zaghaft bleibe ich vor dem Sofa stehen und er streckt beide Hände nach mir aus.

Zunächst schüttle ich nur stumm den Kopf und murmle dann: „Nicht, John. Wir sollten das wirklich besser nicht tun …"

Langsam lässt er seine Hände wieder sinken. In seinem Gesicht sind Verwirrung und Enttäuschung, aber auch ein bisschen Erleichterung zu erkennen.

„Vermutlich hast du recht." Ein etwas schiefes Lächeln zeigt sich auf seinem Gesicht und mir wird das Herz so schwer, dass ich schwören könnte, dass es heute Abend bleibenden Schaden davontragen wird.

„Du kannst auf dem Sofa schlafen, John." Ich nehme die Decke von der Sofalehne und drücke sie ihm in die Hand. Seine schönen dunklen Augen ruhen einen Moment zu lang auf mir. Ich muss all meine Selbstbeherrschung mobilisieren, um mich nicht wieder in seine Arme zu werfen, und in seinem Blick zu ertrinken.

Ich habe so lang gebraucht, um nicht mehr jeden Morgen mit schmerzhaften Gedanken an ihn aufzuwachen und um mich nicht mehr jeden beschissenen Abend in den Schlaf zu weinen. Und ich bin mir ziemlich sicher, dass all das wieder von vorne losgehen wird, wenn ich jetzt nicht die Notbremse ziehe. Wenn es nicht ohnehin schon zu spät ist.

„Schlaf gut", flüstere ich nahezu tonlos, bevor ich mich umdrehe, um in mein Schlafzimmer zu gehen.

„Du auch, meine Schöne", antwortet er mir und benutzt dabei den Kosenamen für mich, den er früher immer verwendet hat. Um ein Haar hätte ich einen Schmerzenslaut ausgestoßen, aber irgendwie schaffe ich es, mich zusammenzunehmen und den Raum erhobenen Hauptes zu verlassen.

Mit ziemlich wackeligen Beinen lege ich die wenigen Stufen in die erste Etage zurück, um in mein Schlafzimmer zu gehen und dort angekommen von innen gegen die Tür zu sinken.

Oh verdammt!

Ich ziehe die Knie an und lege meinen plötzlich viel zu schwer erscheinenden Kopf darauf. So oft habe ich mir ausgemalt, wie es wohl wäre, John noch einmal zu begegnen. Aber dass er immer noch genau dieselbe Anziehungskraft auf mich ausübt wie früher, damit habe ich wirklich nicht gerechnet. Die ganze Situation verwirrt mich völlig. Und jagt mir eine Heidenangst ein. In meinem Kopf dröhnt alles und gleichzeitig sind all meine Empfindungen wie in Watte gepackt. Ganz langsam, beinah wie in Zeitlupe, nehme ich den Kopf von meinen Knien hoch und atme ein paar Mal tief ein und aus. Als ich das Gefühl habe, es nun wagen zu können, wieder aufzustehen, gehe ich langsam zum Bett hinüber und lege mich hin. Meine Klamotten lasse ich einfach an, gerade fehlt mir die nötige Energie, mich auszuziehen. Mit weit geöffneten Augen starre ich so lang die Wand an, bis ich das Gefühl habe, dass die zarten Streifen auf der Tapete sich zu bewegen beginnen und zurückstarren.

Der Versuch, die Augen einfach zu schließen, erweist sich ebenfalls als nicht gerade gewinnbringend, denn dann sehe ich jedes Mal den intensiven Blick von Johns Augen vor mir und die Erinnerungen an seine Berührungen sind so intensiv, als würde ich sie tatsächlich erleben.

Langsam verzweifle ich ob meiner physischen Reaktion und presse meine Oberschenkel fest zusammen, um das prickelnde, sich sehnende Gefühl in meiner Mitte vielleicht zumindest ein bisschen zu lindern. Aber auch das stellt sich ziemlich schnell als dumme Idee heraus.

Und es sind nicht nur die körperlichen Empfindungen, die mich gerade fast in den Wahnsinn treiben: Auch meine Seele sehnt sich nach John. In den Momenten, in denen ich ehrlich zu mir selbst gewesen bin, habe ich immer gewusst, dass ich nie wirklich aufgehört habe, ihn zu lieben. Ich habe lediglich aufgehört, mit ihm zusammen zu sein, weil ich keine gemeinsame Zukunft für uns gesehen habe. Aber das sind zwei grundverschiedene Dinge. Und egal, wie sehr man manchmal versucht, jemanden zu vergessen, es kann passieren, dass Kopf und Herz diesbezüglich ganz unterschiedliche Entscheidungen treffen.

Es ist nicht so, als wäre das eine neue Erkenntnis für mich. Nur auf die Heftigkeit, mit der nun alte Gefühle auf mich einstürmen, auf die war ich beim besten Willen nicht vorbereitet.

Keine Ahnung, wie lang ich im Bett liege und mich rastlos von einer Seite auf die andere werfe. Vermutlich sind es tatsächlich nur ein paar Minuten, aber mir kommt es wie eine Ewigkeit vor. Die Gefühle, die auf mich einstürmen, sind so intensiv, dass ich es einfach nicht aushalten kann und wieder aufstehe. Ich will zurück ins Wohnzimmer gehen, zurück zu John, um dann … Ja, um dann was genau zu tun? So wirklich weiß ich das nicht. Ihn kommentarlos anzustarren, vielleicht. Oder mit ihm zu reden, wenn ich denn einen klaren Satz zustande bekommen sollte. Aber egal, was ich mache, es kann sich nicht schlimmer anfühlen, als hier allein in meinem Schlafzimmer zu liegen, während er in meinem Haus ist.

Bei jedem Schritt, den ich mache, zögere ich. Die klügere Entscheidung wäre es mit Sicherheit, einfach im Bett liegen zu bleiben und so wenig Zeit wie möglich mit John zu verbringen.

‚Wer sich in Gefahr begibt, kommt darin um' besagt ein altes Sprichwort und John stellt sogar eine ziemlich große Gefahr für mich dar. Aber mein Körper scheint meine Entscheidungen gerade ohne mich zu treffen und trägt mich auf unsicheren Beinen langsam, aber unausweichlich zur Tür. Einen kurzen Moment gelingt es mir dann doch noch, innezuhalten, bevor ich sie langsam öffne. Aber der Augenblick währt nicht lang und die Tür ist offen.

Während ich mir noch überlege, wie es mir wohl gelingen soll, mit diesen furchtbar zittrigen Beinen die Treppe hinunter zu kommen, fällt mein Blick auf eine reglose Gestalt, die mit vor der Brust verschränkten Armen seitlich an die Wand gelehnt auf dem engen Flur vor meinem Zimmer steht und bewegungslos auf meine Tür starrt. Ich bleibe ebenfalls stehen und betrachte ihn einen Moment im fahlen Licht des Mondes, das durch das kleine Dachfenster fällt. Viel mehr als die unscharfen Konturen seines Gesichts und der Muskeln seiner Arme kann ich nicht erkennen.

„John", flüstere ich schließlich. Zu mehr bin ich nicht in der Lage.

Langsam kommt Bewegung in seinen Körper.

„Ach Hope …", erwidert er mit einem Seufzen und beinah im selben Moment ist er bei mir, zieht mich in seine Arme und küsst mich.

Kapitel 7

Als dieses Mal unsere Lippen aufeinandertreffen, gibt es für uns beide kein Halten mehr. Es ist, als hätten wir mit diesem einen Kuss einen Punkt überschritten, von dem aus es einfach kein Zurück mehr gibt. Er schmeckt so gut! Nach einer Spur von Whisky, nach sich selbst und nach all der Sehnsucht, die ich die ganzen Jahre über nach ihm hatte.

Atemlos schiebt John mich zurück in Richtung meines Schlafzimmers. Ich stolpere eher, als dass ich gehe und mit einem ungeduldigen Knurren hebt er mich schließlich einfach hoch und trägt mich die letzten Schritte. Meine Beine schlingen sich wie von selbst um seine Hüften und wir hören nicht auf, uns zu küssen. Erst als mein Rücken auf eine weiche, waagerechte Unterlage trifft, nehme ich wahr, dass wir wohl in meinem Bett angekommen sein müssen.

Er streicht mir das Haar aus dem Gesicht, dann wandert seine Hand tiefer, über die Kontur meines Schlüsselbeines und dann seitlich über meine Rippen bis hin zum Saum meines Shirts. Als er es hochschiebt, um seine Hand auf meine nackte Haut zu legen, breitet sich eine Gänsehaut auf meinem gesamten Körper aus. Die Wärme seiner Hand, die Rauheit seiner Finger auf meiner Haut, sein umwerfender Duft ... Mein ganzer Körper scheint für ihn in Flammen zu stehen. Er hört auf, mich zu küssen und ich gebe einen frustrierten Laut von mir, nur um eine Sekunde später aufzukeuchen, als seine Lippen die empfindsame Haut meines Halses berühren und er sanft daran zu saugen und zu knabbern beginnt. Ich kann spüren, wie meine Erregung weiter zunimmt und sich noch mehr Nässe zwischen meinen Beinen ausbreitet. Meine Nippel drücken hart gegen den seidigen Stoff meines BHs und ich reibe mein Becken an Johns, nur um noch mehr von ihm zu spüren. Ich spüre seine Erektion, die sich fest gegen meine Scham presst.

Bei jeder meiner Bewegungen beschleunigt sich sein Atem, und langsam, ganz langsam, lässt er seine Hand unter meinem Oberteil höher gleiten, bis er meine linke Brust umfassen kann. Sanft drückt er zu, während sein Daumen meine harte Knospe sucht, um sie mit wohldosierter Reibung weiter zu stimulieren.

Mit einem tiefen Knurren schiebt er den Saum meines Oberteils erst so weit hoch, dass es meine Brüste freigibt und als ich bereitwillig die Arme nach oben recke, nimmt er die Einladung umgehend an und zieht es mir komplett aus. Sobald meine Arme wieder frei sind, mache ich mich an seinem Sweatshirt zu schaffen, das kurz darauf auf dem Fußboden landet. Einen Moment lang verharrt er mit aufgestützten Armen über mir. Ich kann die Konturen seiner Muskeln im Mondlicht erkennen, doch als er kleine Küsse von meinem Hals an abwärts verteilt, schließen sich meine Augen wieder. Ich wölbe mich ihm entgegen, während meine Hände seinen Rücken erkunden.

Ich fühle erst seinen warmen Atem an meiner Brust und dann die heiße Feuchte seines Kusses und seiner Zunge durch den dünnen Stoff meines BHs. Zart saugt er meine aufgestellte Knospe in seinen Mund und umschließt sie mit seinem Lippen. Als ich daraufhin laut aufstöhne, nimmt er sich nicht einmal mehr die Zeit, meinen BH zu öffnen und ihn mir auszuziehen. Stattdessen streift er die Körbchen kurzerhand einfach nach unten und entblößt so meine Brüste. Beinah gierig saugt er nun an meinen Nippeln, stimuliert sie dabei abwechselnd mit Zunge und

Zähnen und ich beginne, mich immer lustvoller unter ihm zu winden. Meine Hand tastet sich zu der Stelle vor, an der unsere Körper aufeinanderliegen. Ich verschaffe mir Zugang zu seinem Hosenbund, John ist mir dabei behilflich, indem er den Abstand zwischen uns etwas vergrößert. Als ich ihm seine Jeans herunterziehe, lasse ich die Boxershorts gleich mit verschwinden. Weil der kleine Abstand zwischen uns mir immer noch freien Zugang gewährt, zögere ich nicht lang und umfasse seinen wundervollen Schwanz. Vorsichtig drücke ich zu, während John die Luft durch die Zähne einzieht.

„Oh Hope …", flüstert er an meinem Ohr. „Ich habe mich so nach dir gesehnt …" Mit einem Kuss bringe ich ihn zum Schweigen, ich will jetzt nicht reden, ich will ihn nur spüren. Ich umfasse seine Härte ein bisschen fester und beginne meine Hand langsam auf und ab zu bewegen.

„Oh Gott! Oh … Ich … Bitte hör auf damit. Sonst bin ich gleich fertig, ohne dass wir erst richtig angefangen haben. Das ist mir peinlich …"

Er redet schon wieder.

Um ihn endgültig davon abzuhalten, versuche ich ihn auf den Rücken zu drehen, was er sich diensteifrig gefallen lässt. Ich setzte mich auf seinen Bauch, fahre mit den Fingerspitzen die Form seiner Brustmuskeln nach, die schmale Vertiefung zwischen seinen Rippen entlang und weiter nach unten, spiele mit den Bergen und Tälern seiner Bauchmuskeln. Dann ersetze ich meine Hände durch meinen Mund, beginne wieder oben und je tiefer ich nach unten wandere, desto hektischer wird seine Atmung. Kurz bevor ich bei meinem eigentlichen Ziel angelangt bin, stoppt er mich, indem er mich an den Schultern festhält und wieder zu sich hochzieht. Mit einem langen, intensiven Kuss versiegelt er meine Lippen, auf denen bereits ein Widerspruch lag. Dann dreht er mich zurück auf den Rücken und zieht mir Hose, Slip und Socken aus, schnell und gezielt, als hätte er es plötzlich eilig. Keuchend kniet er zwischen meinen Beinen.

„Hast du irgendwo Kondome?“ Fast liegt ein Flehen mit in seiner Stimme.

Wortlos taste ich nach der Nachtischschublade und hole aus der hintersten Ecke eines hervor. Krampfhaft versuche ich mich zu entsinnen, wann ich es wohl gekauft habe und ob das Haltbarkeitsdatum nicht schon lang überschritten ist. Aber dann fällt mir erleichtert wieder ein, dass ich sie erst vor einem halben Jahr erneuert habe. Obwohl ich sie nie brauche.

Ich reiche das kleine Päckchen an John weiter, meine Hände zittern auf einmal viel zu sehr, um zu einem sicheren Endergebnis zu kommen.

John hingegen scheint keine Probleme damit zu haben, denn einen kurzen Augenblick später liegt er wieder zwischen meinen Beinen und ich kann seine harte Länge an meinem Eingang spüren.

Nahezu quälend langsam dringt er in mich ein, dehnt mich, füllt mich aus.

Es ist so lang her!

Gerade kann ich kaum glauben, dass mir das wirklich passiert. Hier, jetzt, mit John. Aber es fühlt sich so gut und richtig an … so verdammt gut und richtig!

Langsam fängt er an, sich in mir zu bewegen und ich wölbe mich ihm entgegen, umklammere ihn mit meinen Beinen, um noch mehr von ihm zu spüren, nichts, aber auch gar nichts von ihm zu verpassen. Mit jedem seiner Stöße dringt er tiefer in mich ein und treibt mich gleichzeitig in immer höhere Sphären der Lust.

Ich kralle mich an seinem Rücken fest, bewundere sein attraktives Gesicht, das jetzt angespannt vor Lust ist. Erst als sein Mund erneut den meinen findet, schließe ich wieder meine Augen und verliere mich in einem Taumel von Lust und Begehren. Das sehnsuchtsvolle Ziehen in meiner Mitte wird mit jedem von Johns Stößen vorangetrieben und gesteigert, bis es sich über meinen ganzen Körper auszubreiten scheint, schließlich alles kribbelt und mich antreibt, bis ich in bittersüßen Krämpfen um ihn herum komme. So intensiv, dass es für einen Moment nichts anderes mehr für mich gibt.

Wenige Augenblicke später kommt auch Jonathan, dabei legt er seinen Kopf in den Nacken, kneift die Augen fest zusammen und brüllt wieder und wieder meinen Namen.

John hat sich wirklich kaum verändert. Nachdem er kurz im Bad war, kommt er zu mir zurück ins Bett. Er zieht mich eng in seine Arme, murmelt ein paar süße Nichtigkeiten in mein Haar und dann ist er auch schon eingeschlafen.

Sein gleichmäßiger Atem an meinem Ohr, der anstrengende Abend und nicht zuletzt der sehr befriedigende Sex sorgen dafür, dass auch ich nicht lang brauche, bis ich eingeschlafen bin.

Kapitel 8

Leider dauert es auch nicht sehr lang, bis ich wieder wach werde. Wahrscheinlich bin ich es einfach nicht mehr gewohnt, dass ein Mann in meinem Bett schläft.

Der Vollmond, dessen diffuses, silbriges Licht vom Schnee hundertfach reflektiert wird, ist noch immer hell genug, um John genauer anschauen zu können. Im Schlaf hat er sich auf den Rücken gedreht und das Bettlaken ist bis auf seine Hüften heruntergerutscht.

Ich beuge mich über ihn, um seine neuen Tätowierungen genauer betrachten zu können. Der neue Drache, der den Stern hält, ist genauso schön und filigran gearbeitet, wie der, den ich schon so lang kenne.

Vorsichtig, um Jonathan dabei nicht zu wecken, ziehe ich die Decke ein kleines Stückchen tiefer, um den Schriftzug zu entziffern.

Die Schrift ist sehr dunkel, vermutlich schwarz, aber das Licht schluckt fast alle Farben. Trotzdem hebt sich der dunkle Ton gegen Johns Haut deutlich ab. Der Schriftzug zieht sich in einem Bogen nach unten von seinem linken Hüftknochen bis zu seinem rechten, in der Mitte streift er fast sein Schambein.

Dum spiro spero, sum spero amo, dum amo vivo steht dort in ineinander verschlungenen Buchstaben. Mein Latein ist schon ein bisschen eingerostet, aber nach kurzem Nachdenken erkenne ich das Zitat von Cicero wieder: *Solange ich atme, hoffe ich; solange ich hoffe, liebe ich; solange ich liebe, lebe ich.*

Auch den neuen Drachen und den Stern nehme ich genauer in Augenschein. Vorhin, als ich ihn im Bad gesehen habe, ist mir schon aufgefallen, dass der neue Drache feingliedriger ist und femininer wirkt als der, den ich schon kannte. Er hat Flecken in seiner Iris und ich könnte schwören, dass seine Augen grau sind. Grau mit bunten Flecken. So wie meine.

Ich atme tief durch und betrachte das alles noch einmal. Der Stern, der Schriftzug, der Drache, dass alles sind Symbole für Hoffnung.

Hope.

Plötzlich halte ich es im Bett nicht mehr länger aus. Ein Gefühl der Unruhe breitet sich in mir aus. Ich springe so eilig aus dem Bett, dass ich mir auch noch das Bein an meinem Nachttisch stoße und das Bild von Sam umfällt. Leise fluchend will ich es gerade wieder aufstellen, als mir ein viel größeres Problem einfällt.

Sam ist Johns Sohn.

Und John weiß nichts davon.

Panisch drücke ich das Bild an meine Brust, versuche geräuschlos alle anderen Bilder von der Wand abzunehmen, die auf Samuels Existenz hinweisen, und verlasse dann das Schlafzimmer so leise wie möglich. Ich renne durch alle Räume, sammle hektisch alle Bilder von Sam ein und werfe sie in die nächstbeste Schublade. Auf einmal ist mir ganz furchtbar heiß. In der Küche nehme ich eine kleine Flasche Wasser aus dem Kühlschrank. Durch das Küchenfenster betrachte ich die nächtliche Schneelandschaft. Es hat endlich aufgehört zu schneien. Die Welt sieht so verzaubert aus, die weiße, weiche Schicht lässt alles unberührt und friedvoll erscheinen. Ich trinke einen Schluck des gekühlten Wassers, dann presse ich mein erhitztes Gesicht gegen den kalten Kunststoff der Flasche, rolle sie über meine Stirn und meinen Nacken. Ganz langsam beruhigen sich meine Gedanken und lassen sich wieder ordnen.

Als ich mich von Jonathan habe scheiden lassen, ging alles ziemlich drunter und drüber. Es hat mich in einem Ausmaß mitgenommen, das ich mir vorher kaum hätte vorstellen können. Manchmal geschehen im Leben Dinge, die uns einfach mehr abverlangen, als wir leisten können. Und ich war nach der Trennung von John in so einer Situation. Ich habe mich gefühlt, als hätte mir jemand den Boden unter den Füßen weggezogen, als wäre mein Leben wie ein Kartenhaus eingestürzt und in sich zusammengebrochen. Nachdem ich nach ein paar Tagen endlich aufgehört hatte zu weinen, war es wochenlang so, als wäre ich nicht mehr als ein Roboter, eine Maschine. Mehr schlecht als recht gelang es mir, meine täglichen Pflichten zu erledigen. Doch die meiste Zeit habe ich damit verbracht, auf meinem Bett zu liegen und die Decke anzustarren. Meine Erinnerungen an diese Zeit sind nur verschwommen. Was mir jedoch sehr deutlich im Kopf geblieben ist, ist die Empfindungslosigkeit, in der ich damals gefangen war. Mein Inneres bestand aus einem seltsam abgestumpften Haufen von nichts. Ich konnte mich nicht freuen, konnte nicht mehr lachen und zum Glück auch weder Trauer noch Schmerz empfinden. Mir war einfach alles egal. Jeder Tag erschien mir grau, jedes Essen ohne Geschmack, jeder Augenblick inhaltslos. Dass ich schwanger war, habe ich erst bemerkt, als ich schon fast im fünften Monat war.

Ich weiß natürlich, dass es nicht richtig war, es John zu verschweigen. Aber zu diesem Zeitpunkt fühlte ich mich einfach nicht dazu in der Lage, ihm gegenüberzutreten. Nicht nur, dass ich schlichtweg Angst vor einem Treffen hatte. Ich hatte auch Angst davor, was der enorme Stress, den so ein Treffen dargestellt hätte, für das ungeborene Lebewesen in meinem Bauch bedeutet hätte. Es hatte ja so schon mehr als genug davon mitbekommen. Damals hatte ich mir vorgenommen, es John zu sagen, wenn das Kind auf der Welt war.

Und als es dann da war und ich es in den Armen hielt, wurde ich überschwemmt von hilfloser, alles einnehmender Liebe für dieses Wesen. Es war noch keine fünf Minuten alt und ich wäre bereits ohne mit der Wimper zu zucken für dieses kleine Wesen gestorben, wäre ich je in die Situation gekommen, dadurch sein Leben retten zu können.

Als Samuel geboren wurde, geisterten die schlimmsten Meldungen über John durch die Presse. Die *Sick Theories* waren zu diesem Zeitpunkt gerade zu ziemlichem Ruhm und Erfolg gekommen und John muss sich ziemlich … na, nennen wir es *ausgetobt* haben. In den einschlägigen Medien war von Sexexzessen und erheblichen Drogenproblemen die Rede. Von verwüsteten Hotelzimmern, wilden Prügeleien und allem, was man den Sängern von Rockbands sonst nur in schlechten, vorurteilsbelasteten Filmen nachsagt. Dazu tauchten immer wieder Fotos von ihm auf, völlig zugedröhnt, mit den verschiedensten Frauen im Arm und mit blau geschlagenen Augen und aufgeplatzten Lippen.

So fest ich mir auch vorgenommen hatte, Jonathan über die Geburt seines Sohnes zu informieren, so wichtig es mir für ihn selbst erschien, ihn darüber in Kenntnis zu setzen, dass er Vater geworden war: Als ich mein kleines, unschuldiges Baby im Arm hielt, konnte ich es einfach nicht.

Das Bedürfnis, mein Kind zu beschützen, siegte eindeutig über meinen Gerechtigkeitssinn.

Was sollte ein größenwahnsinniger Sänger mit Hang zu Gewaltausbrüchen und einem erheblichen Drogenproblem schon für ein Vater für mein Kind sein?

Was für ein Vorbild sollte er sein? Ein ziemlich schlechtes, im besten Fall.

Dazu kam die Angst davor, was sein würde, wenn er mir eine Heerschar von überbezahlten Anwälten auf den Hals hetzen würde, weil ihm irgendetwas nicht passte, was ich mit unserem gemeinsamen Kind machte.

Ich gebe zu, dass ich ein Angsthase war. Und vielleicht war ich, gut versteckt hinter all den Übermutterallüren, auch einfach ein gehöriges Stück egoistisch. Ich wollte John nicht wiedersehen, weil ich mich weder Schmerz noch Gefühlschaos stellen wollte. Und ich wollte dieses winzig kleine Kind, das ich zur Welt gebracht hatte, mit niemandem teilen müssen. Es fühlte sich so sehr nach meinem und nur meinem Kind an, dass mir der Gedanke, jemand anderes könnte bei *meinem* Kind auch etwas mitzuentscheiden haben, schier unerträglich erschien.

Später. Wenn er mal ein bisschen größer ist und John sich vielleicht wieder gefangen hat.

Das habe ich mir immer und immer wieder vorgenommen, aber so etwas wie einen richtigen Zeitpunkt habe ich nie gefunden. Und dann ist das Gefühl, dass ich es ihm erzählen müsste, in immer weitere Ferne gerückt. Manchmal hat mich deswegen ein schlechtes Gewissen geplagt, aber meine Verdrängungsmechanismen funktionieren hervorragend. Sam hat es mir dabei leicht gemacht: Er hat ein so enges Verhältnis zu meinem Bruder, dass ich niemals das Gefühl hatte, ihm einen Vater vorzuenthalten. Als er älter wurde, hat er zwei-, dreimal nachgefragt, wer denn eigentlich sein Vater sei. Ich hab dann immer geantwortet: „Ein ganz bekannter Star!"

Als er mir die Frage das erste Mal gestellt hat, muss er ungefähr vier Jahre alt gewesen sein und hat mich erstaunt angesehen.

„Mein Daddy ist ein Stern, Mommy? Einer am Himmel?“

Und ich habe gelacht und gesagt: „Nein, ein Star. Jemand ganz Bekanntes. Er singt, mein Schatz.“

Das war, fand er wohl, eine zufriedenstellende Antwort. Wir haben dieses Spiel ein paar Mal wiederholt, aber jetzt hat er schon lang nicht mehr nachgefragt. Erstaunlicherweise hat er mich auch nie gefragt, warum sein Daddy nicht da ist, um sich um ihn zu kümmern. Aber er hatte ja auch immer Onkel Mike, der für ihn da war und die Vaterrolle in seinem Leben besetzt.

Natürlich weiß ich, dass es falsch und unfair und egoistisch von mir war und ist. Aber manchmal laufen die Dinge im Leben eben anders, als wir sie in unseren ehrenhaften Idealvorstellungen gern hätten. Das Leben ist nun mal keine Idealvorstellung. Und vermutlich ist kein Mensch durch und durch und immer nur aufrichtig. Ich zumindest bin es nicht, auch wenn ich mir meistens Mühe gebe.

Und jetzt ist John hier. Und weiß von nichts. Und wenn es nach mir ginge, würde das auch erst einmal so bleiben. Ich muss mich erst mal sammeln und dann in Ruhe überlegen, was ich jetzt machen will.

Und dann ist da noch John selbst. Und seine Tattoos.

Vielleicht ist das eine Wunschvorstellung, aber es sieht schwer danach aus, als hätte er sich im Laufe der Jahre meinen Namen in allen möglichen Symbolen über seinen halben Körper tätowieren lassen. Und auch das macht mir ein bisschen Angst.

Schöne Scheiße, Hope!

Draußen wird es langsam hell und die ersten Räumfahrzeuge machen sich an die Arbeit, um die verschneiten Straßen wieder passierbar zu machen.

Seufzend mache ich mich auf den Weg ins Bad. Ich nehme eine heiße Dusche, schminke mich schnell und ziehe meine Sachen von gestern wieder an, weil ich es nicht riskieren will, John zu wecken, wenn ich mir aus dem Schlafzimmer frische Kleidung hole.

Dann koche ich mir einen extrastarken Kaffee mit viel Milch und Zucker, bewaffne mich mit dem Telefon und setze mich an den Küchentisch.

Jonathan scheint noch immer tief und fest zu schlafen.

Kapitel 9

+++

Beim Aufwachen ist die Seite, auf der beim Einschlafen Hope lag, leer.

John streckt die Arme über den Kopf und gähnt, bevor er langsam die Bettdecke zur Seite schlägt und sich umsieht. Wie bisher alles, was er in ihrem Haus zu sehen bekommen hat, ist auch das Schlafzimmer gemütlich, geschmackvoll und feminin. Die Hauptfarbe hier bezeichnet man vermutlich als altrosa, alles andere ist ganz sicher grau. Dazu weiße Möbel und jede Menge Schnörkel und Schnickschnack. Seine Füße landen auf dem weichen, weißen Schafspelz vor dem Bett. Ein wenig zögerlich bleibt er stehen, bevor er die überall verstreute Kleidung von gestern Nacht aufliest und wieder anzieht.

Als er in Richtung Tür geht, fällt ihm die Kommode von Hopes Urgroßmutter auf, die schon früher in ihrem Zimmer stand. Sein Blick schweift über die vielen kleinen Bilder, die darüber hängen. Seltsamerweise scheinen hier einige zu fehlen und er fragt sich, warum sie sie wohl abgenommen haben mag. Nachdenklich streicht er über die abgenutzte, graue Marmorplatte des so vertrauten Möbelstücks darunter. Noch etwas anderes sticht ihm ins Auge. An der dem Fenster gegenüberliegenden Wand hängt eine stark gebrauchte Dartscheibe, die in diesem mädchenhaften Traum von einem Zimmer merkwürdig deplatziert wirken würde. Wenn es eben nicht ausgerechnet Hopes Schlafzimmer wäre.

Hope. Er ist bei Hope und letzte Nacht hatten sie Sex miteinander.

John atmet einmal tief ein und wieder aus. Die ganze Situation verwirrt ihn. Natürlich hat er das Szenario, ihr zu begegnen, tausendfach in Gedanken durchgespielt. Womit er allerdings nicht gerechnet hatte, war die tiefe Verwirrung, in die ihn diese Situation stürzen würde. Die Unsicherheit und die Intensität der alten Gefühle, die dabei wieder ans Tageslicht kommen. Neben all den Gefühlen, die auf ihn einstürmen, ist es vor allem sein Verstand, der sich meldet und ihn mahnt, schleunigst die Notbremse zu ziehen. Was ihm gestern bei Mondschein unausweichlich erschien, kommt ihm heute und bei Tageslicht betrachtet nicht mehr unbedingt wie die beste Idee vor.

Wenn er etwas nicht gebrauchen kann, dann ist es eine Frau, die sein gesamtes Leben durcheinanderbringt. Auch nicht, wenn es sich bei dieser Frau um Hope handelt. Er hat nicht all die Jahre damit vertan, sich zu einem Leben ohne sie zu zwingen, um sie jetzt einfach so wieder zurückzunehmen.

Innerlich wappnet er sich dafür, ihr entgegenzutreten und sich freundlich, bestimmt und möglichst für immer von ihr zu verabschieden. Natürlich hat er sich all die Jahre nach ihr gesehnt. Aber er hat auch gelernt, damit zu leben. Hope ist ein hübsches und ein schmerzvoll trauriges Kapitel seiner Vergangenheit. Und selbst wenn er heimlich immer gehofft hat, dass sie in seinem Leben vielleicht doch noch mal eine Rolle spielen könnte: Er hat zu lang gebraucht, um sich von dem schmerzhaften Ende ihrer Beziehung zu erholen, um sich jetzt leichtfertig wieder voll hineinzustürzen.

+++

Als John in die Küche kommt, habe ich gerade das Telefon auf die Seite gelegt.

„Guten Morgen“, sagt er und reibt sich in einer verlegenen Geste den Nacken.

„Ebenfalls.“ Mein Lächeln fühlt sich genauso aufgesetzt an, wie es ist.

Na, wenn das mal nicht die romantischste und entspannteste Konversation ist, die ich je mit einem Mann geführt habe …

John bleibt unschlüssig in der Küchentür stehen und scheint nicht so richtig zu wissen, was er jetzt machen soll. Instinktiv weiß ich, dass er genauso schnell weg möchte, wie ich ihn loswerden will. Wenn auch vermutlich aus anderen Gründen.

Mein Nachbar erlöst uns aus diesem peinlich stillen Moment, denn er hält in just diesem Moment mit seinem Pick-up unterm Küchenfenster. Zum Glück war er schnell.

„Dein Taxi ist da … Naja, so etwas Ähnliches zumindest.“ Ich mache eine Kopfbewegung in Richtung des Pick-ups. „Das ist mein Nachbar Ted. Er kann dich bis in den nächsten Ort mitnehmen, ab da sollten alle Straßen soweit geräumt sein, dass du dich abholen lassen kannst.“

John nickt stumm und sein Gesicht ist verschlossen.

„Deine Sachen sind trocken und liegen im Badezimmer, wenn du dich umziehen möchtest. Ich mache für Ted und dich in der Zwischenzeit schnell ein kleines Frühstück zum Mitnehmen zurecht.“

Ein wenig komme ich mir vor wie ein herzloses Miststück. Aber es ist ja nun auch nicht gerade so, als hätte ich ihm gestern meine unsterbliche und ewige Liebe versprochen und ihm im Anschluss unter Vorspielung falscher Tatsachen seine Jungfräulichkeit geraubt. Oder so etwas in der Art.

Dennoch fühle ich mich schlecht, als ich auf Johns Hinterkopf schaue, während er meine Küche verlässt, um sich im Badezimmer umzuziehen.

+++

In seiner Motorradkluft kommt John nach wenigen Minuten umgezogen wieder zurück und sieht einen Mann in den Sechzigern mit einem karierten Hemd und einer warmen Jacke im Hausflur warten. In der Hand hält er einen kleinen Korb, in dem John eine Thermoskanne erkennen kann.

Wenigstens gibt es Kaffee!

Er hatte mit vielem gerechnet, aber dass sie ihn ohne Frühstück einfach wieder vor die Tür setzen würde, ist ihm beim besten Willen nicht in den Sinn gekommen.

Eigentlich kann es ihm ja nur recht sein. Vor nicht einmal zehn Minuten hatte er sich einen Plan ausgesonnen, wie er hier so diskret und so schnell wie möglich verschwinden kann. Aber jetzt fühlt er sich plötzlich ein bisschen wie ein räudiger Köter, den man achtlos vor die Tür setzt.

Immer schön tapfer sein, mein Junge!

Entschlossen geht er auf den Mann zu, der wohl Ted sein muss, und reicht ihm die Hand. Ted scheint freundlich, aber kein Mann großer Worte zu sein. Mit einem kurzen Nicken betrachtet er erst John und dann Hope, die mit verschränkten Armen in der Küchentür lehnt. Sein Blick verändert sich dabei, als wäre er zu irgendeiner aufschlussreichen Erkenntnis gelangt.

„Ich warte am Wagen", sagt Ted schließlich. Seine Stimme ist dabei immer noch gleichbleibend neutral und er lässt die beiden allein zurück.

Das sich ausbreitende Schweigen ist so still, dass es laut in den Ohren zu dröhnen scheint.

John hat schon den halben Weg zur Tür zurückgelegt, als sein Blick doch noch einmal auf Hope fällt. Mit wenigen schnellen Schritten ist er wieder bei ihr.

„Mach's gut, meine Schöne!“, flüstert er rau und haucht ihr einen Kuss auf die Schläfe. Dann sprintet er hinter Ted her, der draußen bereits Spanngurte hervorgeholt hat, um mit ihnen das Motorrad auf der Ladefläche des Pick-ups zu befestigen.

+++

In meiner Küche gibt es einen Platz, von dem aus man nach draußen schauen kann, ohne von dort gesehen zu werden.

Und dort stehe ich und beobachte Ted und Jonathan, die sich abmühen, die schwere Maschine über eine Rampe auf die Ladefläche zu verfrachten. Und ich stehe immer noch dort, als sie schon längst losgefahren und nur noch ihre Fußspuren im Schnee zurückgeblieben sind.

Kapitel 10

Irgendwann fangen meine Augen an wehzutun, weil ich so lang auf den Schnee gestarrt habe, der das Sonnenlicht gleißend hell reflektiert. Müde wende ich mich vom Fenster ab und reibe mir meine schmerzenden Augen.

Zehn Minuten später stehe ich auf dem Laufband in meinem Keller. Draußen laufen zu gehen ist aufgrund des Wetters ja gerade leider nicht drin. Ich muss dringend einen klaren Kopf bekommen und erst einmal verarbeiten, was hier letzte Nacht passiert ist.

John! Verdammter Mist. John war hier und wir hatten Sex!

Egal, wie oft ich den Satz innerlich wiederhole, so wirklich begreifen kann ich es immer noch nicht. Es fühlt sich eher so an, als hätte ich es geträumt und nicht, als wäre es tatsächlich passiert. Ich schnappe mir die kleine Fernbedienung und stelle die Stereoanlage lauter, so laut, bis ich die Bässe der Musik durch meinen Körper wummern fühlen kann, stelle die Geschwindigkeit des Laufbands höher und hoffe, dass die Erschöpfung sich irgendwann einstellen wird und meine Verwirrung überlagert.

Statt süßer Gedankenlosigkeit stellt sich allerdings nach ein paar Minuten um ein Haar etwas ganz anderes ein, nämlich ein Herzinfarkt. Plötzlich steht eine völlig vermummte Gestalt in meinem Keller und ich bekomme einen solchen Schreck, dass ich vom Laufband falle und sowohl ziemlich unelegant als auch reichlich schmerzhaft auf meinem Hintern lande.

Die vermummte Gestalt fängt laut an zu lachen und wickelt sich den Schal vom Gesicht.

„Valerie, zum Teufel noch mal! Was willst du hier?“

Meine linke Hand liegt auf meinem rasenden Herzen, meine rechte reibt meinen schmerzenden Po.

Val schält sich kichernd aus ihren dicken Schichten von Winterkleidung und darunter kommt ihr dürrer Körper zum Vorschein, der durch die hautenge Jeans und den engen Pullover gut zur Geltung kommt. Vielleicht sollte sie einfach mal ein bisschen mehr essen. Dann würde sie auch nicht so schnell frieren und müsste mich nicht zu Tode erschrecken, weil sie in den Schichten von Kleidung wie eine Irre aussieht.

„Ich habe mehrfach geklingelt, aber du hast nicht aufgemacht. Und weil ich mir nach dem komischen Telefonat gestern Sorgen um dich gemacht habe, habe ich den Notfallschlüssel genommen, den du Mike und mir mal gegeben hast, und habe aufgeschlossen, um nach dir zu sehen.“

„Der ist für Notfälle, Valerie.“

Sie zuckt gleichgültig mit den Schultern. „Du hast nicht aufgemacht. Also war es ein Notfall, ganz einfach.“

Ich muss lachen, lasse Herz und Hintern los und greife nach einer Flasche Wasser.

„Was treibst du eigentlich hier?“, fragt mich Val und schaut mir interessiert beim Trinken zu.

Kurz setze ich die Flasche ab. „Laufen!“, sage ich und trinke dann weiter. Was soll ich auch sonst hier machen? Ich hasse solche Fragen.

„Du bist seit Jahren nicht mehr laufen gegangen. Wie lang ist es jetzt her? Drei Jahre? Oder vier? Wenn du plötzlich wieder damit anfängst, dann muss es einen besonderen Grund dafür geben. Willst du vielleicht für Ron ein bisschen knackiger werden?“

Dieser Gedanke entsetzt mich so sehr, dass ich mich an meinem Wasser verschlucke, und einen heftigen Hustenanfall bekomme.

Val grinst. „War es so schlimm mit Ron?" Helfend klopft sie mir auf den Rücken.

„Noch viel schlimmer." Langsam bekomme ich wieder ein bisschen Luft.

„Und was war nun gestern so aufwühlend, dass du heute auf diesem Laufband stehst?"

Ich seufze tief. Dann trinke ich einen weiteren Schluck Wasser. Und seufze wieder.

Was soll's. Ich muss sowieso mit jemandem darüber reden.

„John war hier."

„Welcher John?", fragt sie leicht verwirrt.

„*Der* John!"

Ihr Gesichtsausdruck ist unbezahlbar. Zunächst kann man ihr ansehen, dass sie immer noch nicht ganz begriffen hat, was ich ihr gerade gesagt habe. Dann kommt der Moment der Erkenntnis. Der wird offensichtlich wieder abgelöst von Unglauben. Und dann hat sie es endlich endgültig gecheckt.

„Oh", sagt sie, was zwar sehr schlicht ist, es aber erstaunlich gut auf den Punkt bringt.

„Ja. Oh." Ich lege den Kopf schief und versuche zu lächeln, aber es will mir nicht gelingen. „Er stand gestern plötzlich vor der Tür, er ist mit dem Motorrad liegen geblieben."

„Zufälle gibt's ..." Val schüttelt ungläubig den Kopf.

„So etwas Ähnliches habe ich gestern Abend auch gedacht."

„War Sam da?"

„Nein. Er war zum Glück bei einem Freund." Nervös spielen meine Finger mit dem Deckel der Wasserflasche und ich starre ihn an, als ob er das interessanteste Objekt wäre, das ich je zu Gesicht bekommen habe.

„Wie war es sonst?“ Valerie klingt besorgt. Und ein bisschen neugierig.

„Seltsam“, antworte ich wahrheitsgemäß.

„Und jetzt trainierst du, damit dein alter Hintern ein bisschen knackiger wird, falls er noch mal wieder kommt und dich dann flachlegen will?“

Ich merke, dass ich rot werde.

„Hope?“

„Hm?“

„Sag mir jetzt nicht, dass er das schon längst getan hat!“

Meine Wangen beginnen stärker zu glühen und Val gibt ein Geräusch von sich, das halb Lachen und halb verzweifeltes Seufzen ist.

„Schöne Scheiße, Hope.“

Langsam schaue ich von meiner Wasserflasche hoch.

„Ja. Aber wirklich.“

Dann fangen wir beide wie aus heiterem Himmel an, lauthals zu lachen.

Kapitel 11

In meiner warmen, gemütlichen Küche hat meine beste Freundin die Herrschaft über meinen Herd an sich gerissen und Kakao gekocht, während ich mich geduscht und umgezogen habe.

Irgendwo im Schrank hat sie sogar Marshmallows gefunden, die jetzt süß und klebrig im Kakao herumschwimmen. Obwohl ich normalerweise so gar nicht auf völlig überzuckerte Lebensmittel stehe, habe ich im Moment das Gefühl, jedes bisschen Süße bitter nötig zu haben.

„Wollt ihr euch noch mal treffen?" Valerie balanciert einen der Marshmallows in einem See von Kakao auf einem Teelöffel, um ihn dann in ihrem Mund verschwinden zu lassen.

„Keine Ahnung. Wir haben heute Morgen nicht darüber gesprochen. Als mir eingefallen ist, dass er nichts von Sam weiß, habe ich eine Art Panikanfall bekommen und Ted angerufen, der ihn in aller Herrgottsfrühe nach Auburn gebracht hat."

Beim Versuch, ebenfalls einen weißen, schaumigen Zuckerberg im Kakaosee in meinen Mund zu manövrieren, rutscht mir der blöde Marshmallow vom Löffel, fällt in die Tasse und saut den halben Tisch voll.

„Du hast ihn also einfach vor die Tür gesetzt? Hoffentlich hast du nicht vergessen, ihm für seine Dienste vorher noch ein bisschen Geld zuzustecken, damit er sich so richtig benutzt vorkommen kann." Nach einem weiteren Löffel Kakao fügt sie hinzu: „Obwohl er das eigentlich verdient hätte. Ich bin mir sicher, er selbst hat mehr als genug Frauen so behandelt. Tut ihm bestimmt mal ganz gut."

„Sei nicht so gemein."

„Warum denn? Ich habe doch recht."

„Ja, vermutlich hast du recht. Es ist nur …" Es ist nur so, dass ich das nicht hören will. Ich will einfach nicht hören, mit wie vielen Frauen er nach mir im Bett gewesen ist. Ganz einfach deshalb, weil es nach all den Jahren immer noch fast so weh tut, als würde er mich jedes Mal aufs Neue betrügen.

Mit beiden Händen reibe ich über meine müden Augen. Als ich Valerie wieder ansehe, kann ich in ihrem Gesicht deutlich lesen, dass sie weiß, was gerade in mir vorgeht, ohne dass ich es aussprechen muss. Wir kennen uns einfach schon viel zu lang, beinah unser ganzes Leben. Da ist es manchmal schwierig, Dinge voreinander zu verheimlichen.

„Hast du eigentlich je wirklich aufgehört, John zu lieben?"

Sie stellt mir damit eine Frage, die ich mir selbst immer wieder gestellt habe und deren Antwort denkbar simpel ausfällt.

„Nein. So wirklich damit aufgehört habe ich nie." Ich spüre, wie meine Augen sich mit Tränen füllen, und blinzle sie energisch weg, während ich konzentriert in meinem Kakao rühre. „Aber letztendlich tut das ja auch nichts zur Sache. Ich kann damit leben, das habe ich doch all die Jahre schon getan. Und ich muss schließlich auch an Sam denken …"

„Vielleicht solltest du die Gelegenheit nutzen und Jonathan einfach mal die Wahrheit sagen? Im Prinzip wolltest du das doch ohnehin immer irgendwann tun. Und Sam … So sehr Mike und ich ihn auch lieben, fast so sehr, als wäre er auch unser eigener Sohn, aber meinst du nicht, er hätte vielleicht auch das Recht, seinen leiblichen Vater kennenzulernen? Und John? Auch er hat Rechte. Er ist doch kein Unmensch, Hope. Du musst es ihm sagen."

Jetzt fangen meine Tränen doch an zu fließen und ich kann nichts dagegen tun. Sie hat natürlich recht. Ich habe es viel zu lang verschwiegen. Irgendwie war einfach nie der richtige Zeitpunkt da, und wenn man nur lang genug mit so etwas lebt, dann lässt es sich irgendwann hervorragend verdrängen.

„Ich habe furchtbare Angst davor", nuschle ich unter Tränen in meinen Kakao und Valerie tätschelt tröstend meine Hand.

„Verstehe ich gut."

„Übrigens habe ich gar keine Adresse von ihm. Und ich werde ihm bestimmt nicht an irgendeine Plattenfirmenadresse schreiben, als wäre ich ein durchgeknallter Fan."

„Auch das verstehe ich. Das wäre auch irgendwie unpassend." Dann schaut sie mich mit schief gelegtem Kopf eine Weile musternd an. „Weißt du eigentlich, dass du dich kaum verändert hast in den letzten Jahren? Ich würde beinah jede Wette eingehen, dass John nicht lang brauchen wird, bis er sich bei dir meldet. Zumindest nicht, wenn er seine Sinne noch beieinander hat. Jetzt weiß er ja, wo du wohnst ..."

+++

Tatsächlich hat es in den letzten Jahren Momente gegeben, in denen John versucht hat, Hope zu kontaktieren. Kurz nach ihrer Trennung war er sogar mal drauf und dran, einen Privatdetektiv darauf anzusetzen, ihren aktuellen Aufenthaltsort herauszufinden, weil sie, zumindest für ihn, plötzlich wie vom Erdboden verschluckt war. Aber gleichzeitig mit der Trennung von ihr kam der Erfolg. Und mit dem Erfolg kamen die Frauen und die Drogen.

Und statt eines Privatdetektivs gab es für eine ganze Zeit in seinem Leben nur noch einen tröstlichen Vollrausch, der ihn alles andere hat vergessen lassen, wenn auch nur sehr kurzfristig und sehr oberflächlich.

Nachdenklich nimmt John seine Gitarre vom Ständer und spielt ein Lied, das er schon seit vielen, vielen Jahren nicht mehr gespielt hat. Er hat es mal für Hope geschrieben und ist nie dazu gekommen, es für sie zu spielen. Dennoch hat er keinen Akkord und keine Textzeile davon vergessen. Aber auch jetzt fühlt es sich immer noch seltsam an, es zu spielen. Als würde man die Geister der Vergangenheit heraufbeschwören – mit nicht vorhersehbaren Konsequenzen.

Nach nicht einmal dem halben Lied legt Jonathan seine Gitarre wieder unsanft zur Seite. Seit er wieder zurück ist, kann er an nichts anderes mehr denken als an seine *Exfrau.* Und er könnte nicht gerade behaupten, dass ihm dieses Gedankenkarussell sonderlich gut gefallen würde.

Aber der Sex mit ihr war umwerfend!

Ärgerlich verdrängt er die unerwünschte Stimme in seinem Kopf. Leider zu spät für seinen Schwanz, der bei den Gedanken an Hopes nackten Körper umgehend hart wird. Vielleicht hätte er die vielen anderen Frauen nicht so leichtfertig aufgeben sollen. Sein Notizheft, in dem er sich alle Namen und Telefonnummern notiert hatte, nach seinem Entzug nicht so achtlos wegwerfen sollen. Dann hätte er jetzt wenigstens etwas, das ihn ablenken würde.

Genervt lässt er sich aufs Sofa fallen und schaltet den Fernseher ein.

Als ob dich das auf andere Gedanken bringen würde. Das hat doch noch nie funktioniert.

+++

Genau wie ein durchgeknallter Fan verbringe ich den Nachmittag damit, nach einer Adresse von John zu suchen, bei der ich halbwegs sicher sein kann, dass Briefe, die ich ihm schicke, auch tatsächlich bei ihm ankommen. Natürlich gibt es so was nicht und wie vermutlich zigtausend Fans vor mir, sitze ich irgendwann laut fluchend am Laptop. So laut fluchend, dass Sam, der mit dem Basteln eines Modellflugzeuges beschäftig ist, irritiert zu mir schaut.

„Alles okay bei dir, Mommy? Kommst du mit deinem Buch nicht vorwärts?“ Er klingt, wie ich vermutlich klinge, wenn ich ihm bei einer schwierigen Matheaufgabe Mut zuspreche und ich muss lächeln.

„Ja, mein Schatz. Alles gut. Ich habe nur etwas gesucht und nicht gefunden …“

Sam nickt verständnisvoll und wendet sich dann wieder seinem Flugzeug zu, während ich mir die Haare raufe.

Wenn ich etwas nicht ausstehen kann, dann ist es Ungewissheit. Ich hasse es, zu warten und nichts anderes tun zu können, als eben genau das: zu warten! Aber ich habe keine andere Möglichkeit. Jonathan Petterson ist von der Öffentlichkeit vermutlich ähnlich gut abgeschirmt wie der Papst. Und bei Letzterem könnte ich wenigstens um eine Audienz bitten!

In einem Gefühlswirrwarr zwischen ärgerlich, verzweifelt und resigniert schließe ich meinen Internetbrowser und öffne stattdessen mein Schreibprogramm.

Ich fürchte, meine Mordszenen werden heute deutlich blutrünstiger ausfallen als sonst. Ein paar sinnlose Schlägereien wären auch ganz hübsch.

Kapitel 12

Die nächsten Tage treiben mich beinah in den Wahnsinn.

Nachts wache ich schweißgebadet und schreiend auf, träume davon, dass John mir Samuel wegnehmen will. Tagsüber zucke ich bei jedem Motorengeräusch vor meinem Haus zusammen, weil ich denke, es könnte vielleicht Jonathans Motorrad sein. Oder sein Auto. Oder … Ach, was weiß ich denn.

Mir ist in den letzten Tagen eines klar geworden: Ich muss ihn kontaktieren und ihm erzählen, dass er einen Sohn hat. Im Prinzip habe ich das immer tun wollen. Ich habe nur nie den richtigen Zeitpunkt gefunden. Und wenn ich es nicht jetzt mache, dann werde ich das auch nie tun. Und ich will nicht, dass John mir das eines Tages vorwerfen kann. Oder noch schlimmer: Dass Sam mir eines Tages vorwirft, ich hätte ihm seinen Vater vorenthalten.

Er hat genug Zeit ohne ihn verbringen müssen. Egal, wie gut ich es dabei gemeint habe, ich habe mich dennoch oft gefragt, ob es wohl der richtige Weg gewesen ist.

Wenn man Dinge nur lang genug verheimlicht, dann vergisst man irgendwann, dass man eigentlich mit einer Lüge lebt. Und ich habe keine Lust mehr darauf, noch länger zu lügen.

Ich würde gern handeln, mit John reden, dann mit Sam reden. Aber alles, was ich machen kann, ist warten. Ein Tiger im Käfig könnte sich nicht viel schlimmer fühlen als ich mich gerade.

Den Montag bekomme ich mehr schlecht als recht herum, der Dienstag ist noch schlimmer, am Mittwoch habe ich das Gefühl, ich muss durchdrehen.

Erneut überprüfe ich alle Möglichkeiten, mit John in Kontakt zu treten. Ich kann und will ihm keine Nachricht über irgendein Fanpostfach zukommen lassen, bei dem ich nicht weiß, wer seine Post dort in die Finger bekommt. Die *Sick Theories* haben sich zwar schon vor über zwei Jahren aufgelöst, und soweit ich das verfolgen konnte, hat der Medienrummel um John danach deutlich abgenommen. Trotzdem bin ich mir ziemlich sicher, dass er noch genug Fanpost bekommt, um diese nicht komplett selbst bearbeiten zu können. Das will er vermutlich auch gar nicht.

Ihm auf diesem Weg die Nachricht zukommen zu lassen, dass er seit acht Jahren einen Sohn hat, finde ich beinah noch geschmackloser, als es ihm all die Jahre verschwiegen zu haben. Die Alternative wäre natürlich, ihn zu bitten, dass er sich mal bei mir melden soll. Allerdings bin ich mir in diesem Fall ziemlich sicher, dass ich mir die Mühe sparen kann, weil er sicher Hunderte solcher Nachrichten bekommen wird.

Ich zerbreche mir den Kopf darüber, wie ich ihn erreichen kann, aber mir fällt keine Möglichkeit ein.

Stattdessen schreibe ich wie eine Geisteskranke an meinem Krimi, um mich irgendwie abzulenken. Das Opfer in meinem neuen Roman ist gerade in einem Keller eingesperrt worden und verbringt die Zeit genau wie ich mit quälendem Warten.

Allerdings muss ich zugeben, dass quälend im Falle meiner Romanfigur doch etwas wörtlicher zu nehmen ist.

+++

Der Schweiß läuft John den Rücken herunter und er ist völlig außer Atem. Sein Herz rast so schnell, dass es ihn wundert, dass es nicht einfach aufgibt, aber er macht immer weiter. Seinen Gegner hat er längst in die Ecke gedrängt, trotzdem schlägt er zu. Viel härter als erforderlich. Immer wieder. So lang, bis ihn jemand zurückreißt und festhält.

„John, Mann, jetzt mach mal halblang! Du hättest ihm fast die Nase gebrochen ..." Sein Trainer klingt besorgt und ärgerlich. „Ich glaube, du hast eindeutig genug für heute, mein Junge!" Bestimmt wird er in Richtung Umkleiden geschoben, wo John sich wütend auf die Bank fallen lässt.

„Was ist denn heute los mit dir, Mann?"

„Ach, Scheiße, lass mich in Ruhe!"

Kopfschüttelnd wird er schließlich allein gelassen.

Wie ein gehetztes Tier springt John wieder von der Bank auf. Ein paar Mal läuft er auf und ab, aufgebracht und aufgewühlt, dann lässt er seine Faust mit voller Kraft gegen die Wand krachen. Er kann spüren, wie seine Fingerknöchel aufplatzen und erst, als der Schmerz einsetzt, schafft er es, wieder ein bisschen runterzukommen.

Seit er Hope wiedergetroffen hat, ist er völlig durch den Wind.

Sie spukt in seinem Kopf herum, so schlimm wie schon seit Jahren nicht mehr. Verfolgt ihn bis in den Schlaf und er könnte beinah schwören, dass selbst sein Essen irgendwie nach ihr schmeckt.

Er war sogar im Studio und hat das alte Lied für sie umgeschrieben und eingespielt.

Fahr zu ihr hin. Fahr doch einfach wieder zu ihr hin, statt dich hier zu quälen.

Er würde der Versuchung gern nachgeben, allerdings ist er sich ziemlich sicher, dass das nicht lang helfen würde. Wie bei einer Droge würde das Hochgefühl nur so lang anhalten, wie er bei ihr wäre und danach … kämen Absturz und Entzug.

Sie hat mich verdammt noch mal vor die Tür gesetzt! Noch viel deutlicher kann sie mir wohl kaum machen, dass sie mich immer noch nicht will.

Und er selbst?

Er hat jahrelang versucht, sein gebrochenes Herz zu heilen. Er wäre beinah dabei vor die Hunde gegangen. Das mit Hope war ein wunderschönes Märchen, das bei der erstbesten Alltagsbelastung ohne Happy End ausgegangen ist. Weil das Leben eben die beschissene Realität ist und kein Märchen. Leider war er ein kleiner, naiver Junge, den diese Erkenntnis völlig aus der Bahn geworfen hat.

Fast hätte er das nicht überlebt.

Sich diesem Risiko noch einmal auszusetzen, wäre der blanke Wahnsinn.

Er sollte Abstand zu ihr halten. So viel Abstand wie möglich. Am besten sollte er gleich ans andere Ende des Kontinents umziehen.

Johns gute Vorsätze haben genau einen einzigen Tag lang Bestand. Dann steht er, in seinem Auto sitzend, vor ihrer Tür. Naja, nicht ganz vor ihrer Tür. Er hat so geparkt, dass sie ihn aus keinem ihrer Fenster sehen kann.

Eine halbe Stunde lang ringt er mit sich, ob er nun bei ihr klingeln oder einfach den Motor wieder starten und zurückfahren soll.

Schließlich fährt er sich mit beiden Händen durchs Gesicht, zieht dann den Schlüssel aus dem Schloss und steigt aus.

Was willst du ihr eigentlich sagen, wenn sie dir die Tür aufmacht und fragt, was du hier willst, du Held?

„Halt die Schnauze, Arschloch!", sagt er laut zu sich selbst, bevor er all seinen Mut zusammennimmt und auf den Klingelknopf drückt.

Aber es ist nicht Hope, die ihm öffnet, sondern ein kleiner, dunkelhaariger Junge mit braunen Augen, die ihm komischerweise an irgendwen erinnern.

Der Junge mustert ihn kurz, dann dreht er sich um.

„Mommy ... Das ist nicht Tante Val. Das ist irgendein Mann!"

Ein paar Sekunden später steht Hope an der Tür. Er kann sehen, wie sie deutlich nach Luft schnappt, als sie John sieht, dann blass und anschließend rot wird.

Sie beugt sich zu dem Jungen hinunter und gibt ihm einen Kuss.

„Sei so gut und lauf rüber zu Tante Val, okay, Sam? Bleib ein bisschen bei ihr. Ich komme dich nachher abholen."

Einen Moment schaut der Junge verwundert von John zu Hope und wieder zurück, dann zuckt er mit den Schultern, nimmt seine Jacke vom Haken und schlendert gemütlich über die Einfahrt davon.

Kapitel 13

„John …“ Ich beiße mir nervös auf die Unterlippe, weil ich gerade völlig überfordert bin. „Willst du vielleicht reinkommen?“

Johns tiefbraune Augen, die denen von Sam so sehr ähneln, mustern mich durchdringend, bevor er nickt. Ebenfalls nickend drehe ich mich um, gehe in die Küche, und bedeute ihm, mir zu folgen.

Ich hatte gehofft, ihn wiederzusehen, um mit ihm über Samuel zu sprechen. Aber jetzt, wo er hier ist … da habe ich auf einmal Angst und weiß nicht, wie ich es am besten angehen soll. Am liebsten würde ich feige sein und das Thema einfach umgehen. Selbst wenn es das eigentliche Problem natürlich nicht beseitigen, sondern höchstens aufschieben würde. Und noch verschlimmern vermutlich, weil ich eine gute Gelegenheit vertan hätte.

John zieht seine dicke Jacke aus, als er in der warmen Küche ankommt, zögert kurz und geht dann zurück in den Flur, um sie an die Garderobe zu hängen. Kurz muss ich gegen meinen Willen lächeln, anscheinend ist ihm mein Hang zur Ordnung nicht entgangen. Als er zurückkommt, trägt er ausgewaschene Jeans und einen dunkelgrauen Troyer mit Knöpfen statt Reißverschluss. So lässig seine Sachen auch aussehen mögen, ich möchte beinah wetten, dass sie den Wert meines halben Monatsgehaltes haben. Und dabei verdiene ich wirklich nicht gerade schlecht.

Scheinbar ganz gelassen schiebt er einen Stuhl zurück, bevor er sich hinsetzt, die langen Beine ausgestreckt und an den Fußknöcheln überkreuzt. Trotzdem erkenne ich, dass er nervös ist, weil sein rechtes Augenlid ein klein wenig zuckt, so wie es das immer tut, wenn er aufgeregt ist.

„Möchtest du einen Tee, John?", frage ich ihn, um die unangenehme Stille, die entsteht, zu unterbrechen, um etwas zu tun zu haben und um Zeit zu schinden.

„Gern." Er schenkt mir ein nervöses Lächeln, bevor ich mich umdrehe, um den Wasserkessel aus dem Schrank zu nehmen.

Frag ihn, warum er hier ist. Bevor er unangenehme Fragen stellen kann!

Während ich den Wasserkessel mit Wasser befülle, höre ich, wie John sich hinter mir räuspert. Zweimal. Er ist, aus welchen Gründen auch immer, anscheinend wirklich genauso nervös wie ich.

„War das eben wirklich dein Sohn, Hope?"

Zu spät.

Adrenalin schwappt als heiße Welle in mir hoch und um ein Haar hätte ich den Wasserkessel fallen lassen.

„Ja", antworte ich, viel ruhiger, als ich es tatsächlich bin. Ich stelle den Teekessel auf den Herd, höre dem vertrauten Klickgeräusch des Gasherdes zu, bis die Flamme unter dem Kessel brennt. Anschließend hole ich die Teekanne aus dem Schrank und messe den Tee ab. Dann setze ich mich zu John an den Tisch.

Jetzt oder nie.

„Ja", wiederhole ich, während ich sein Gesicht mustere. „Sam ist mein Sohn. Und er ist auch dein Sohn."

Einen Moment lang kann ich Unglauben und Erstaunen in Johns Gesicht erkennen, dann versteinert es, er schottet sich vor mir ab und bleibt schweigend am Tisch sitzen. Wie erstarrt. Was ich ihm beim besten Willen nicht übel nehmen kann. Ich bleibe auch sitzen. Was soll ich auch sonst tun?

Irgendwann unterbricht das Pfeifen des Teekessels die Stille. Langsam stehe ich auf und gieße das kochende Wasser in die vorbereitete Teekanne, nehme zwei Tassen aus dem Schrank und stelle alles wieder auf den Tisch. Die Routine, die Normalität dieser Handlung beruhigen mich, obwohl mir die Hände dabei zittern. Die Minuten, die wir mit Schweigen verbringen, kommen mir wie Stunden vor. Vielleicht sogar wie Jahre. Erst als ich uns beiden Tee eingeschenkt habe und John den ersten Schluck getrunken hat, scheint wieder Regung in ihn zu kommen.

„Wie alt ist Sam?“ Johns Mimik ist nach wie vor kaum zu deuten.

„Er ist acht.“ Ich trinke einen Schluck Tee, der so heiß ist, dass ich mir die Zunge daran verbrenne, aber ich merke es kaum.

„Ich ...“ Er schüttelt den Kopf, dann reibt er sich mit beiden Händen durch sein Gesicht. „Ich muss jetzt gehen.“

Ohne ein weiteres Wort zu verlieren, steht er auf, zieht seine Jacke an und geht. Lässt mich einfach stehen.

Obwohl ich das wahrscheinlich irgendwie verdient habe und seine Reaktion wohl sehr verständlich ist, habe ich trotzdem das Gefühl, ungerecht behandelt zu werden.

Wenn ich genau darüber nachdenke, wird mir auch klar, warum: Irgendwo, in einem gut verborgenen Winkel meines Herzens, hatte ich immer ein bisschen die abstruse Hoffnung, dass John sich freuen würde, dass wir ein gemeinsames Kind haben. Dass uns das eines Tages wieder zusammenbringen würde oder so etwas in der Art. Natürlich sind das Gedanken, die mein analytischer Verstand nie bewusst zugelassen hat. Aber trotzdem tut es jetzt weh. Und dass es mir wehtut, ärgert mich, weil es mir vor Augen führt, wie naiv mein blödes Gefühlsleben manchmal ist.

Jetzt stehe ich hier und starre auf die Haustür, die hinter John ins Schloss gefallen ist. Und als ich den Motor seines Autos anspringen höre, fange ich an zu weinen. So verzweifelt wie seit Jahren nicht mehr. Irgendwie fühlt es sich so an, als hätten John und ich uns erneut voneinander getrennt.

Kapitel 14

Die nächste Woche vergeht noch langsamer und quälender als die vorherige, auch wenn ich das vorher kaum für möglich gehalten hätte. Von John kommt keine Reaktion. Und auch wenn Sam wohl ahnt, dass irgendetwas nicht stimmt, hat er zum Glück zu wenig Ahnung von der Musik, die vor ein paar Jahren mal in war, als dass er John bei ihrer kurzen Begegnung erkannt hätte.

Mir geht es schlecht. Ich kann nicht mehr schlafen und habe keinen Hunger mehr. Ich fühle mich, als würde ich auf ein Todesurteil warten, von dem ich nicht weiß, wann und ob überhaupt es je über mich gefällt werden wird.

Valerie kommt jeden Tag zu mir und tätschelt mir besorgt die Hand. Mein Bruder seufzt, wenn er mich sieht. Meine Eltern beobachten mich besorgt, als sie vorbeikommen, um einen Nachmittag mit Samuel zu verbringen, aber sie fragen vorsichtshalber nicht, was mit mir los ist.

Ich habe mir diese Situation selbst zuzuschreiben, natürlich habe ich das. Hätte ich Jonathan von Anfang an gesagt, was los ist, dann wäre ich jetzt nicht in dieser Situation. Aber ich bin eben nicht nur eine meistens rational denkende Frau, sondern auch eine Mutter. Und als Mutter war es mir unmöglich, das zu tun, was vielleicht das Vernünftigste gewesen wäre.

Als ich am Freitag nichts Böses ahnend dem Postboten die Tür öffne, fühle ich mich, als wäre ich schon halb verrückt geworden. Und als er mir dann ein Einschreiben einer mir nicht bekannten Anwaltskanzlei überreicht, stehe ich kurz davor, komplett durchzudrehen.

So wirklich gut beieinander warst du ja noch nie, Hope.

Als ich mich vorsichtshalber hinsetze, bevor ich den Brief öffne, ist mir speiübel.

Und nachdem ich ihn gelesen habe, bin ich kurz davor, mich zu übergeben.

Johns Anwalt schreibt mir in kurzen und knappen Worten, dass Jonathan Zeit mit seinem Sohn verbringen möchte und sie, sollte ich nicht kooperieren, auch vor Gericht gehen werden, um seine Ansprüche durchzusetzen. Er teilt mir eine Telefonnummer sowie einen Termin mit, an dem Genaueres besprochen werden soll.

Für mich fühlt sich das an wie eine Ohrfeige. Eine ziemlich harte.

Und es ist genau das, was ich immer befürchtet habe. Dass mein scheißreicher Exmann mit seinen hoch bezahlten Anwälten ankommt, um mir mein Kind wegzunehmen. Hätte er nicht einfach mit mir reden können, statt gleich seinen Anwalt einzuschalten?

Du hast ja auch jahrelang nicht mit ihm geredet.

Aber ich habe auch keinen verdammten Anwalt eingeschaltet!

Ich bin gerade furchtbar wütend und habe schreckliche Angst.

Ärgerlich zerknülle ich den Brief und werfe ihn in den Mülleimer, um ihn gleich wieder herauszufischen und glatt zu streichen. Ich muss dringend Mike anrufen, der einen Freund hat, der Anwalt ist und mir hoffentlich weiterhelfen kann. Bei dem Gedanken daran, selbst auch einen Anwalt zu haben, geht es mir gleich ein bisschen besser. Entschlossen nehme ich das Telefon in die Hand und will gerade Vals Nummer wählen, als es zu klingeln beginnt. Vor lauter Schreck lasse ich es fallen und ich habe Herzrasen, als ich es in letzter Sekunde schaffe, es wieder aufzufangen.

„Petterson?“ Ich klinge furchtbar, als ich abhebe.

„Hope!“ Die Stimme am anderen Ende kann ich zunächst nicht zuordnen. „Hier ist Ronald! Du hörst dich entzückend an.“

Ronald!

Der hat mir gerade noch zu meinem Glück gefehlt.

„Hallo, Ronald“, brumme ich in den Hörer und klinge dabei so genervt, dass ich hoffe, er legt gleich wieder auf. Aber eigentlich sollte ich es besser wissen.

„Nachdem du dich nicht mehr bei mir gemeldet hast, denke ich mal, dass du meine Telefonnummer bestimmt verloren hast.“

Nein, das war definitiv nicht der Grund.

Ich will etwas sagen, aber Ronald fährt unbeirrt fort. „Wir sollten uns dringend wiedersehen!“

Auf gar keinen Fall!

„Wie wäre es denn am Samstag?“

„Ron, hör mal, es passt mir gerade gar nicht …“, unterbreche ich ihn jetzt doch. „Und ich glaube auch, dass das mit uns nichts wird.“

„Dann vielleicht nächsten Samstag?“ Ron lässt nicht locker und ich verdrehe die Augen. Wie kann man nur so ignorant sein?

„Ronald, ich habe im Moment einfach zu viel zu tun und ich denke, das wird nichts mit uns!“ Ich hoffe, das war deutlich genug, ich habe keine Lust, wirklich unhöflich werden zu müssen. „Ich muss jetzt auflegen“, schiebe ich schnell noch nach und lasse dann meinen Worten Taten folgen.

Nachdem ich aufgelegt habe, bekomme ich furchtbare Kopfschmerzen.

Kann dieser Tag wirklich noch beschissener werden? Ich kann es mir kaum vorstellen. Der Gedanke, mich heute Abend so lang zu betrinken, bis mir alles egal ist, macht sich aufdringlich in meinem Kopf breit. Leider bin ich zu alt für so etwas und zu vernünftig. Außerdem habe ich die Verantwortung für ein Kind und am nächsten Tag Probleme plus einen fetten Kater zu haben, ist auch nicht unbedingt das, was ich als erstrebenswerten Zustand bezeichnen würde.

Du bist eine furchtbare Langweilerin!

Tief seufzend stecke ich den zerknitterten Brief ein und ziehe mir meine Jacke an, um zu Val und Mike hinüberzugehen.

Meinem Bruder treibt es die Zornesröte ins Gesicht, als er den Brief von Jonathans Anwalt durchliest.

„Der spinnt doch wohl! Samuel ist *dein* Kind! Du hast dich all die Jahre allein um ihn gekümmert und jetzt meint er einfach so ankommen und irgendwelche *Rechte* einfordern zu können?" Mikes Hände ballen sich neben seinem Körper zu Fäusten und ich erwarte beinah, dass er gleich mit einem lauten Knall explodiert.

„Mike, er konnte sich vorher nicht um Sam kümmern, weil er gar nicht wusste, dass es ihn überhaupt gibt." So sehr ich mich auch über diesen Brief ärgere, sind diese Vorwürfe ja nun wirklich ungerecht.

Mein Bruder schnaubt nur verächtlich und tut ansonsten so, als hätte er meine Einwände gar nicht gehört. In einem früheren Jahrhundert hätte er jetzt vermutlich zu seinen Waffen gegriffen und Jonathan zum Duell herausgefordert.

Stattdessen greift er, ganz der moderne Mann, zum Telefon und ruft seinen Anwaltskumpel an.

Zwei Stunden später sitze ich mit meinem neuen Anwalt am Tisch.

Mein Anwalt!

Mir selbst einen Anwalt genommen zu haben, sorgt dafür, dass ich mich schon nicht mehr ganz so hilflos und ohnmächtig fühle wie noch vor wenigen Stunden.

In aller Ruhe liest er den Brief, ohne eine Miene zu verziehen. Dann lässt er sich von mir alle wichtigen Fakten über Sam, John und mich erzählen.

Zuletzt tätschelt er beruhigend meine Hand.

„Machen Sie sich keine Sorgen, Ms. Petterson. Bei einem Mann mit der Vergangenheit ihres Exmannes lässt sich zur Not immer ein netter Skandal finden, den man in so einem Fall gegen ihn verwenden kann."

Meine Kopfschmerzen kehren zurück und ich massiere meine Nasenwurzel in der Hoffnung, sie damit wieder vertreiben zu können.

„Eine Schlammschlacht ...", sage ich nachdenklich. „Das ist eigentlich das Letzte, was ich will."

Mein neuer Anwalt lehnt sich zurück und verschränkt die Arme.

„Und was wollen sie stattdessen?"

Kapitel 15

+++

„Der Anwalt Ihrer Exfrau hat uns geschrieben, Mr. Petterson."

Bei diesen Worten zuckt John kurz zusammen. Sie hat sich einen Anwalt genommen? Aber gut, er hat ja auch einen. Also ist es im Prinzip nicht verwunderlich. Trotzdem ist es irgendwie ein seltsames Gefühl. Es erinnert ihn schmerzhaft an ihre Scheidung. John ist sich mittlerweile ohnehin nicht mehr so ganz sicher, ob er mit der ganzen Anwaltssache nicht ein bisschen übers Ziel hinausgeschossen ist. In seiner ersten Verwirrung schien ihm das eine vernünftige Reaktion zu sein, aber inzwischen …

„Ich fürchte, unser Brief ist auf wenig Gegenliebe gestoßen. Meistens ist es bei solchen … Angelegenheiten besser, wenn man sie irgendwie persönlich zu klären versucht."

Angelegenheiten! Weder Hope noch sein … Sohn sind eine *Angelegenheit,* aber das scheint ein Detail zu sein, das den offenbar etwas beschränkten Horizont seines sonst sehr zuverlässigen Anwalts übersteigt.

Als er von Hope zurückkam, war er verwirrt und wütend. Er hat einen Sohn und sie hat ihn jahrelang darum gebracht, ihm ein Vater sein zu können. Vielleicht hätte er es vor ein paar Jahren gar nicht gewollt und vielleicht wäre er auch gar nicht dazu in der Lage gewesen. Aber er hätte zumindest gern die Möglichkeit gehabt, das selbst zu entscheiden.

+++

Immer wenn Samuel nachmittags aus der Schule nach Hause kommt, muss ich mich zusammenreißen, um ihn nicht stundenlang zu umarmen, abzuknutschen und dabei in Tränen auszubrechen. Ich habe das völlig irrationale Gefühl, dass John mir meinen Sohn wegnehmen möchte. Was natürlich völliger Schwachsinn ist, denn in dem Brief stand schließlich nur etwas davon, Zeit mit ihm zu verbringen und nichts davon, mir das Sorgerecht wegnehmen zu wollen.

Eigentlich sollte ich mich darüber freuen, dass er einen Vater hat, der Zeit mit ihm verbringen möchte. Aber stattdessen bekomme ich jedes Mal einen halben Panikanfall, wenn ich nur daran denke.

Ich will mit Jonathan reden. Vielleicht geht es mir dann besser. Der Vorsatz, mit John über irgendwas reden zu wollen, scheint zu meinem neuen Standardrepertoire zu gehören und ich kann nicht behaupten, dass mir das sonderlich gut gefällt. Und wenn ich mit Jonathan geredet habe … dann muss ich auch mit Sam reden. Seit Tagen zerbreche ich mir den Kopf darüber, was ich ihm sagen will.

Ich habe Angst davor, dass er von seinem Vater furchtbar enttäuscht sein wird. Denn John ist mittlerweile ja ein Fremder für mich, dessen Verhalten ich kaum noch einschätzen kann. Allein dass er sofort seinen Anwalt eingeschaltet hat, zeigt mir, dass ich ihn kaum noch kenne.

Bis zum Gesprächstermin mit John scheinen Ewigkeiten zu vergehen. Als wir uns in dem nüchternen Büro meines Anwalts treffen, kann ich erkennen, dass John ebenso nervös ist, wie ich es bin.

Und er sitzt genauso schweigend am Tisch wie ich auch. Unsere Anwälte sitzen neben uns und verhandeln über unsere Köpfe hinweg über diese „delikate Angelegenheit". Sie sprechen über Besuchszeiten und Besuchsrechte und als sie die Feiertage zu verteilen anfangen und irgendetwas über Unterhalt zu erzählen beginnen, wird mir plötzlich alles zu viel. Ich spüre, wie sich in meinen Augen Tränen sammeln und meine Unterlippe anfängt zu zittern, während sich meine Kehle wie zugeschnürt anfühlt.

Nicht heulen, nicht jetzt bitte!

Mühsam versuche ich mich gerade hinzusetzen, die Brust herauszustrecken, tief durchzuatmen, alles zu tun, um die blöden, peinlichen Tränen zu vertreiben. Ich blinzle heftig, aber das furchtbare Gefühl will einfach nicht besser werden. Im Gegenteil, jetzt fühlt es sich auch noch so an, als würde ich keine Luft mehr bekommen. Ich bekomme Panik, aber ich fühle mich nicht in der Lage, irgendetwas dagegen zu machen.

Als ich eine Hand auf meiner spüre, bin ich zu erstaunt, um meine sofort wegzuziehen. Und noch erstaunter bin ich, dass es Johns Hand ist, die jetzt so beruhigend und warm auf meiner liegt.

„Meine Herren …", er räuspert sich, bevor er weitersprechen kann „ … wenn Sie uns eine halbe Stunde entschuldigen würden. Ms. Petterson und ich werden jetzt spazieren gehen und die *Angelegenheit* besprechen. Ich bin mir sicher, dass wir zu einer Einigung kommen werden. Das Ergebnis werden wir Ihnen anschließend gern mitteilen."

Kurz schaue ich in die Gesichter unserer Anwälte, die gerade nicht minder verwirrt aussehen, als ich es vermutlich tue. Dann lasse ich mich von John von meinem Stuhl hochziehen und lasse zu, dass er meine Hand festhält, während er mich nach draußen führt.

Nur wenige Meter vom Bürogebäude entfernt ist ein kleiner Park.

Die kalte, klare Luft tut mir gut. Das Gefühl der Atemnot legt sich und ich beruhige mich wieder ein bisschen.

„Geht's wieder?" Johns Stimme ist besorgt.

„Ja. Es war wohl alles ein bisschen zu viel für mich ..."

Sein besorgter Blick wird von einem schiefen Lächeln abgelöst.

„Ja, für mich wohl auch." Trotz des Lächelns sieht er unendlich müde und traurig aus.

„Ach verdammt, John ..." Ich kämpfe gegen den Impuls an, ihn zu umarmen, weil mir das irgendwie der Situation nicht angemessen erscheint. Stattdessen schlinge ich meine Arme um meinen eigenen Körper.

„Ist dir kalt?"

Noch bevor ich ihm antworten kann, ist er schon dabei, seine Lederjacke auszuziehen und legt sie mir um die Schultern. Sie riecht nach ihm und plötzlich habe ich eine solche Sehnsucht nach seiner Nähe, dass mir schon wieder die Tränen kommen. Und mit Nähe meine ich nicht bloß, ihn in meiner Nähe zu haben, sondern mich ihm nahe fühlen zu können. Richtige, wirkliche Nähe ... Das Gefühl, miteinander verbunden zu sein und etwas von sich selbst mit dem anderen zu teilen. Eben so, wie es früher mal zwischen uns gewesen ist.

Dieses Gefühl macht mich traurig und es verstört mich, ich habe keine Ahnung, wie ich damit umgehen soll.

„Hättest du gern Kontakt zu Samuel?" Um darüber zu sprechen, sind wir schließlich hier, also versuche ich mich auch darauf zu konzentrieren.

„Ja, das hätte ich gern. Ich habe viel darüber nachgedacht. Er ist schließlich mein Sohn."

Nachdenklich lässt sich John auf eine Bank fallen, ich setze mich neben ihn und verkrieche mich tiefer in seine Jacke.

„Okay.“ Eine Weile lang sagen wir beide nichts und ich schiebe sinnvolle und weniger sinnvolle Dinge, die ich jetzt sagen könnte, in meinem Kopf hin und her. „Könnten wir uns darüber unterhalten, wie das ablaufen soll?“ Das ist zum Glück einer der sinnvolleren Sätze.

„Das wäre mir sehr recht.“

Ich nicke nachdenklich. „Ich würde vor dem ersten Treffen gern mit Samuel sprechen. Und vielleicht könnte ich dabei sein, wenn ihr euch das erste Mal seht? Wäre das in Ordnung für dich?“

„Ich glaube, das würde ich gut finden, ich habe ja keine Ahnung von Kindern. Können wir das eventuell gleich morgen machen? Oder ist dir das zu kurzfristig?“

Mir ist so schnell wie möglich sehr recht, das verkürzt die Zeit, in der ich mir Sorgen und unnötige Gedanken machen muss.

„Nein, das passt schon. Vielleicht gehen wir alle zusammen ins Kino und anschließend etwas essen … Burger und Pommes, wenn du dich gern beliebt machen möchtest.“

Ein nachdenkliches Lächeln stiehlt sich auf sein Gesicht.

„Er ist eben mein Sohn.“

Ich denke an Samuels braune Augen und an seine Gesichtszüge, die denen von John so sehr ähneln.

„Ja, das ist er. Ganz eindeutig.“

Kapitel 16

Unsere Anwälte haben besorgte Mienen aufgesetzt, als wir zurückkommen. Anscheinend mögen sie es nicht, wenn man Dinge ohne Vertrag löst. Aber ich fühle mich deutlich besser als heute Morgen. Ich bin John wirklich dankbar dafür, dass er immer noch einfach John ist. Auch wenn ich ihm nicht ganz so dankbar dafür bin, dass mich „einfach John" immer noch komplett aus dem Gleichgewicht bringt.

Auf der Fahrt nach Hause überlege ich mir, was ich Samuel jetzt sagen soll. Mir kommen zig verschiedene Ansätze für eine Gesprächseröffnung in den Sinn, die ich alle wieder verwerfe. Als ich zu Hause aus dem Auto steige, bin ich kein bisschen schlauer, und als Sam ein paar Stunden später nach Hause kommt, auch nicht.

„Hi Mom!" Er wirft seine Schultasche achtlos in die Ecke, aber ausnahmsweise schimpfe ich mal nicht. Das allerdings scheint ihn zu irritieren. Als würde etwas fehlen, bleibt er stehen, denkt einen Moment nach und schaut dann verwundert von seiner in der Ecke liegenden Schultasche zu mir.

Ich sollte dringend daran arbeiten, weniger vorhersehbar zu sein.

„Ist alles in Ordnung mit dir, Mommy?" Er klingt ernsthaft besorgt.

Die Tatsache, dass mein Sohn sich Sorgen um mich macht, nur weil ich nicht mit ihm schimpfe, entsetzt mich ein bisschen, muss ich zugeben.

„Ja, mit mir ist alles in Ordnung. Wir müssen nur mal reden."

Auf diese gelangweilte Art, die nur Kinder haben können, die über die unverständlichen Probleme von Erwachsenen innerlich genervt die Augen verdrehen, folgt er mir in Richtung Esstisch und setzt sich.

„Ist der Mann, der neulich hier war, John Petterson?", fragt er mich, bevor ich selbst überhaupt dazu komme, irgendetwas zu sagen. Mir bleibt fast das Herz stehen.

„Ja, das ist John Petterson", antworte ich nach kurzem Zögern wahrheitsgemäß.

„Ist er mein Vater?"

Ich höre mich selbst nach Luft schnappen und bringe nur ein schwaches Nicken zustande.

Über Sams Gesicht huscht ein Strahlen.

„Cool. Meinst du, er könnte mich mal von der Schule abholen, damit meine Freunde ihn sehen?"

Na, das war ja einfach.

„Ich denke schon, Sam. Aber vielleicht sollten wir ihn erst mal so treffen, damit du ihn ein bisschen besser kennenlernen kannst?"

„Kommst du dann mit?"

„Ja, so hatte ich es geplant."

„Muss ich ihn Daddy nennen?"

„Nein, das musst du nicht. Du kannst ihn einfach John nennen, wenn du das möchtest."

„Ja, ich glaube, das wäre mir lieber." Nachdenklich sieht er mich einen Augenblick lang an. „Ich kann mir nämlich nicht vorstellen, dass er genauso mein Dad ist, wie du meine Mom bist."

Meine Augen füllen sich schon wieder mit Tränen, das scheint langsam zu einer schlechten Angewohnheit zu werden. Etwas Schöneres hätte mein Sohn mir in dieser Situation gar nicht sagen können.

Ich kann mir auch nicht vorstellen, dass jemand je genauso dein Dad sein wird, wie ich deine Mom bin.

„Ich hab dich lieb, mein Schatz. Und du kannst deinen … du kannst John ja erst mal ein bisschen kennenlernen und dann sehen wir weiter, okay?"

„Ja, okay. Kann ich jetzt rüber zu Greg zum Spielen?"

„Hast du Hausaufgaben auf?"

„Nein, alles schon erledigt."

„Dann verschwinde. Viel Spaß!"

„Ich hab dich auch lieb, Mom!" Er gibt mir einen Kuss auf die Wange und ist schon halb zu Tür raus, als ich ihm hinterherrufe:

„Aber bevor du gehst, musst du deine Schulsachen noch wegräumen!"

Sam grinst, als er mich hört und mir geht es auch gleich viel besser.

Im Gegensatz zu mir ist Sam am nächsten Tag recht entspannt. Ich habe ihm Kino versprochen und ihn den Film aussuchen lassen, schließlich geht es hier ja um ihn und nicht um John und mich.

John holt uns pünktlich ab, und als er vor der Tür steht und klingelt, ist es Samuel, der die Tür aufmacht.

Aus einigen Metern Abstand beobachte ich, wie sich die beiden erst einmal schweigend beäugen und es fühlt sich … komisch an. Da stehen mein Sohn und der Mann, der mal meiner war und jetzt Sams Vater ist. Ich fühle mich keinem Menschen auf der Welt so nah wie meinem Sohn. Ich erinnere mich, dass ich für Jonathan mal zumindest ähnliche Gefühle hatte. Die beiden sind Fremde füreinander und trotzdem haben sie eine Verbindung zueinander, so wie sie eine Verbindung zu mir haben. Und ich … bin verwirrt, traurig, angstvoll, glücklich und gerührt zugleich.

„Hi“, sagt Sam jetzt und reicht John ganz formell die Hand. „Ich bin Samuel Jonathan Petterson.“ Meine Brust wird ganz eng, während ich gleichzeitig lächeln muss.

„Hallo, Samuel.“ John ergreift Sams ausgestreckte Hand mit der rechten und legt ihm die linke in einer freundschaftlichen Geste auf die Schultern. „Ich heiße auch Jonathan Petterson.“

„Ja, ich weiß.“ Neugierig schaut Sam John ins Gesicht. „Mom hat immer gesagt, dass ich fast wie mein Vater heiße.“

John sieht erstaunt aus und sucht meinen Blick, aber ich weiche ihm aus, weil ich gerade nicht weiß, ob ich dann nicht die Fassung verliere. Schnell drehe ich mich zur Seite, tue so, als würde ich etwas in meiner Handtasche suchen und ziehe schließlich einen Schlüsselbund daraus hervor.

„Wir müssen langsam los.“ Ich nehme Sams und meine Jacke von der Garderobe und gehe zur Tür.

John öffnet erst Sam die hintere Tür seines Wagens und dann mir die vordere, bevor er selbst ins Auto steigt.

Sein Wagen ist groß und bequem und eher unauffällig, aber ich habe von Autos wenig Ahnung. Eine ganze Weile herrscht Schweigen, bis John irgendwann das Radio anstellt. Bei einem Popsong fängt Sam verträumt an mitzusingen und John verzieht grinsend das Gesicht.

„Ich glaube, ich muss dringend mit ihm über seinen Musikgeschmack reden“, raunt er mir zu und ich muss leise lachen.

„Was das angeht, rennst du bei mir offene Türen ein“, flüstere ich zurück.

„Ich hoffe, er hat wenigstens einen vernünftigen Film ausgesucht?“

Bevor ich antworte, hole ich ganz tief Luft. Sam singt immer noch hinter mir, gar nicht mal so schlecht, aber viel zu laut.

„Er möchte in den neuesten Teil von Ice Age." Ich sage das so neutral wie möglich.

„Oh", erwidert John und ich weiß ganz genau, woran er gerade denkt. Nämlich an nichts anderes, als ich auch denke. Nervös lecke ich mir über die Lippen, während heiße Röte in mein Gesicht steigt und mir auch ansonsten ziemlich warm wird. Ich öffne das Fenster, um ein bisschen kühle Luft in das Auto zu lassen.

„Ist dir warm, meine Schöne?" Johns Stimme ist die pure Verführung. Er weiß genau, was in mir vorgeht und einen Moment lang hasse ich ihn genauso inbrünstig wie meinen blöden, verräterischen Körper, der ständig nur auf Sex aus zu sein scheint.

Hope Elizabeth Petterson, im Grunde bist du nicht viel besser als ein notgeiles Kaninchen.

+++

Ice Age!

John hat diesen verdammten Film die letzten neun Jahre gemieden wie der Teufel das Weihwasser.

Es gibt Erinnerungen, die sind neutral. Wenn wir uns erinnern, dann ist es so, als würde ein Film abgespielt werden, schwarzweiß und emotionslos. Andere Erinnerungen sind mit Gefühlen verbunden, positiv oder negativ, aber sie sind abgeschwächt, verfälscht durch die vielen Jahre, die die Ereignisse zurückliegen. Und dann gibt es Erinnerungen, die sich anfühlen, als wäre man in einer Zeitmaschine gelandet. Und wenn wir uns erinnern, dann ist es plötzlich so, als wäre alles wieder da. Das Gefühl, das Glück, die Liebe … oder auch der Schmerz. Oder beides auf einmal.

Die Erinnerung an den Abend mit Hope im Autokino gehört ganz eindeutig in die letzte Kategorie. In den vergangenen Jahren hat John mehr als einmal verflucht, dass sie dort ausgerechnet einen Film gesehen haben, der einen auch noch Jahre später ständig und an allen Ecken anzuspringen scheint.

Und jetzt ist es auch noch der erste Film, den er mit Sam sieht. Mit seinem Sohn!

+++

Nachdem John sowohl Sam als auch mich mit Getränken und Popcorn versorgt hat, setzen wir uns so hin, dass unser Sohn den Platz zwischen uns einnimmt.

Wie eine richtige Familie.

Der Gedanke ist intensiv, aber ich weiß auch, dass er ungesund für mich ist. John und ich … das ist Vergangenheit. Die einzige Zukunft, die wir miteinander haben, ist es, nun gemeinsam Eltern zu sein. Für Samuel. Eine andere Art von „wir" wird es nicht geben. Das eine Mal, dass wir aus Versehen miteinander im Bett gelandet sind, war ein Ausrutscher und soll es auch bleiben. Es ist auch so schon alles kompliziert genug. Es ist eigentlich erstaunlich, wie gut Sam es bisher aufgefasst hat, dass ich ihm seinen Vater plötzlich nach all den Jahren einfach so präsentiert habe.

Nachdenklich stopfe ich mir eine Handvoll Popcorn in den Mund, ohne die klebrige, krümelige Süße tatsächlich wahrzunehmen und tue so, als würde ich interessiert der Werbung zusehen.

„Mom? Ich muss mal zur Toilette." Sams Flüstern bringt mich zurück ins Hier und Jetzt. Ich habe keine Ahnung, warum Kinder immer dann müssen, wenn es gerade entweder unpraktisch, unpassend oder schlicht unmöglich ist. Solche Situationen müssen sich irgendwie förderlich auf ihren Harndrang ausüben. Ich höre mich selbst leicht genervt seufzen.

„Dann geh schnell, bevor der Film anfängt", flüstere ich zurück und schaue Sam hinterher, der sich an John vorbei bis zum Mittelgang vorkämpft.

Als er zurückkommt, flüstert er irgendetwas mit John, der daraufhin einen Platz aufrutscht und jetzt neben mir sitzt.

„Was denn jetzt?", frage ich John unfreundlicher, als gewollt.

„Sam sagt, er sieht auf seinem Platz nichts, weil der Typ vor ihm so groß ist. Deshalb haben wir getauscht", raunt er zurück, und als er sich zu mir rüberlehnt, erreicht mich eine warme Woge seines Dufts. Keine Ahnung, ob er mit Pheromonen angereichertes Parfüm benutzt, aber mich bringt dieser Duft dazu, auch auf die Toilette gehen zu wollen – aber nicht allein. Ich beschließe, den Rest des Films einfach nur noch durch den Mund zu atmen.

Kapitel 17

+++

Neben Hope zu sitzen, und das ausgerechnet in diesem Film, erweist sich als keine sonderlich gute Idee. Den ganzen Film über ist John peinlich darauf bedacht, sie bloß nicht zu berühren. Fast so, als ob er sich mit einer ansteckenden Seuche infizieren würde, wenn er es doch täte.

Reiß dich zusammen und benimm dich wie ein Mann!

Entschlossen greift er nach dem Popcorn in der riesigen Tüte, die sie auf dem Schoß stehen hat; dummerweise geschieht dies in genau dem Moment, als auch Hope danach greift. Ihre Hände berühren sich und beide zucken sie so heftig zurück, dass sich die Hälfte des Popcorns auf dem Fußboden verteilt.

Auf das hektische Einsammeln folgt peinliches Schweigen, das so laut zu sein scheint, dass John vom Film kaum etwas mitbekommt.

+++

Anderthalb Stunden im Dunklen neben John sitzen zu müssen, ist eine Herausforderung für sich und ich bin froh, als es vorbei ist.

Als wir hinterher etwas essen gehen, setze ich mich so weit wie möglich von ihm weg. Im Prinzip hätte ich gar nicht mitkommen müssen. Vater und Sohn verstehen sich blendend und fachsimpeln über irgendwelche Computerspiele, von denen ich keine Ahnung habe. Auch die ganze Rückfahrt über geht es um kaum etwas anderes. John verspricht Samuel, dass er ihm irgendwelche Tricks zeigen will und dass sie auf einer großen Leinwand spielen, wenn Sam ihn besuchen kommt.

John und ich verabschieden uns nur mit einem Gruß, während Sam und John sich umarmen und sich in männlicher Geste auf die Schulter klopfen. Ich muss darüber lächeln, wie cool Samuel in Johns Anwesenheit tut.

Mit sehr gemischten Gefühlen lasse ich Sam wenige Wochen später das erste Mal ein ganzes Wochenende zu Jonathan fahren. Die beiden haben sich ein paar Mal getroffen und in der näheren Umgebung etwas ohne mich unternommen. Jedes Mal kam Sam mit diesem Strahlen in den Augen wieder und hat mit einem Tonfall, der an Heldenverehrung erinnert, von seinem Vater berichtet. Während mich das auf der einen Seite freut, macht es mir auf der anderen Seite Angst, deren Grund ich nicht richtig benennen kann.

Es ist ohnehin ein komisches Gefühl, dass mein Sohn jetzt ein Wochenende bei seinem *Vater* verbringt. Ich bin so sehr und so lang vom Gefühl her sein einziger Elternteil gewesen, dass es mir einfach nicht in den Kopf will, dass da jetzt noch jemand anderer ist. Jemand, der theoretisch die gleichen Rechte hat wie ich. Sogar das gleiche Recht auf Sams Liebe.

Wenn ich ganz ehrlich zu mir selbst bin, muss ich wohl zugeben, dass ich entsetzlich eifersüchtig bin. Aber Samuel zuliebe versuche ich, dieses Gefühl zu ignorieren. Er kann schließlich am allerwenigstens für die vertrackte Situation und er hat ein Recht darauf, auch seinen Vater lieben zu dürfen. Von ganzem Herzen und ohne sich Sorgen machen zu müssen, dass mich das verletzen könnte.

Dennoch muss ich mich an die Situation erst gewöhnen und das fällt mir alles andere als leicht.

Valerie und Mike laden mich abends zum Essen ein, nachdem ich ein Date mit dem lieben Ronald gerade noch so vermeiden konnte. Er erweist sich als hartnäckiger als befürchtet. Vielleicht sollte ich meine Telefonnummer ändern. Oder hundert Kilo zunehmen und aufhören, mir die Haare zu waschen, dann könnte sich das Problem mit ihm von selbst erledigen.

Ich bedauere es trotzdem fast ein wenig. Wäre er nur ein bisschen weniger in sich selbst verliebt, wäre dieses Wochenende perfekt gewesen, um sich zu einem Date zu verabreden und auf andere Gedanken zu kommen.

Als ob du an etwas anderes denken würdest als an John und Sam.

Beim Sex vielleicht schon!

Als ob du Lust auf einen anderen als J…

Bevor ich den Gedanken zu Ende denken kann, schnappe ich mir eine Flasche Wein, um zu meiner besten Freundin und meinem Bruder zu gehen.

Der Abend dort vergeht erstaunlich schnell, ich hatte fest damit gerechnet, dass ich mich mehr quälen müsste, um die Zeit irgendwie herumzubekommen. Vielleicht liegt es daran, dass vor allem Mike fast genauso sehr leidet wie ich. Für ihn ist die Bedrohung ja noch viel konkreter. Er hat bisher die Rolle der Vaterfigur in Sams Leben eingenommen. Und dass es da nun einen anderen gibt, das bereitet ihm genauso viel unsinnige Angst wie mir auch.

Aber auch wenn es abgedroschen klingen mag: Geteiltes Leid ist eben halbes Leid. Mir geht es deutlich besser, als ich nachts mit einem kleinen Schwips zurück nach Hause laufe und ich kann sogar gut schlafen, was aber vielleicht auch am Rotwein liegen mag.

+++

Obwohl John von Kindern überhaupt keine Ahnung hat, ist er von Sam absolut hingerissen. Sie waren zusammen essen, im Kino und im Aquarium und haben bis spät in die Nacht Comicverfilmungen angeschaut. Der Junge ist still und intelligent, hat aber bedauerlicherweise einen entsetzlichen Musikgeschmack. Noch schlechter sind eigentlich nur seine Fähigkeiten beim *Commander of the Universe*-Spielen, auch wenn er ihm von diesem Spiel bei ihrem ersten Treffen permanent vorgeschwärmt hat.

Als John seinen Sohn gerade das dritte Mal in Folge besiegt hat und dabei ist, sich zu überlegen, ob man wohl zwischendrin mal extra schlecht spielen sollte, um Kinder gewinnen zu lassen, klingelt sein Telefon. Kurz denkt er darüber nach, den Anruf zu ignorieren, aber da kaum jemand seine Nummer hat, kann es nur wichtig sein.

„Ich muss da mal kurz drangehen, mein Junge. Du kannst ja solange den Trick versuchen, den ich dir gezeigt habe.“ Freundschaftlich klopft er Sam auf die Schulter, bevor er sich aus dem Spiel ausklinkt und zum Telefon greift.

„Hi John, ich bin's, Bruce!“

„Hey Bruce.“ Etwas zögerlich begrüßt John seinen alten Manager.

„Hör zu, Kumpel, ich weiß, dass du dich zur Ruhe gesetzt hast und auch dabei bleiben willst. Aber ich habe heute ein Angebot für dich bekommen … Plony-Records will dich unbedingt wieder unter Vertrag nehmen und …“

„Du brauchst gar nicht weiterreden. Ich will das nicht mehr und du weißt selbst am besten, dass die Jungs sich zum Teil so zerstritten haben, dass wir nie wieder als Band auftreten werden. Und mit einer anderen Band zu spielen, kommt für mich nicht infrage!“

„John, du hast mich nicht ausreden lassen. Sie wollen dich nicht mit einer Band, sondern allein. Ein Soloalbum! Und die Bezahlung kann sich auch sehen lassen.“

„Bruce … Ich …“ Mit der Hand fährt er sich durch sein Gesicht.

Ein Soloalbum!

Verdammt, da hat er so lang von geträumt. Als die Band sich zerstritt, hätte er einiges für diese Möglichkeit gegeben. Aber jetzt?

„Das ist eine Riesenchance, John! Du solltest das nicht so leichtfertig ablehnen. Pass auf, ich schicke dir das Angebot einfach mal zu, dann kannst du in Ruhe darüber nachdenken. Schlaf ein paar Nächte drüber. Sonst bereust du es hinterher! Ich melde mich in zwei Wochen wieder, dann reden wir noch mal in Ruhe.“

Nach dem Austausch von ein paar Belanglosigkeiten beendet John das Gespräch wieder.

Nachdenklich geht er zurück zu Sam, der noch immer verzweifelt den Trick von vorhin zu schaffen versucht.

„Das klappt doch schon viel besser!“

„Hm, findest du?“

„Ja, klar. Du musst nur ein bisschen üben.“

„Vielleicht. Kann ich das nächste Mal wieder üben, wenn ich bei dir bin?“

„Klar, das machen wir. Und weißt du was? Solange nimmst du einfach meine Gamebox mit. Was hältst du davon?“

+++

Kapitel 18

Es kostet mich all meine Selbstbeherrschung, nicht sofort aus dem Haus zu stürmen, meinen Sohn aus dem Auto zu zerren und in meine Arme zu reißen, als Johns Auto vor meinem Haus anhält. Also atme ich ein paar Mal tief durch und zähle bis zwanzig, bevor ich gemessenen Schrittes zur Haustür gehe.

Wenn ich bei meinem Sohn Freude und eine enthusiastische Umarmung erwartet habe, habe ich weit gefehlt. Statt sich seiner Mutter freudig in die Arme zu werfen – immerhin haben wir uns zwei Tage nicht gesehen –, hebt er nur lässig die Hand, bevor er mit seinem Rucksack in der Hand an mir vorbei ins Haus schlurft und ein gelangweiltes „Hi Mum" von sich gibt.

John beobachtet das Szenario schmunzelnd, während er irgendwas aus dem Kofferraum holt, um es ins Haus zu tragen.

„Hallo, Hope", sagt er und küsst im Vorbeigehen meine Schläfe, woraufhin meine Libido gleich wieder anfängt Samba zu tanzen. Und ich fange an, mich zu ärgern. Darüber, dass mein Sohn mich nicht richtig begrüßt. Darüber, dass John heute wieder so toll aussieht und mir einfach so einen Kuss gibt. Darüber, dass mein Körper so auf ihn reagiert, obwohl das das Letzte ist, was ich gebrauchen kann. Und darüber …

„Ähm, John, was genau ist das eigentlich?" Ich deute auf den schwarzen Plastikquader, den er gerade in Sams Zimmer trägt.

„Eine Gamebox", antwortet er völlig neutral.

„Das sehe ich selbst, aber was soll das Ding in Sams Zimmer?“ John ist schon wieder auf dem Weg nach draußen und dreht sich im Gehen halb zu mir um.

„Na, er hat doch selbst keine!“

Nein, zum Glück hatte er bisher keine!

Eilig renne ich hinter John her.

„Er soll auch keine haben! Außerdem hat er auch gar keinen Fernseher in seinem Zimmer, an die er das Ding an…“ Mein Blick fällt auf das, was John noch aus dem Kofferraum holt. „Das ist jetzt nicht dein Ernst!“

„Natürlich! Du hast doch selbst gesagt, dass er keinen Fernseher hat. Jetzt hat er einen.“

Hastig stürze ich hinter John her und in Sams Zimmer, wo die beiden bereits darüber fachsimpeln, wo sie das Gerät am besten hinstellen. Am liebsten würde ich sie laut anschreien, allerdings weiß ich, dass das nicht viel bringen wird.

„John, kann ich dich bitte mal kurz sprechen? Allein?“

Sofort dreht sich Samuel wie von der Tarantel gestochen zu mir herum, er kennt diesen Tonfall wohl schon. „Mom! Das kannst du nicht machen, das ist ein Geschenk!“

Um nicht völlig durchzudrehen, schließe ich kurz die Augen.

„John?“

„Ich komme schon.“

Wenigstens hört er aufs Wort …

„Du kannst doch Sam nicht solche Geschenke machen, ohne vorher mit mir zu sprechen!“, schimpfe ich ein paar Sekunden später in meiner Küche.

„Warum denn nicht? Es ist ein Geschenk. Und alle Jungs haben eine Gamebox. Und einen Fernseher.“

„Aber Sam ist erst acht!“

„Und?“ Jonathan verschränkt die Arme vor der Brust. Mein Blick fällt auf seine muskulösen, tätowierten Unterarme; für einen kurzen Moment komme ich völlig aus dem Konzept.

„Er ist zu klein, um schon einen Fernseher im Zimmer zu haben! In dem Alter sollten die Eltern kontrollieren, was und wie lang ihre Kinder fernsehen. Und auch, wie lang sie Computerspiele spielen!“

„Bitte verzeih mir, dass ich die letzten Jahre wenig Gelegenheit dazu hatte, die Bedürfnisse meines Sohnes kennenzulernen.“

Okay. Das sitzt.

„John ...“

„Ich habe ihm ein Geschenk gemacht, Hope, und er freut sich darüber. Ich werde es auf gar keinen Fall wieder mitnehmen. Ihr werdet schon eine Regelung finden. Sam erscheint mir doch ziemlich vernünftig für sein Alter.“

Mit diesen Worten verlässt John die Küche wieder und kurze Zeit später höre ich ihn mit Sam gut gelaunt weiter die dämliche Gamebox aufbauen.

Kopfschüttelnd lasse ich mich auf einen Stuhl sinken und sitze dort noch lange, nachdem John schon wieder abgefahren ist. Ich lausche fassungslos den Geräuschen irgendeines blöden Computerspiels, die aus Sams Kinderzimmer zu mir dringen.

Es mag sein, dass mein Sohn für sein Alter wirklich schon sehr vernünftig ist. Aber er ist eben auch ein Achtjähriger, der in seinem Zimmer einen Fernseher und eine Gamebox stehen hat. Also macht er, was vermutlich die meisten Jungs in dieser Situation machen würden: die halbe Nacht heimlich spielen. Vielleicht wäre daraus auch die ganze Nacht geworden, wenn ich ihn nicht dabei erwischt und den Controller einkassiert hätte.

Am nächsten Morgen kommt er kaum aus dem Bett und mittags bekomme ich einen besorgten Anruf der Schule, weil Sam im Unterricht mehrfach eingeschlafen ist. Kein Wunder, nach der Nacht – und ich denke mal, allzu viel Schlaf wird er auch am Wochenende schon nicht bekommen haben.

Es ist vermutlich überflüssig zu erwähnen, dass ich ziemlich sauer bin.

Ich muss das mit John irgendwie regeln, sonst endet das alles in einer Katastrophe.

Kapitel 19

John war erstaunlich einsichtig, als ich ihn ein paar Tage später anrief, und wir haben einen Termin in einem kleinen Restaurant hier in der Nähe vereinbart. Neutraler Boden und so.

Leider kann ich noch so oft vom *Termin* reden: Als der Tag unserer Verabredung gekommen ist, stehe ich so nervös vor meinem Kleiderschrank, als hätte ich ein *Date*.

Ich nehme sogar meine schönste Unterwäsche aus dem Schrank, natürlich nur, weil sie am besten zu meinem grauen Kleid passt. Anschließend lege ich dezentes Make-up auf und die Perlenkette meiner Großmutter um, die ich immer trage, wenn es irgendwie einen Anlass dazu gibt. Es beruhigt mich, wenn ich sie trage, sie ist ein bisschen so etwas wie ein Talisman für mich.

Im Restaurant wartet John schon auf mich und er steht auf, als ich an unseren Tisch komme. Ich muss darüber schmunzeln, der Rockstar mit den Gentlemanmanieren! Wahrscheinlich ist seine gute Erziehung so sehr Teil seiner selbst, dass er gar nicht bemerkt, wie widersprüchlich das manchmal wirkt. Nicht, dass das nicht auch einen gewissen Reiz hätte …

Da das Restaurant zu den etwas besseren gehört, hat sich auch John schick gemacht. Er trägt eine dunkle Stoffhose mit passendem Jackett und ein graues Hemd, das locker aus der Hose hängt und oben nicht ganz zugeknöpft ist. Alles wirkt wie maßgeschneidert, vermutlich ist es das auch. Er sieht seriös und verwegen zugleich aus und seine geliebten Boots runden das Outfit merkwürdig perfekt ab.

Es soll ja die Kategorie von Männern geben, bei denen man sich Jahre später fragt: *Wie konnte ich nur?* Aber John fällt definitiv nicht in diese Kategorie.

+++

In dem Moment, in dem er Hope sieht, ist seine gesamte Aufmerksamkeit sofort bei ihr und nur noch bei ihr. Das Kleid, das sie trägt, umspielt sanft ihre immer noch fast mädchenhafte Figur. Als sie sich zu ihm an den Tisch setzt, weht ein Hauch von Gewürzen, Vanille und Orangenschalen zu ihm herüber. Und als sie jetzt auch noch anfängt, mit der verdammten Perlenkette zu spielen, ist es ganz um ihn geschehen. Alles, woran er denken kann, ist ihre Hochzeitsnacht – in der sie nichts trug außer eben dieser Kette.

Bilder von Hope, die sich unter ihm aufbäumt, den Mund zu einem lustvollen Stöhnen geöffnet, blitzen in seinem Kopf auf und erwecken sein bestes Stück umgehend zum Leben. John beginnt unruhig auf seinem Stuhl hin und her zu rutschen im Bemühen, eine Sitzposition zu finden, in der ihm seine Hose nicht viel zu eng erscheint.

Währenddessen hält Hope ihm irgendwelche Vorträge über Schlafenszeiten und gesundes Essen, redet über Verantwortung und überteuerte Geschenke, die sich ungesund auf die kindliche Psyche auswirken können.

Das Einzige, was John tun kann, ist immer wieder umsichtig zu nicken und sein Einverständnis zu allem zu geben, was auch immer sie gerade sagen mag. Ganz egal was. Hauptsache, sie merkt nicht, wo er tatsächlich mit seinen Gedanken ist.

Das Abendessen wird zu einer Qual. Hätte er mal nur einen etwas weniger intimen Ort für ihre Besprechung gewählt. Und vor allem einen, an dem sie sich weniger nett zurechtgemacht hätte.

Als ob du nicht immer zu sabbern anfangen würdest, wenn du sie siehst. Egal, was sie gerade trägt.

Auch wieder wahr. Demnächst würde er einfach nur noch am Telefon mit ihr sprechen.

Als er später wieder zu Hause ist, hat er acht Nachrichten auf seinem Anrufbeantworter und alle sind von seinem Manager.

Das Angebot für das Soloalbum ist schon sehr verlockend. Andererseits würde es dazu führen, dass er deutlich weniger Zeit hätte, ständig auf Achse wäre und wieder um die halbe Welt fliegen und jeden Tag in einem anderen Hotel aufwachen müsste, sobald die Tour losgehen würde. Und er würde wieder deutlich mehr im Interesse der Öffentlichkeit stehen, was wiederum auch Auswirkungen auf Sam hätte, vielleicht sogar auf Hope.

Dennoch: Er hat so lang auf so ein Angebot gewartet, so lang darauf gehofft. So eine Chance kommt niemals wieder. Er hätte schon längst zusagen sollen.

+++

Nach unserem Gespräch bin ich bezüglich des nächsten Wochenendes, das Sam und John miteinander verbringen werden, doch deutlich entspannter. John mag ja von Kindern wenig Ahnung habe, aber er ist weder dumm noch unwillig. Auch wenn er bei manchen Dingen deutlich lockerer sein mag, als ich das bin, wird er das Kind schon schaukeln. Nicht nur im übertragenen, sondern auch im ganz realen Sinn.

Ein klitzekleines bisschen genieße ich es sogar, das ganze Wochenende frei zu haben. Wenn ich vielleicht auch nicht ganz so entspannt bin, wie ich es wäre, wenn Sam bei Mike und Valerie wäre.

Dessen ungeachtet komme ich ein großes Stück mit meinem Buch voran und überlege mir gerade, ob ich mir etwas zu essen bestelle oder mich stattdessen ganz ungesund von Unmengen Schokolade ernähre. Mein Kind ist ja nicht da, also brauche ich auf etwaige schlechte Vorbildfunktionen ja keinerlei Rücksicht nehmen.

Leider komme ich mit meinen Überlegungen nicht sehr weit, denn während ich noch abwechselnd die Verlockungen der Schokoladentafeln mit denen des Pizzakatalogs gegeneinander abwäge, klingelt es an der Tür.

Ein bisschen missmutig – hungrig sollte man mich lieber nicht stören – gehe ich hin, um zu öffnen. Meine Laune verschlechtert sich schlagartig, als ich sehe, was bzw. wer mich stört.

„Ronald …“, murmle ich und schaffe es in letzter Sekunde, meine Hände entspannt neben meinem Körper hängen zu lassen, statt mir fassungslos die Augen zu reiben. Gleichwohl befürchte oder vielmehr hoffe ich einen Moment lang, Halluzinationen zu haben.

Waren das letzte Telefonat und die Tatsache, dass ich mich nicht bei ihm gemeldet habe, nicht eindeutig genug?

Ganz offenkundig nicht, denn Ronald schenkt mir jetzt sein breitestes Lächeln und wedelt mit der Flasche Wein, die er in den Händen hält, vor meiner Nase herum.

„Guten Abend, meine Liebe!“ Sein Lächeln geht nun nahtlos von breit in selbstgefällig über. Bis zu diesem Moment habe ich den Abend tatsächlich als gut empfunden, aber das ist jetzt mit einem Schlag vorbei. Der

Typ macht mich völlig aggressiv, wie kann man nur so sehr von sich selbst überzeugt sein?

Ronald bemerkt von alledem natürlich mal wieder nichts.

„Darf ich hereinkommen?“, fragt er stattdessen und wedelt wieder mit der Flasche Wein herum. Ich schiele auf das Etikett und seufze bedauernd, der Wein schmeckt bestimmt köstlich. Leider verdirbt der Flaschenanhänger in Form von Ronald das Vergnügen vermutlich erheblich. Verzweifelt versuche ich auf eine halbwegs nette Formulierung zu kommen, um ihn wieder loszuwerden, als mich die Scheinwerfer eines ankommenden Autos ablenken.

+++

Sam war schon auffällig still, als John ihn heute Nachmittag abgeholt hat. Daran haben auch ein Besuch im Kino inklusive Nachos und Gummibärchen sowie das beinah schon traditionelle Burgeressen mit einer extragroßen Portion Eis im Anschluss nichts ändern können. Im Laufe des Tages wurde er zunehmend blasser, bis sich seine Gesichtsfarbe schließlich zu einem fahlen Grau verändert hat.

„Geht's dir nicht gut, Kumpel?“, hat John ihn schließlich gefragt, als sie auf dem Weg zurück in seine Wohnung waren.

„Ich habe ganz schlimme Bauchschmerzen.“ Sam hatte zu weinen begonnen.

„Soll ich dich lieber zu deiner Mum fahren?“

Sams mattes Kopfnicken hatte John in ein merkwürdiges Gefühlschaos aus Rührung, Enttäuschung, Verständnis und Erleichterung versetzt. Rührung, weil sein kleiner Junge so tapfer war. Enttäuschung, weil er für ihn eben doch noch nicht eine so vertraute Person war wie seine Mutter. Gleichzeitig hatte er aber auch Verständnis dafür. Und die Erleichterung … die war wohl das dominanteste der ganzen Gefühle, denn John hatte nicht den Hauch einer Ahnung, was man mit einem kranken Kind anstellen musste und war heilfroh, dieses Problem einfach an Hope abschieben zu können.

Er hat seinen Wagen noch nicht ganz vor Hopes Haustür zum Stehen gebracht, als schon das nächste Gefühlschaos über ihn hereinbricht: Da steht irgendein Typ mit einer Flasche Wein in der Hand vor ihrer Haustür und macht Hope ganz offensichtlich schöne Augen.

Na prima! Während er sich um ihren gemeinsamen Sohn kümmert, amüsiert sie sich anscheinend blendend bei Dates mit irgendwelchen Typen, die ihr völlig überteuerte Rotweine mitbringen!

Als John aus dem Auto steigt, überrollt ihn eine Welle aus Eifersucht und dem Gefühl von Besitzansprüchen, die er so nicht hat kommen sehen und die ihm einen Moment lang fast den Boden unter den Füßen wegreißt.

+++

Stutzig schaue ich auf das vor meinem Haus parkende Auto, aus dem ein aufgeregter John und ein mehr als blasser Sam aussteigen.

„Was ist denn hier los?" Ich dränge mich an Ronald vorbei und schaue meinen Sohn besorgt und Jonathan vorwurfsvoll an. „Ist irgendetwas passiert?"

„Sam hat nur ein bisschen Bauchschmerzen", versucht John mich zu beschwichtigen. Aber ich bin gerade nicht in der Stimmung, mich beschwichtigen zu lassen.

„Er sieht aber nicht nach nur ein *bisschen* Bauchschmerzen aus!", motze ich Jonathan an. „Was hast du ihm denn zu essen gegeben?"

John guckt ein bisschen dumm aus der Wäsche und beinah tut er mir leid. Aber nur beinah und nur so lang, bis er mir die Liste von Süßem und Fast Food herunterrattert, die er meinem Sohn heute zu essen gegeben hat.

„Das hat er alles gegessen? Wir haben doch darüber geredet, Jonathan. Letzte Woche erst! Kein Wunder, dass das arme Kind Bauchschmerzen hat!"

„Hope?" Ronald ruft mich, aber ich werfe ihm nur einen schnellen Blick aus dem Augenwinkel zu. Er steht immer noch vor der Tür, während Sam müde im Türrahmen lehnt.

„Jetzt nicht, Ron!" Langsam werde ich wirklich giftig.

„Aber Hope …"

Ich ignoriere ihn einfach und fahre damit fort, John Vorwürfe zu machen.

„Jetzt komm mal wieder runter! Er hat an anderen Tagen schon mehr gegessen, ohne dass er anschließend Bauchschmerzen hatte!"

„Wie bitte?" Ich schnappe nach Luft, als ich ein Geräusch höre, das nur eines bedeuten kann. Als ich mich umdrehe, sehe ich Sam, der sich gerade lautstark übergibt – und zwar auf Ronalds Schuhe. Dieser springt angewidert zur Seite.

„Dein Sohn hat übrigens Fieber und ist kaltschweißig, Hope. Und während ihr euch angegiftet habt, habe ich ihm mal ein paar Fragen gestellt. Er klagt außerdem über starke Schmerzen, die anfangs im rechten Unterbauch saßen, jetzt aber überall sind. Ich denke, er hat eine Blinddarmentzündung. Ihr solltet mit ihm ins Krankenhaus fahren. Guten Abend noch." Ron schüttelt angewidert etwas von seinem Schuh ab, das aussieht wie ein Stückchen halbverdauter Nacho, wischt seine Schuhe einmal an der feuchten Wiese im Vorgarten ab, steigt dann ins Auto und fährt weg.

Kapitel 20

Einen Moment lang starren sowohl John als auch ich Ronald entgeistert hinterher, bis wir uns fast zeitlich umdrehen und auf Samuel zustürzen, der zitternd und weinend im Türrahmen steht.

„Sam …", flüstere ich, während ich mein schluchzendes Kind in die Arme ziehe. Plötzlich fühle ich mich völlig hilflos und könnte ebenfalls anfangen zu weinen.

Mein Junge ist krank und seine Eltern haben nichts Besseres zu tun, als vor seinen Augen in Streit auszubrechen. John legt mir die Hand auf meine Schulter und reicht mir ein Glas Wasser und ein feuchtes Geschirrtuch, das er aus der Küche geholt hat.

„Zum Mund ausspülen und abwischen. Aber lass ihn nichts trinken, falls er operiert werden muss." Ich bin ihm dankbar für so viel Geistesgegenwärtigkeit und helfe Sam dabei, sich sauber zu machen.

„Komm, ich fahre euch ins Krankenhaus." Vorsichtig hebt John Samuel hoch und legt ihn auf die Rückbank, während ich hinterherklettere und Sams Kopf auf meinen Schoß bette.

Auf dem Weg ins Krankenhaus geht es Samuel zunehmend schlechter. Die Bauchschmerzen scheinen immer stärker zu werden und er gibt kein Wort mehr von sich, nur ab und an wimmert er leise. Ich kann gar nicht in Worte fassen, wie erleichtert ich bin, als wir endlich an der Klinik ankommen.

Jonathan nimmt Samuel wieder auf den Arm und ich renne hilflos hinter den beiden her. Ich muss ehrlich zugeben: John macht das großartig. Während ich bei meinen, glücklicherweise bislang wenigen, Besuchen im Krankenhaus immer erst einmal Ewigkeiten übersehen wurde, hat er blitzschnell eine Schwester organisiert. Es dauert keine drei Minuten, bis wir mit unserem Kind in einen Untersuchungsraum gehen dürfen. Als hätte er nie etwas anderes getan, hält John Sams Hand fest und redet die ganze Zeit mit ihm, während ich die Aufnahmebögen ausfülle.

Kurze Zeit später kommt ein Arzt und untersucht Sam. Er tastet Sams Bauch ab und schaut besorgt drein, als er die Schwester bittet, das Ultraschallgerät zu holen.

„Hat er schon lang diese Bauchschmerzen?", fragt er, halb an Sam und halb an mich gewandt.

„Nein!", antworte ich.

„Doch", sagt Sam.

„Warum hast du mir das denn nicht gesagt?" Irritiert schaue ich vom Aufnahmebogen auf.

„Ich wollte doch zu John und du hättest es dann bestimmt verboten! Und außerdem waren die Bauchschmerzen zwischendrin mal fast weg … bis sie dann wieder ganz schlimm wurden."

„Oh, Sam …"

Das Schlimmste ist ja, dass er recht hat. Ich hätte den Besuch vermutlich wirklich verboten. Einfach deshalb, weil ich es John nicht zugetraut hätte, sich um ein Kind zu kümmern, das eventuell krank sein könnte. Und vielleicht auch deshalb, weil ich es vor lauter Sorge dann nicht mehr zu Hause ausgehalten hätte. Irgendwie schwebt in meinem Kopf der Gedanke herum, dass sich niemand außer mir vernünftig um mein Kind kümmern kann. Vermutlich deshalb, weil ich so lang die Einzige gewesen bin, die dafür zuständig war, sich um ihn zu kümmern. Und jetzt?

Ich bin eine furchtbare Glucke geworden. In der Absicht, Sam zu beschützen, habe ich dafür gesorgt, dass alles nur noch schlimmer wird.

„Wir müssen sofort operieren." Der Arzt schaut mit gerunzelter Stirn auf den Monitor des Ultraschallgerätes. „Es sieht so aus, als wäre es bereits zu einem Durchbruch des Appendix gekommen."

Ich spüre, wie mir alles Blut aus dem Gesicht weicht. Ohne es zu wollen, taste ich nach Jonathans Hand und halte mich an ihm fest. Ein geplatzter Blinddarm! Was für ein Albtraum!

Dann geht alles sehr schnell, Sam wird weggerollt und John und mir bleibt nur zu warten.

Ich mache mir schreckliche Vorwürfe. Ich will meinen Sohn immer vor allem beschützen und bin manchmal viel zu streng. Wenn er keine Angst gehabt hätte, dass ich ihm das Wochenende mit John verbiete, auf das er sich so sehr gefreut hat, hätte man die Blinddarmentzündung bestimmt schon viel früher festgestellt und es wäre gar nicht erst so weit gekommen. Und wenn ich schon dabei bin, Reue zu zeigen ...

„Es tut mir leid, John", murmele ich. „Ich habe dir solche Vorwürfe gemacht und dabei konntest du gar nichts dafür, dass es Sam so schlecht geht."

„Schon okay ... Ich hätte mit dem Essen wirklich besser aufpassen müssen. Ich wäre an deiner Stelle auch sauer gewesen."

Diesmal ist er es, der nach meiner Hand greift und ich bin auf einmal unendlich froh, dass er hier ist und ich das nicht allein durchstehen muss.

+++

Das Warten scheint unendlich lang zu dauern. Hope ist beinah so blass, wie Sam es vorhin war, und John würde sie am liebsten in den Arm nehmen und so lang festhalten, bis sie wieder lachen kann.

Stattdessen sitzt er einfach nur neben ihr und fühlt sich wie der letzte Idiot. Vor allem aber fühlt er sich völlig hilflos.

Mit beiden Händen fährt er sich durch das Haar, bevor er aufsteht.

„Ich schaue mal, ob ich irgendwo etwas zu trinken bekommen kann. Einen Kaffee oder so …"

Hope nickt nur stumm und blickt weiter starr geradeaus, während ihre Hände nervös mit dem Armband ihrer Uhr spielen.

Und genauso sitzt sie immer noch da, als John mit zwei Bechern Tee aus dem Automaten zurückkommt. Als sie seine Schritte hört, blickt sie hoch und ihre Augen schwimmen vor Tränen, trotzdem versucht sie ihn anzulächeln, hilflos, verlegen und tapfer zugleich.

Das ist mein Hope. Meine Familie!

Vorsichtig stellt er den einen Becher neben ihr auf einer der unbequemen, olivgrünen Plastikschalen ab, die für die Wartenden hier an die Wand geschraubt wurden, den anderen Becher gibt er Hope.

„Kann ich dich noch mal kurz allein lassen? Ich bin ganz schnell zurück."

Hope nickt nur stumm, um dann weiter an ihrem Armband zu spielen, und John bringt es fast nicht übers Herz, sie noch einmal allein zu lassen.

Aber hier darf er nicht mit dem Handy telefonieren und er hat eine Entscheidung getroffen, die keinen Aufschub mehr duldet.

Auf dem schnellsten Wege verlässt er das Krankenhaus. Er ist kaum vor der Tür angekommen, als er schon sein Handy in der Hand hält und wählt. Nach viermaligem Klingeln meldet sich die Mailbox.

„Bruce? Ich bin's, John. Sag Plony, dass sie sich jemand anderen suchen sollen, ich setze mich endgültig zur Ruhe." Anschließend schaltet er sein Handy aus und steckt es wieder ein.

Wieder bei Hope angekommen, stellt er seinen Tee achtlos auf den Fußboden und zieht stattdessen Hope in seine Arme. Sofort fängt sie an zu weinen und er wiegt sie hin und her wie ein kleines Kind, so lang, bis ihre Tränen wieder versiegen. Zumindest er fühlt sich danach besser.

+++

Kapitel 21

„Mrs. und Mr. Petterson?“

Es ist ein bisschen komisch, gemeinsam so angesprochen zu werden, gleichwohl nicken wir beide.

Der Arzt berichtet kurz und bündig, dass die OP soweit gut verlaufen ist, aber ein Blinddarmdurchbruch immer die große Gefahr einer anschließenden Sepsis mit sich bringt. Sam muss mindestens eine Woche zur Überwachung im Krankenhaus bleiben und wird antibiotisch versorgt, aber im Moment ist sein Zustand unkritisch.

Vor lauter Erleichterung wird mir beinah schwindelig und ich könnte gleich noch mal losheulen, reiße mich aber zusammen, weil wir zu Sam dürfen, der gerade langsam aus der Narkose erwacht.

Völlig benommen lächelt er mich an, um dann sofort wieder einzuschlafen. Ich weiß nicht, wie lang ich neben seinem Bett sitze, einfach nur seine Hand halte und ihn anschaue. Als John mir die Hand auf die Schulter legt, ist es jedenfalls bereits weit nach Mitternacht.

„Ich habe gerade mit der Schwester gesprochen. Wir sollen nach Hause fahren. Sie sagt, Sam wird jetzt erst einmal schlafen. Sie melden sich sofort, wenn sich irgendetwas ändern sollte. Wir können morgen früh gleich wiederkommen und sollen ihm dann auch ein paar Sachen mitbringen. Komm, du musst auch ein bisschen schlafen. Du kannst heute nichts mehr für ihn tun. Er ist hier gut aufgehoben. Lass ihn sich gesund schlafen.“

Ich bleibe noch einen Moment lang sitzen und betrachte meinen schlafenden Sohn, während Johns Hand weiter auf meiner Schulter ruht. Ohne darüber nachzudenken, schmiege ich mein Gesicht an seine Hand und er streichelt mir mit dem Daumen über die Wange. Es fühlt sich so gut, vertraut und richtig an, dass ich ziemlich lang brauche, um zu bemerken, dass es das eigentlich gar nicht ist. Nichtsdestotrotz bleibe ich ein paar Sekunden nach dieser Erkenntnis weiter so sitzen. Dann erhebe ich mich seufzend und gehe gemeinsam mit John zu seinem Auto.

Meinen Sohn im Krankenhaus zu lassen und ohne ihn nach Hause zu kommen, fühlt sich einfach schrecklich an. Mein Kind ist krank und ich lasse es bei völlig Fremden – am liebsten würde ich nur ein paar Sachen zusammensuchen und dann gleich wieder in die Klinik zurückfahren. Wenn ich das Ganze allerdings ein bisschen rationaler betrachte, muss ich zugeben, dass mir ein paar Stunden Schlaf wirklich nicht schaden würden und Sam es zudem im Moment gar nicht mitbekommt, ob ich da bin oder nicht.

Dass John da ist, finde ich tröstlich und ich will ihn auf gar keinen Fall gehen lassen. Jetzt noch zwei Stunden nach Hause zu fahren, nur um morgen früh gleich wieder herzukommen, wäre ohnehin verrückt, also biete ich ihm an, auf dem Sofa zu schlafen.

Ich bin völlig erledigt, aber ich kann trotzdem keine Ruhe finden; John scheint es ebenso zu gehen. Also hole ich meine Fotoalben heraus und wir schauen gemeinsam alte Baby- und Kinderbilder von Sam an. Nach einer Weile sinkt mein Kopf wie von selbst gegen Johns Schulter und wir beide lassen es einfach geschehen.

Irgendwann muss ich eingeschlafen sein, und als ich wieder wach werde, bin ich für einen Moment völlig orientierungslos. Dann merke ich, dass ich auf dem Sofa liege, fest umfangen von Johns Armen, über uns beiden ist eine Wolldecke ausgebreitet. Es fühlt sich so gut an, so geborgen, sicher und tröstlich, dass ich mir gar keine weiteren Gedanken mehr mache, mich enger an ihn kuschle und weiterschlafe.

John ist am nächsten Morgen erstaunlicherweise schon vor mir wach und es riecht nach frisch aufgebrühtem Kaffee, als ich wach werde. Draußen ist es noch dunkel. Ich reibe mir müde die Augen, bevor ich ins Bad gehe, um meinen derangierten Zustand etwas zu richten. Ich verzichte auf eine Dusche, wasche mir aber das Gesicht mit kaltem Wasser und putze mir die Zähne, schminke mich notdürftig und binde mein Haar zu einem Pferdeschwanz zusammen. Schnell verschwinde ich im Schlafzimmer, um mir etwas Frisches anzuziehen, bevor ich zu John in die Küche gehe und mich an den Tisch setze.

„Guten Morgen, Jonathan." Es ist ungewohnt, ihn morgens in meiner Küche stehen zu sehen. Überhaupt ist es ungewohnt, dass er hier ist, dass ich ihn ständig um mich habe seit unserem ersten Wiedersehen vor ein paar Wochen. Ich muss mir eingestehen, dass es sich ziemlich gut anfühlt.

„Guten Morgen!" Er lächelt mich an und ich frage mich, wie jemand nach einer so kurzen Nacht auf dem Sofa so gut aussehen kann. Seine Haare sind ein bisschen zerzaust, was aber eher gekonnt und gewollt als ungepflegt aussieht und seine Augen schimmern dunkelbraun und tief wie das Meer. Kurz begutachte ich seine Kleidung, er trägt Jeans und ein dunkelgraues Flanellhemd, dessen Ärmel er aufgerollt hat, sodass seine muskulösen Unterarme mit den Ausläufern seiner Tätowierungen sichtbar werden. Unter dem Hemd trägt er ein weißes T-Shirt und er sieht unverschämt lässig damit aus.

„Ich hatte noch Wechselkleidung im Auto …", sagt er fast entschuldigend, als er bemerkt, dass ich ihn mustere, gleichzeitig reicht er mir eine Tasse Kaffee. Schnell senke ich den Blick.

Du solltest den Vater deines Kindes sowieso nicht auf diese Art anstarren, während dein Kind im Krankenhaus ist.

Verlegen nippe ich an meinem Kaffee, während John einen der Stühle zurückzieht, bevor er sich niederlässt und seine langen Beine ausstreckt.

„Ich habe schon im Krankenhaus angerufen. Sam schläft immer noch, aber wir können wieder hinfahren, sobald wir soweit sind. Sie verlegen ihn heute auf ein normales Zimmer."

„Du bist ein Schatz." Ich weiß gar nicht, ob ich selbst auf die Idee gekommen wäre, einfach in der Klinik anzurufen. Wahrscheinlich wäre ich kopflos hier herumgerannt, halb verrückt vor Sorge.

„Manchmal bin ich das." John lächelt, aber seine Augen zeigen keinerlei Fröhlichkeit. Ich kann mich nicht entsinnen, wann ich mich je so sehr danach gesehnt hätte, ihn zu küssen, wie in diesem Moment.

Kapitel 22

Zum Glück geht es Sam schnell besser und es dauert nicht lang, bis er wieder so fit ist, dass er sich im Krankenhaus furchtbar langweilt.

John schenkt ihm irgendein tragbares Minicomputerteil, mit dem man Spiele spielen, Fotos machen und jede Menge anderen Blödsinn anstellen kann. Und auch wenn ich der Meinung bin, dass die Hälfte der Spiele dazu immer noch genug gewesen wäre, schimpfe ich diesmal nicht. Zumal John vorher mit mir darüber gesprochen hat.

Ich bin jeden Tag im Krankenhaus und auch John ist fast jeden Tag da. Manchmal gehen wir zusammen einen Kaffee trinken.

Auch als Sam schon wieder zu Hause ist, besucht John ihn regelmäßig, spielt mit ihm Computerspiele, bringt ihm Gitarrespielen bei oder ist einfach nur da.

Nach drei Wochen darf Sam endlich wieder zur Schule gehen und ich glaube, er hätte selbst nie gedacht, dass er diesem Tag mal entgegenfiebern würde.

Das Haus ist tagsüber seltsam leer ohne Sam und John. Ich muss zugeben, dass ich mich schon fast an ihre ständige Anwesenheit gewöhnt hatte. Dafür komme ich endlich wieder in Ruhe zum Schreiben, was auch nicht zu verachten ist. Der Abgabetermin für mein Manuskript drängt nämlich und ich hasse es, unter Zeitdruck arbeiten zu müssen.

Der Alltag stellt sich also nach und nach wieder ein und auch wenn ich diesen Zustand im Prinzip sehr begrüße, lässt sich das Gefühl, dass mir irgendetwas fehlt, einfach nicht abstellen. Zwar gelingt es mir, mich einigermaßen abzulenken, aber meine innere Ruhe ist dahin.

Langsam geht es auf Weihnachten zu und Sam besteht darauf, seinen Vater zu uns einzuladen. Ich möchte ihm diesen Wunsch nicht verwehren, aber ich habe trotzdem ein komisches Gefühl dabei, dass John mit uns zusammen feiern wird. Es hat so sehr den Anschein einer heilen Familie und ich frage mich, ob Samuel wohl wirklich begreift, dass wir keine heile Familie sind. Dass sein Vater und ich nicht in der Beziehung zueinander stehen, wie es bei den meisten anderen Eltern, die zusammen Weihnachten feiern, wohl der Fall sein mag.

Für einen Augenblick bin ich versucht, John einfach doch nicht einzuladen, sondern allein mit Sam und später mit Val und Mike zusammen zu feiern. So wie jedes Jahr. Aber als ich Sam anschaue, erkenne ich, wie wichtig ihm das ist. Und wenn ich an John denke, kann ich auch nicht anders. Er hat schließlich keine Familie außer uns. Natürlich hat er die letzten neun Jahre auch irgendwie ohne uns Weihnachten verbringen müssen, aber jetzt, wo wir wieder Kontakt zueinander haben, fühle ich mich auch wieder so etwas wie zuständig für ihn. Letztendlich einigen wir uns sogar darauf, dass John schon am Vierundzwanzigsten zu uns kommen und hier übernachten wird, damit er morgens beim traditionellen Geschenkeauspacken dabei sein kann.

Ich habe ein mulmiges Gefühl, als er am frühen Abend ankommt und bin seltsam unruhig, ohne dass ich einen triftigen Grund dafür finden könnte. Angespannt laufe ich auf und ab. Ich überprüfe den Weihnachtsbaum, überprüfe meine Kleidung und meine Frisur sowie mein

Make-up, lege noch ein bisschen Parfüm auf und zupfe an Sam herum, der genervt die Augen verdreht.

Als Johns Auto endlich vor dem Haus anhält, habe ich schon die Tür geöffnet, bevor er überhaupt geklingelt hat. Nervös bleibe ich in der geöffneten Haustür stehen, während meine Finger unstet über die Perlen meiner Kette gleiten. John steigt aus seinem Wagen und als sich unsere Blicke treffen, verdunkeln sich seine Augen für einen Moment, während gleichzeitig dieses ganz bestimmte Glitzern darin erscheint. Und auf einmal weiß ich genau, warum ich schon den ganzen Tag so angespannt gewesen bin.

Johns Augen verweilen viel zu lang auf mir – als würde er mich ausgiebig inspizieren – und als er schließlich auf mich zukommt, hat er den Blick und den Gang einer Raubkatze. Weich, elegant, tödlich und sich seiner eigenen Kraft und Gefahr völlig bewusst.

„Hallo, meine Schöne!“ Seine Stimme ist ein tiefes Summen und versetzt meinen Körper in Schwingung; meine Haut beginnt zu prickeln.

„Hi John.“ Mein Versuch, möglichst lässig zu klingen, scheitert leider schon allein daran, dass ich mich zweimal räuspern muss, bevor ich meine Stimme wiederfinde.

Im Vorbeigehen beugt er sich zu mir herunter und küsst meine Schläfe, so wie er es schon immer getan hat. Seine Lippen berühren meine Haut und ich ziehe die Luft scharf ein, viel zu laut, aber ich kann es nicht verhindern.

Wieder treffen sich unsere Blicke, und als er sich von mir abwendet, um nach Sam zu sehen, dreht er sich nicht schnell genug weg, sodass ich sein zufriedenes Lächeln gerade eben noch erkennen kann. Am liebsten würde ich ihm eine reinhauen, damit dieses Lächeln aus seinem Gesicht sofort wieder verschwindet. Nur um anschließend seine Wunden zu küssen.

Irgendwie ist das pervers, Hope.

Ich zucke mit den Schultern.

Kannst mich ja anzeigen, wenn es dir nicht passt, du blöde Kuh, sage ich zu mir selbst und gehe grinsend in die Küche.

Die Stimmung zwischen John und mir ist und bleibt auch den Rest des Tages voller Anspannung und die Luft scheint so geladen, dass es mich wundert, dass sie nicht knistert und Funken schlägt.

Zum Glück ist unser Sohn mit seinen Gedanken schon so sehr mit seinen möglichen Weihnachtsgeschenken beschäftigt, dass er von alldem nichts mitbekommt. Er sitzt die ganze Zeit am Esstisch und plaudert munter vor sich hin, erzählt immer wieder, was er mit diesem oder jenem von seiner Wunschliste anstellen würde, wenn er es denn geschenkt bekäme. John und ich müssen mehr als nur einmal darüber schmunzeln.

Lediglich als ihm einfällt, dass John ja auf dem Sofa schlafen wird, ist Sam kurz still. Ich glaube, dass er trotz seiner acht Jahre insgeheim doch noch irgendwie an den Weihnachtsmann glaubt und nun Sorge hat, dass dieser sich durch einen schlafenden Mann auf dem Sofa gestört fühlen könnte, wenn er all die vielen Geschenke bringt. Obwohl seine Schulkameraden ihn bereits vor zwei Jahren darüber aufgeklärt haben, dass es den Weihnachtsmann in Wirklichkeit gar nicht gibt, stellt er ihm nämlich trotzdem immer noch Milch und Kekse neben den Kamin im Wohnzimmer. Vermutlich nach dem Motto sicher ist sicher. Natürlich würde Sam das nie zugeben und ich würde ihn niemals derartig bloßstellen und ihn darauf ansprechen. Also lächle ich still in mich hinein, bis Sam seine Weihnachtsmannsorgen wieder vergessen hat und weitererzählt.

Nach dem Essen stehen Mike und Valerie warm eingepackt vor unserer Tür. Wie jedes Jahr holen sie Sam und mich ab und wir ziehen von Tür zu Tür und singen Weihnachtslieder für unsere Nachbarn, von denen sich dann nach und nach welche anschließen und mitkommen werden. Valerie hat diese Tradition ins Leben gerufen, als wir hierhergezogen sind. Ich bin immer noch erstaunt, dass das in diesem konservativen Kaff, in dem sonst nie jemand von seinen festgefahrenen Regeln abweicht, auf so großen Anklang gestoßen ist. Allerdings war Valeries Überzeugungskraft schon immer legendär, ich sollte das selbst eigentlich am besten wissen.

„Was genau machen wir da jetzt eigentlich?", raunt John mir zu, als wir losziehen

„Singen", antworte ich ihm ebenso leise.

„Weihnachtslieder?" Er klingt ein bisschen entsetzt.

„Morgen ist schließlich Weihnachten, da ist das doch passend, oder?" Ich zwinkere ihm zu.

„Auch wieder wahr." Mit verschränkten Armen ergibt er sich in sein Schicksal.

An jedem Haus wird Johns Anwesenheit mit einigem Stirnrunzeln, aber schweigend zur Kenntnis genommen. Ich vermute mal, dass ihn hier niemand erkennen wird – es ist einfach nicht die richtige Zielgruppe für die Musik, die die *Sick Theories* mal gemacht haben. Nur Ted kann sich ein kurzes, wissendes Lächeln nicht verkneifen und zwinkert uns gut gelaunt zu, als er John sieht. Als Johns schöner, voller Bariton uns aber beim Singen der Weihnachtslieder kräftig unterstützt, verschwindet das Stirnrunzeln meiner lieben Nachbarn bald und wird von einem Lächeln abgelöst. Wäre er der Mann an meiner Seite, wäre ich jetzt glücklich, dass er hier anscheinend gut aufgenommen worden ist.

Es ist schon dunkel draußen, die Häuser sind alle weihnachtlich geschmückt und glitzern feierlich. Und tatsächlich fallen ein paar erste, zarte Schneeflocken vom Himmel, die alles mit einer hauchdünnen Schicht von Puderzucker überziehen. Es ist fast wie in einem zu kitschig geratenen Weihnachtsmärchen. Vor allem aber ist es wunderschön.

Bei jedem Haus werden wir freudig erwartet und lächelnde Gesichter blicken uns aus geöffneten Türen entgegen. Fast überall gibt es Kekse für alle, Punsch für die Erwachsenen und heißen Kakao oder Tee für die Kinder.

Beschwingt, glücklich und deutlich beschwipst kehren wir schließlich nach Hause zurück.

Es ist spät geworden, als Sam endlich eingeschlafen ist und John und ich die Geschenke im Wohnzimmer unter den Baum legen. Lachend finde ich dabei tatsächlich wieder Kekse und Milch, halb hinter dem Baum versteckt. Ich teile sie zufrieden mit John, wir wollen unseren Sohn ja nicht enttäuschen. Der Baum mit den Geschenken darunter sieht wirklich toll aus und wir sind beide sehr zufrieden mit unserem Werk, als wir fertig sind.

Erschöpft und glücklich fallen wir beide aufs Sofa. Verträumt ruht mein Blick auf dem Weihnachtsbaum, bis ich bemerke, dass Johns Blick auf einmal auf mir haftet.

Und plötzlich ist sie wieder da, die Anspannung des Tages, das Prickeln, das Kribbeln, das Gefühl der elektrischen Spannung zwischen uns. Ich kann es spüren, und als ich meinen Blick John zuwende, kann ich es auch sehen. Seine Augen sind wieder genau wie heute Nachmittag, als er aus dem Wagen gestiegen ist. Sie sind tief und dunkel, geheimnisvoll, gefährlich, verführerisch.

Kurz bin ich versucht, sitzen zu bleiben und zu warten, was passiert, aber dann siegt doch die Vernunft über meine Triebe.

„Ich werde jetzt schlafen gehen", sage ich und stehe auf. „Sam ist vor lauter Aufregung morgen bestimmt schon früh wach."

„Schlaf gut, meine Schöne." Johns Stimme ist noch eine Nuance tiefer als sonst und verursacht mir endgültig eine Gänsehaut.

„Du auch, John", erwidere ich schwach und wende mich in Richtung Tür.

Ich habe die rettende Tür noch nicht ganz erreicht, als ich Johns Schritte schon hinter mir höre. Aufregung durchflutet heiß und köstlich meinen Körper, der vor lauter Vorfreude bereits süße Wellen zu meiner Mitte aussendet.

„Hope ..." Wieder bekomme ich eine Gänsehaut bei dem tiefen, heiseren Klang von Johns Stimme und drehe mich langsam zu ihm herum. Das Blut rauscht laut in meinen Ohren und wird nur von meinem dröhnenden Herzschlag übertönt, der plötzlich viel zu schnell ist. John steht so nah vor mir, dass ich seinen Atem auf meiner Haut spüren kann. Unwillkürlich atme ich tief ein und sein verführerischer Geruch flutet all meine Sinne.

Er streckt seine Hand nach mir aus, und streicht über mein Gesicht, das heute eine seltsame Verbindung zu ganz empfindsamen Stellen zwischen meinen Beinen zu haben scheint. Wir schauen uns an, stumm, atemlos, staunend, und wir beide wissen, dass wir eine Grenze überschreiten werden, wenn wir uns jetzt küssen.

Kapitel 23

Doch bevor es zu einem Kuss kommen kann, knallt etwas mit einem so lauten Aufprall gegen mein Wohnzimmerfenster, dass ich zusammenzucke und einen leisen Schrei ausstoße. Erschrocken fahren John und ich auseinander, als schon der nächste dumpfe Aufprall gegen das Fenster zu hören ist.

„Schneebälle", zische ich zwischen den Zähnen hervor. „Die verdammten Nachbarsjungen bombardieren wieder jedes Fenster, das noch beleuchtet ist, mit Schneebällen. Das machen sie jeden Winter. Ich würde ihnen gern mal die Ohren lang ziehen, aber leider habe ich sie noch nie erwischt."

Seufzend mache ich einen Schritt zur Seite und entferne mich von John.

„Ich gehe dann jetzt wirklich mal schlafen." Es gelingt mir zu meinem Stolz, meine Stimme so klingen zu lassen, als ob da gerade gar nichts gewesen wäre. „Bis morgen. Schlaf gut".

Während ich mich umdrehe, um in mein Schlafzimmer zu gehen, habe ich das Gefühl, dass Johns Blick mir fast ein Loch in den Rücken brennt.

Am Ende folgt eine weitere Nacht, die ich mit Gedanken an John verbringe und in der ich mich unruhig von einer Seite auf die andere wälze. Was soll's, eine Nacht mehr spielt in der langen Liste der durchwachten Nächte aufgrund Jonathan Pettersons beim allerbesten Willen auch keine Rolle mehr. Vielleicht sollte ich den Schritt einfach wagen, mich wieder auf ihn einzulassen.

Aber ich weiß nicht, ob ich eine Trennung von ihm noch einmal überstehen würde. Hinzu kommt, dass ich dieses Mal nicht einfach verschwinden könnte, wenn es nicht gut gehen sollte. Denn da ist ja Sam und ich kann schlecht den Kontakt zu John vermeiden. Ich will lieber gar nicht genauer darüber nachdenken.

Weihnachten mit Kindern oder auch nur mit einem einzigen Kind hat einen ganz besonderen Zauber. Ich habe Weihnachten schon immer sehr geliebt, aber seit Samuel in dem Alter ist, dass er es bewusst miterlebt, ist es einfach noch ein bisschen besonderer geworden. Seine Aufregung und seine leuchtenden Augen, wenn er mich morgens weckt, um mir mitzuteilen, dass der Weihnachtsmann schon da gewesen ist, sind einfach zauberhaft. Auch an diesem Weihnachtsmorgen steht er viel zu früh an meinem Bett. Obwohl er sonst manchmal schon so cool und abgeklärt tut, ist er jetzt plötzlich wieder mein kleiner Junge.

„Mom?" Er tippt auf meine Hand, um sicherzugehen, dass ich auch wach werde. „Mom?"

Langsam öffne ich die Augen. „Was denn, mein Schatz?" Ich weiß natürlich ganz genau, was er will, aber es ist einfach zu niedlich, wenn er so aufgeregt ist.

„Mom ich war schon kurz im Wohnzimmer und Santa … ähm, die Geschenke sind schon alle da. Und John ist auch schon wach! Können wir jetzt Geschenke auspacken? Bitte, bitte?"

Lächelnd setze ich mich im Bett auf und strecke meine müden Knochen.

„Gib mir fünf Minuten, mein Schatz, okay?"

„Aber wirklich nicht mehr, Mom!" Zufrieden stürmt Sam aus dem Schlafzimmer, vermutlich um seine verpackten Geschenke schon einmal eingehend zu begutachten, während ich mir meinen Morgenmantel und ein Paar Socken überziehe, um ins Bad zu gehen. Wenigstens die Zähne putzen und mir das Gesicht waschen muss sein. Und wenn ich so in den Spiegel gucke, nehme ich mir auch noch die Zeit für getönte Tagescreme und ein bisschen Mascara. Es soll ja Frauen geben, die auch ungeschminkt wunderschön und natürlich aussehen – ich gehöre leider nicht dazu. Mit meinem blassen Teint und meinen farblosen Wimpern habe ich ungeschminkt etwas von einem augenkranken Kaninchen. Vermutlich würde ich mich auch sonst ein bisschen schminken und da heute auch noch John da ist, habe ich sozusagen doppelten Grund dazu

Da meine fünf Minuten jetzt aber eindeutig vorbei sind, beeile ich mich, ins Wohnzimmer zu kommen, wo ich bereits von gleich zwei Paar erwartungsvoll glänzenden Augen begrüßt werde.

Sam reißt seine Geschenke eilig auf, während John und ich lächelnd dabei zusehen. Im Prinzip ist es schade, dass es immer so schnell vorbei ist, aber Samuel scheint trotzdem sehr zufrieden mit seiner Ausbeute zu sein.

„Ich habe auch etwas für dich." John reicht mir ein kleines Paket. Eigentlich hatten wir ausgemacht, uns nichts zu schenken, aber meistens ist das ja doch nur eine gemeine Falle und zum Glück war ich auf alles vorbereitet.

„Wie gut, dass ich auch etwas für dich habe." Ich lächele ihn an und zaubere ein Paket in etwa derselben Größe aus der Tasche meines Morgenmantels hervor.

Beide packen wir gespannt unsere Geschenke aus und fangen zeitgleich an zu lachen, als wir den Inhalt entdecken. Wir haben uns wieder das Gleiche geschenkt, zumindest fast. Beide haben wir für den anderen einen

Ring gekauft. Allerdings in sehr unterschiedlichen Ausführungen.

„Ich dachte, du könntest etwas gebrauchen, das zu deiner Kette passt …“ Er deutet auf den Ring, den er mir geschenkt hat, antik und aus filigranen Silberranken, die eine perfekte Perle in ihrer Mitte halten. Der Ring ist wunderschön und er passt an meinen Finger, als wäre er dafür gemacht.

„Es ist doch immer noch dieselbe Größe, oder? Ich habe sie damals heimlich nachgemessen, als wir …“

Als wir geheiratet haben.

Ich ergänze es innerlich, aber auch ich will es nicht laut aussprechen.

„Er passt perfekt und er ist wunderschön, John. Du hast meine Ringgröße bis heute nicht vergessen?“

„Glaub mir, ich habe nichts von dir vergessen.“ Seine Stimme ist belegt und mein Herz fühlt sich augenblicklich an wie zugeschnürt.

„Passt denn dein Ring auch?“ Um auf ein anderes Thema zu kommen, deute ich auf den Ring in Form eines silbernen Drachens, der sich jetzt um Johns rechten Mittelfinger schlingt. Ich habe den Ring letzte Woche in einem kleinen Laden im Schaufenster liegen sehen und konnte ihm einfach nicht widerstehen. Er passt perfekt zu John.

„Ebenfalls perfekt und ebenfalls wunderschön.“ Er schenkt mir ein Lächeln, das meinen Puls beschleunigt.

Vermutlich werde ich den Tag heute nicht überleben, zu viel Belastung für mein armes, altes Herz.

Die gemeine, kleine Stimme in mir kennt auch an Weihnachten keine Gnade.

Später helfen John und Sam mir in der Küche, das Menü für heute Abend vorzubereiten – oder vielmehr den

Hauptgang und den Nachtisch, den Rest werden Valerie und Mike mitbringen.

„Kommen nur Valerie und Mike zum Essen?" John schiebt den mit Orangen zubereiteten Truthahn in den Ofen und beäugt das riesige Vieh kritisch.

„Nur Val und Mike. Und meine Eltern natürlich." Mit verschränkten Armen lehne ich mich an den Herd und sehe zu, wie Jonathan unwillkürlich zusammenzuckt.

„Davon hast du mir gar nichts gesagt!" Der Vorwurf in seiner Stimme ist kaum zu überhören, mir gelingt es trotzdem.

„Ach, wirklich nicht? Das muss ich glatt vergessen haben." Grinsend drehe ich mich um, um die Schokolade für den Nachtisch im Wasserbad zum Schmelzen zu bringen. Ich bin wirklich manchmal *sehr* vergesslich. Meinen Eltern habe ich nämlich auch glatt vergessen zu erzählen, dass John heute hier sein wird. Mike und ich freuen uns schon seit Tagen auf ihre blöden Gesichter, wenn sie ihn sehen. Natürlich ist heute Weihnachten, und eigentlich müsste man lieb zueinander sein. Aber ab und an muss man schließlich auch mal ein bisschen Freude im Leben haben dürfen.

Und tatsächlich ist der entsetzte Blick meiner Eltern unbezahlbar, als John ihnen später höflich die Hand schüttelt. Als ich in Mikes Gesicht blicke und er sich darüber offenbar ebenso köstlich amüsiert wie ich, muss ich mir auf die Zunge beißen, um nicht in lautes Gelächter auszubrechen.

Das Essen schmeckt hervorragend, aber ich muss zugeben, dass es ein bisschen zu steif verläuft; vielleicht hätte ich meine Eltern doch nicht ganz so sehr überrumpeln sollen. Andererseits wäre es bestimmt auch nicht angenehmer geworden, wenn sich meine Mutter schon vorher tagelang hätte Gedanken darüber machen können, was es im Einzelnen bedeuten könnte, dass Jonathan ebenfalls hier ist, und sich in ihrem Kopf alle möglichen Horrorszenarien bis hin zu weiteren unerwarteten und außerehelichen Schwangerschaften hätte ausmalen können. In den Augen meiner streng katholischen Mutter ist dies eines der schlimmsten Vergehen, die ich mir je habe zuschulden kommen lassen. Ich bin fest davon überzeugt, dass sie wegen seiner außerehelichen Geburt jeden Abend um Samuels Seelenheil betet. Dass er immerhin ehelich gezeugt worden ist, spielt dabei überhaupt keine Rolle und ich werde mich hüten, mich diesbezüglich mit ihr zu streiten. Mike und ich haben ohnehin seit Jahren die Theorie, dass sie nur unglücklich ist, wenn sie nichts hat, worüber sie sich Sorgen machen kann.

Zum Glück sorgt Sam dafür, dass keine peinlich stillen Momente aufkommen, indem er fast das ganze Essen lang mehr oder weniger ununterbrochen darüber plappert, wie sehr er sich auch dieses Jahr auf die Tour in die kleine Berghütte von Mike und Val zum Schlittenfahren freut. Wir fahren dort jedes Jahr über Silvester zusammen hin, aber in diesem Jahr bleibe ich hier. Wegen Sams Krankenhausaufenthalt bin ich mit der Fertigstellung meines Manuskripts stark im Rückstand und eine ganze Woche Urlaub ist einfach nicht drin. Ich bin froh, wenn ich hier bleiben kann, um ungestört zu arbeiten. Sam freut sich furchtbar darauf, mit Valerie und Mike allein wegfahren zu dürfen und ich weiß, dass er bei den beiden gut aufgehoben ist. Auch wenn ich ein bisschen wehmütig bei dem Gedanken werde, dass mein Sohn ohne mich – und ich im Umkehrschluss auch ohne ihn – den Jahreswechsel verbringen wird.

Wie jedes Jahr bin ich froh, als meine Eltern endlich wieder fahren, und auch Val und Mike verschwinden nach dem Essen zügig nach Hause. Wie selbstverständlich hilft John mir, den Tisch abzuräumen und das Chaos in der Küche zu beseitigen, während Sam im Wohnzimmer selbstvergessen mit seinen Geschenken spielt.

Es fühlt sich gut an zwischen John und mir, vertraut und richtig. Vielleicht sollte mich das erschrecken, aber ich bin heute allzu weihnachtlich rührselig gestimmt. All meine bösen Energien habe ich verbraucht, um meine Mutter zu ärgern. Also genieße ich einfach, was da zwischen John und mir ist und zucke weder zurück, als er beim Einräumen der Teller versehentlich meine Hand streift, noch als er beim Befüllen der Spülmaschine absichtlich meine Taille umfasst, um mich zur Seite zu schieben. Ohnehin berührt er mich deutlich öfter, als es notwendig wäre. Ich ertappe mich dabei, mich extra langsam aus seinem Weg zu bewegen, um ihm Grund für mehr Berührungen zu geben.

Als die Ordnung von Tisch und Küche schließlich beinah wiederhergestellt ist, ist es schon ziemlich spät geworden. Im Wohnzimmer ist es verdächtig still und als wir nachsehen gehen, liegt unser Sohn zwischen all seinen Geschenken auf dem Teppich und schläft tief und fest. Die kurze Nacht zuvor und der aufregende Tag heute haben ganz offensichtlich ihr Recht gefordert. Lächelnd trägt John ihn ins Bett und deckt ihn zu, was Sam lediglich mit einem zufriedenen Grunzen quittiert. Er wird nicht mal ansatzweise wach dabei. Kurz schaue ich zu, wie John unseren Sohn liebevoll zudeckt und ihm übers Haar streicht, bevor ich wieder in die Küche zurückgehe und die letzten Teller an ihren Platz räume

Als John den Raum betritt, stehe ich mit dem Rücken zu ihm und schaue nachdenklich aus dem Fenster.

„Es hat wieder zu schneien angefangen.“ Ich betrachte den immer stärker fallenden Schnee im milchigen Schein der Straßenlaternen. „Du solltest vielleicht heute besser noch hier bleiben.“ Meine Stimme klingt plötzlich rauer, als sie sollte.

„Ja, das sollte ich wohl“, erwidert Jonathan, als er hinter mich tritt. Tief atme ich seinen berauschenden Duft ein und erschaudere, als ich kurz darauf seinen Atem in meinem Nacken spüre. „Auf gar keinen Fall sollte ich heute noch wegfahren“.

Ganz langsam schiebt er mein Haar im Nacken zur Seite und beginnt, unzählige kleine Küsse auf meine Haut regnen zu lassen. Mit geschlossenen Augen lehne ich mich ein kleines Stück zurück und lasse mich gegen seine feste Brust sinken. Ich spüre seine Wärme und seinen Herzschlag. Seine Nähe, die ich jeden Augenblick der letzten Jahre vermisst habe und die sich noch immer so vertraut und gut anfühlt und dabei gleichzeitig so neu und aufregend ist.

„Hope, meine Schöne.“ Johns Stimme liebkost mich, während er mit seiner Hand in mein Haar greift und meinen Kopf sanft so weit nach hinten zieht, dass er mich küssen kann. Zärtlich, aber bestimmt dringt seine Zunge in meine Mundhöhle ein, erkundet mich, spielt mit mir und neckt mich so lang, bis ich mich mit einem tiefen, ergebenen Seufzer ganz zu John herumdrehe. Lächelnd schaut er mich an und in seinen Augen kann ich die Liebe entdecken, die uns immer noch verbindet. Während er mit der einen Hand die Konturen meines Kiefers und meines Wangenknochens nachfährt, betätigt er mit der anderen den Knopf für die elektrischen Rollläden, die ich vor ein paar Jahren habe einbauen lassen, und schließt den Rest der Welt aus.

Und tatsächlich gibt es ab diesem Moment nur noch uns beide. John hebt mich hoch, um mich auf dem Küchentisch wieder abzusetzen und küsst mich gemächlich, als hätten wir alle Zeit der Welt. Sein Kuss berührt mich tief in meinem Inneren und plötzlich steht alles still. Meine Atmung, mein Herz … Selbst die Zeit scheint für einen Moment innezuhalten.

„Alles in Ordnung mit dir?“, flüstert John und seine Lippen streifen mein Ohr. Ich antworte ihm mit einem stummen Nicken. Er küsst mich wieder, immer wieder, zärtlich, stürmisch, ruhig, leidenschaftlich, langsam, schnell. Mit jedem seiner Küsse, mit jeder seiner Berührungen nimmt das süße Ziehen zwischen meinen Beinen zu, meine Mitte beginnt zu pulsieren.

Jonathans kundige Hände öffnen den Reißverschluss meines Kleides und streifen es mir von den Schultern, seine Lippen bedecken die freigelegte Haut mit unzähligen kleinen Küssen. Als er meinen BH öffnet und meine Brüste mit seinen Händen umfasst, ziehen wir beide scharf die Luft ein.

„Du bist so schön, Hope. So wunderschön“, raunt er an meinem Ohr, während ich mich gegen ihn dränge und ungeduldig an seinem Hemd zerre, bis ich es endlich, mit seiner Hilfe, ausgezogen habe. Staunend, beinah ehrfürchtig berühre ich seine nackte Brust, spüre die Muskeln und Sehnen unter seiner weichen glatten Haut. Ich ziehe ihn an mich, voller Ungeduld, küsse ihn jetzt drängend und umfasse seine Schultern. Aber John lässt sich nicht aus der Ruhe bringen. Wie in Zeitlupe schiebt er Zentimeter für Zentimeter mein Kleid nach oben, bis es sich um meine Hüften bauscht. Seitlich wandern seine Hände an meinen Schenkeln nach oben. Als sie den Spitzensaum meiner halterlosen Strümpfe erreichen, hält er erstaunt inne.

„Hattest du heute etwa noch etwas vor, meine Schöne?"

Lächelnd zucke ich mit den Schultern. „Ich wünsche fröhliche Weihnachten", hauche ich in sein Ohr. Es wäre mir vielleicht peinlich, dass ich mich heute Morgen für die Strümpfe sowie meine schönste Unterwäsche entschieden habe, wenn ich nicht gesehen hätte, wie in diesem Moment etwas Ursprüngliches und Sinnliches in seinen Augen aufleuchtet.

Ich schlinge meine Beine um seine Hüfte, ziehe ihn an mich und lasse meine Hüften an ihm kreisen, gebe mich dem Gefühl der süßen Reibung hin und stöhne leise auf, als er den Druck erwidert. Und endlich, endlich verliert auch er seine Ruhe, seine Hände umfassen meinen Po mit sanftem Druck. Als sein Mund die Knospe meiner rechten Brust umfasst und daran saugt, kippt mein Kopf nach hinten und ich stöhne rau auf.

Sekunden später höre ich das Geräusch eines sich öffnenden Gürtels, gefolgt vom Rascheln von Stoff, dann zieht er mit einem Ruck mein Höschen herunter und drängt sein erregtes Fleisch gegen meine pochende Mitte.

„Hope", murmelt er, während er langsam in mich eindringt und seine Härte meine feuchte Hitze dehnt. „Ich habe dich vermisst. Ich habe dich so wahnsinnig vermisst." Ich bin nicht mehr in der Lage zu antworten und mein Herz setzt einen Moment aus, bevor es in einem neuen, schnelleren Rhythmus wieder weiterschlägt.

Mit jedem seiner Stöße greift die Begierde stärker nach mir, hält mich fest, bis sich all meine angestaute sexuelle Energie löst und mich erbeben lässt. Bis sich meine Muskeln um ihn herum zusammenziehen und ich das Gefühl habe, mich aufzulösen und völlig mit ihm zu verschmelzen.

Aus weiter Entfernung und zugleich nächster Nähe höre ich ihn meinen Namen keuchen, als er mir Sekunden später zum Punkt höchster Lust folgt und wir ihn miteinander teilen.

Kapitel 24

+++

John wird am nächsten Morgen erstaunlich früh wach. Eine Weile genießt er es, seine schlafende Hope zu beobachten, die an ihn geschmiegt in ihrem Bett liegt, während sie tief und ruhig atmet.

Dann steht er langsam auf. Vielleicht ist es gut, jetzt zu gehen und sie schlafen zu lassen. Auf diese Weise hat sie heute Zeit zum Nachdenken, ohne dass er sie dabei stört oder beeinflusst. Vorsichtig klettert er aus dem Bett, um sie nicht zu wecken, und deckt Hope sorgsam wieder zu. Er schnappt sich seine Kleidung und schleicht sich auf Zehenspitzen ins Bad, um sich dort anzuziehen.

Bevor er das Haus verlässt, gibt er seinem bereits im Wohnzimmer spielenden Sohn einen Kuss.

„Wir sehen uns dann nächstes Jahr, Kumpel. Ich wünsche dir einen schönen Urlaub."

„Danke, dir auch." Sam ist völlig in sein Spiel vertieft.

„Ich lege hier ein Geschenk für deine Mum hin, das hat Santa gestern wohl vergessen …" John legt eine quadratisches, flaches Päckchen auf den Tisch. „Sagst du ihr bitte, dass es für sie ist, wenn sie wach wird?"

„Okay, Daddy", antwortet Sam ohne aufzublicken und John muss lächeln. Das ist das erste Mal, dass er ihn nicht John, sondern Daddy genannt hat. Auch wenn Sam selbst das vermutlich gar nicht bewusst gewesen ist, ist es eines der schönsten Weihnachtsgeschenke überhaupt für John. Oder vielleicht auch gerade deshalb.

Sein Sohn!

Ein eigenes Kind zu haben, ist schöner, als er sich das je vorgestellt hat.

Allerdings wird seine Freude darüber deutlich getrübt, als er barfuß in Richtung Tür geht und einen Legostein übersieht, der sich überaus schmerzhaft in seine Fußsohle bohrt.

„Verdammte Scheiße!“, flucht John unterdrückt, aber offenbar nicht leise genug, denn sofort kommt vom Wohnzimmer aus eine Rückmeldung inklusive Minivortrag über die Verwendung von Schimpfwörtern. Sam war wohl doch nicht ganz so sehr in sein Spiel vertieft, wie es den Anschein hatte.

Grinsend und Besserung gelobend zieht John Schuhe und Jacke an, bevor er leise das Haus verlässt.

+++

Ich wache für meine Verhältnisse erst ziemlich spät auf; es ist schon Mittag, als ich langsam die Augen öffne. John ist nicht da und ich weiß nicht genau, was das zu bedeuten hat. Das, was gestern zwischen uns passiert ist, war mehr als nur Sex. Eigentlich war ich mir ziemlich sicher, dass John das ebenso empfunden hat, aber dass er jetzt nirgendwo mehr zu finden ist, verunsichert mich deutlich.

Im Wohnzimmer treffe ich auf Sam, der dort sitzt und zufrieden spielt. Neues Spielzeug übt wohl auf Kinder eine immer wieder unglaubliche Faszination aus.

„Hast du John gesehen, mein Schatz?“ Ich streiche ihm über den Kopf und mein Sohn blickt kurz zu mir hoch.

„Er ist heute Morgen weggefahren. Auf dem Tisch liegt noch ein Geschenk für dich.“ Das war es dann auch schon wieder an Konversation, Sam spielt seelenruhig weiter.

In dem Geschenk für mich ist eine CD ohne Cover, die ich aber erst einmal zur Seite legen muss. In zwei Stunden kommen Valerie und Mike, um Sam abzuholen und ich habe noch nichts für ihn gepackt.

Nachdem ich meinen Sohn in den wohlverdienten Urlaub verabschiedet habe, setze ich mich an meinen Schreibtisch. Ein paar Minuten beschäftige ich mich damit, E-Mails zu lesen, dann fange ich an zu schreiben. Ich schreibe wie eine Besessene und es gelingt mir, an nichts als an meinen Roman zu denken. Erst als ich abends den Computer herunterfahre, kommen mir sowohl John als auch die CD wieder in meine Gedanken.

Ein paar Mal scharwenzle ich um das silbrig glitzernde Objekt herum, nehme es in die Hand und lege es wieder weg. Keine Ahnung, was mich davon abhält, die CD einfach anzuhören. Aber letztendlich nehme ich ein heißes Bad und gehe dann schlafen, ohne sie auch nur aus ihrer Hülle genommen zu haben.

Nachts träume ich von John, von seinem nackten Körper auf meinem. Vom Einssein mit ihm, von Liebe und von Schmerz. Und am nächsten Morgen wache ich mit dem Gefühl der Sehnsucht nach ihm auf und werde es auch den ganzen Tag lang nicht mehr los.

Mein Handy liegt griffbereit neben mir auf dem Schreibtisch, aber es ist geradezu demonstrativ still, als wolle es mich ärgern. Nur das Festnetztelefon klingelt gegen Nachmittag und ein aufgeregter Sam erzählt mir von der Fahrt und seinem ersten Tag im Schnee. Als Val mich gestern Abend anrief, um mir mitzuteilen, dass sie gut angekommen sind, schlief Sam schon.

Als ich ins Bett gehe, nehme ich die CD mit in mein Schlafzimmer und lege sie, noch immer ungehört, auf den Nachttisch.

In den nächsten Tagen beäuge ich sie immer wieder, aber irgendwie habe ich Angst davor, sie mir anzuhören. Was ja völlig albern ist, denn es ist nur eine CD, was soll sie mir schon antun können? Dennoch schleppe ich sie weiter umher, habe sie immer neben mir liegen, aber noch nicht einmal aus ihrer Hülle genommen. Dafür schreibe ich, als gäbe es kein Morgen, breche jeden Tag aufs Neue meinen Schreibrekord und einen Tag vor Silvester habe ich mein Manuskript tatsächlich fertig.

Die CD liegt immer noch neben mir und funkelt mich herausfordernd an, aber ich ignoriere sie und gehe mir erst einmal einen Tee kochen.

Schließlich schiebe ich sie doch in den CD-Player. Es dauert ein paar Sekunden, bis ich zunächst die einer E-Gitarre höre – und dann fängt John an zu singen. Seine schöne, tiefe Stimme klingt sanft und schwermütig, voller Schmerz und Trauer und gleichzeitig so voller Hoffnung.

Everytime I pray
No one wanna hear.
I want you to stay
But there's nothing, just fear,
There is nothing to say.

You are my hope.
You are my love.
You are sent from above.
And I'm just a mope.

I ask you to look at me.
Approach you to hold me.
Beg you to stay with me.
Thankfully. Full of humility.

Every time I pray
I hope you wanna hear.
'Cause I want you to stay.

Den Rest des Liedes bekomme ich nicht mehr mit, weil ich in Tränen ausbreche und wie ein kleines Kind hemmungslos zu schluchzen anfange. Ich stelle den CD-Player auf Repeat und höre sein Lied, oder vielleicht vielmehr mein Lied, immer wieder von vorne. Ich weine so lang, bis ich vor Erschöpfung auf dem Wohnzimmerfußboden einschlafe.

Am nächsten Morgen schaffe ich es nur mit einer langen heißen Dusche und extrastarkem Kaffee, meine Lebensgeister wieder halbwegs zu erwecken. Ich fühle mich elend. Ich vermisse Sam und die Sehnsucht nach John frisst mich beinah auf. Ich überwinde meinen Stolz und rufe ihn an, aber es geht nur die Mailbox dran. Ich versuche mein Manuskript zu überarbeiten, aber ich kann mich nicht konzentrieren. Ich schalte den Fernseher ein, aber es gibt nichts, das meine Aufmerksamkeit länger als ein paar Sekunden fesseln könnte.

Schließlich setze ich mich ans Fenster und starre stumpfsinnig nach draußen, was immer noch besser ist, als auf eine der Wohnzimmerwände zu schauen.

Keine Ahnung, wie lang ich hier letztendlich sitze. Wahrscheinlich sind es nur ein paar Minuten, aber es fühlt sich an wie ein halbes Leben. Ich fühle mich schrecklich und innerlich so wund und aufgerieben, als hätte ich mich gerade erst von John getrennt.

Irgendwann schließe ich die Augen und lehne meine Stirn gegen das kalte, glatte Fenster und versuche an einfach gar nichts mehr zu denken. Das gelingt mir, eher schlecht als recht, vielleicht dreißig Sekunden lang, dann sorgt das schrille Läuten meiner eigenen Türklingel dafür, dass ich vor lauter Schreck beinah von der Fensterbank falle.

+++

„John!“ Hope sieht müde aus, als sie ihm die Tür öffnet.

„Meine Schöne …“ Er beugt sich zu ihr herab, um sie zu küssen, und sie schlingt die Arme um seinen Hals, als würde sie ihn nie wieder loslassen wollen. „Hey, alles okay bei dir?“ Er schiebt sie ein kleines Stück von sich und mustert sie besorgt, aber sie lässt es nicht lang zu, da sie gleich wieder ihre Arme um ihn schlingt. Und dann küsst sie ihn, während sie ihn gleichzeitig ins Haus zieht. Für einen Moment raubt ihm ihr Kuss den Atem. Begehren wallt in ihm auf, während er erfreut über ihre Reaktion auf ihn zufrieden lächelt. Dann löst er sich entschlossen von ihr.

„Ich würde vorschlagen, du packst ein paar Sachen zusammen, wenigstens genug für zwei Nächte. Ich würde dir gern etwas zeigen. Und dort können wir das hier auch gern fortsetzen. Aber wir kommen hier nie weg, wenn du jetzt damit weitermachst …“

+++

Kapitel 25

John fährt mit mir zu seiner Wohnung und ich schaffe es, während der ganzen Fahrt seine Hand festzuhalten. Ich habe das Gefühl, ihn auf gar keinen Fall loslassen zu dürfen, wo ich ihn jetzt endlich wieder bei mir habe. Nur wenn er seine Hand mal kurz zum Schalten braucht, lasse ich sie widerwillig los, um sie anschließend sofort wieder zu umklammern. Kurz kommt mir der Gedanke, ich könne mich damit vielleicht lächerlich machen, aber John scheint es nicht zu stören. Ganz im Gegenteil, er lächelt höchst zufrieden vor sich hin.

Die Wohngegend, in die wir fahren, kommt mir bekannt vor, hier in der Ecke hat er schon früher gewohnt. Und als wir schließlich in die Tiefgarage eines Hochhauses fahren, bin ich mir ganz sicher.

„Hier wohnst du, John? Noch immer?"

Er zuckt mit den Schultern, während er auf irgendeinen Knopf drückt und sich ein Rolltor in der Tiefgarage zu bewegen beginnt.

„Noch immer. Aber es hat sich ein bisschen verändert. Das Haus gehört mir mittlerweile und auch sonst habe ich ein paar Änderungen vorgenommen … Naja, du wirst es ja gleich selbst sehen."

Als wir ausgestiegen sind, geht er mit mir zusammen zu einem Fahrstuhl, der ganz offensichtlich nur für ihn bestimmt ist, denn er lässt sich nur mit einem Code bedienen.

„Ein Privatfahrstuhl? Und alle anderen müssen Treppe steigen?"

„Treppensteigen ist gesund. Aber ich habe einen zweiten einbauen lassen, der im Gegensatz zu früher übrigens sogar funktioniert und nicht ständig kaputt ist."

Ich denke an den Tag, an dem wir geheiratet haben und ich auf jeden Treppenabsatz eine weiße Rose gefunden habe.

„Obwohl Treppensteigen ja durchaus seinen Reiz haben kann", murmle ich, halb in der Erinnerung an unseren Hochzeitstag gefangen.

„Durchaus, ja." John lächelt mich an und ich bin mir sicher, dass er ziemlich genau weiß, was ich gemeint habe.

Der Fahrstuhl hält in einer hellen, freundlichen Wohnung, die wunderschön eingerichtet ist und perfekt zu John passt. Er hat sich die beiden oberen Etagen komplett umbauen lassen und bestimmt dreimal mehr Quadratmeter zur Verfügung als ich in meinem ganzen Haus. Er zeigt mir alle Zimmer und er hat sogar ein Kinderzimmer für Sam eingerichtet.

„Und wo geht es da hin?" Ich zeige auf eine eiserne Wendeltreppe, die weiter nach oben führt. John beginnt zu grinsen.

„Komm, ich zeige es dir!" Er geht ein paar Stufen hoch und bleibt dann stehen, um sich zu mir umzudrehen und mir die Hand zu reichen. Seine Finger umschließen meine mit angenehmem, sicherem Druck, als ich sie ergreife. Am oberen Ende der Treppe öffnet er eine Tür und ich wäre fast gestolpert, als ich sehe, wo wir jetzt sind, obwohl ich es ja eigentlich schon vorher geahnt hatte.

„Das ist unser Dach, John!" Das Dach, auf dem wir geheiratet haben.

„Ja." Er beobachtet mich, während ich bis zum Rand des Daches gehe, das jetzt von einem stabilen Geländer eingefasst ist. Jetzt stehen hier überall Grünpflanzen in riesigen Bottichen herum und der Boden besteht aus Terrassendielen und nicht mehr aus nacktem Beton.

„Es ist wunderschön hier, John." Ich stelle mich ans Geländer und betrachte die im Dunklen leuchtende Stadt. Dann spüre ich ihn hinter mir, er schlingt seine Arme um mich und ich lehne mich gegen ihn und kuschle mich in seine beschützende Wärme.

„Wohnst du hier schon lang, John?" Dass er sich ausgerechnet dieses Haus gekauft hat und es hat umbauen lassen, ist bestimmt kein Zufall gewesen.

„Hier konnte ich mich dir immer irgendwie nah fühlen."

Ich will etwas sagen, aber meine Stimme gehorcht mir nicht und John lässt mich ohnehin nicht zu Wort kommen. Er legt mir einen Finger auf die Lippen.

„Hör mir einfach nur einen Moment lang zu, dann kannst du immer noch etwas sagen. Aber ich bitte dich, mir erst einmal einfach nur zuzuhören!"

+++

John zieht Hope ein bisschen enger an sich. Er hat sich unzählige Male vorgestellt, wie es sich wohl anfühlen würde, sie an diesen Ort zu bringen. Diesen Ort, der sie so sehr miteinander verbindet wie kaum ein anderer. Und jetzt fühlt es sich überwältigend gut an, besser, als er je gedacht hätte.

„Wir waren damals so verdammt jung, Hope. So verdammt jung. Und ich war so unendlich dumm. Ich habe mir unzählige Male gewünscht, die Zeit zurückdrehen zu können. Aber das kann man nicht. Und vielleicht ist es auch gut so. Denn ich habe etwas daraus gelernt. Eine Lektion fürs Leben, wenn du so willst. Nämlich Demut und Dankbarkeit."

John macht eine kurze Pause, während Hope ihr Gesicht halb zu ihm dreht und er den fragenden Blick ihrer klugen, gewittergrauen Augen sehen kann.

„Wir nehmen die Dinge, die uns in unserem Leben geschenkt werden, immer als so selbstverständlich hin. Statt uns über das zu freuen, was wir haben, uns eben darüber glücklich zu schätzen, was das Leben uns geschenkt hat, wollen wir immer mehr und noch mehr. Dabei übersehen wir das unendliche Glück, das wir haben und aufgrund dessen wir eigentlich voller Dankbarkeit und voller Demut auf die Knie sinken müssten. Ich meine damit nicht, dass man nicht versuchen sollte, im Leben weiterzukommen, das ist es nicht. Aber manchmal sollte man stehen bleiben und sich auf das besinnen, was man hat, und auf das, was einem wirklich wichtig ist. Was bleibt einem am Ende von einer tollen Karriere, wenn man niemanden mehr hat, der einen in den Arm nimmt und sich mit einem darüber freuen kann? Was hat man vom Erfolg, wenn man trotzdem nur einsam ist, wenn man abends im Bett liegt, egal, mit wie vielen Frauen man sich umgibt, einfach deshalb, weil keine dabei ist, die einem etwas bedeutet? Man hat nichts von alledem, wenn es niemanden gibt, der sich um einen sorgt, der einen liebt und den man ebenfalls von Herzen liebt. Leider war es viel zu spät, als ich all das erkannt habe."

Beide stehen eine Weile schweigend und eng umschlungen in der Kälte. Johns Stimme ist rau und belegt, als er schließlich wieder das Wort ergreift.

„Aber immerhin habe ich es jetzt erkannt, Hope. Und ich stehe hier und bin demütig. Und dankbar. Und ich habe das unglaubliche Glück, dass das Leben mir eine zweite Chance eingeräumt hat." Wieder zögert er eine Weile, bevor er fragt: „Das hat es doch, Hope, oder?"

Etwas Warmes tropft auf seine Hand, und als er Hope ansieht, sieht er die stummen Tränen, die ihr über die Wange rollen.

„Ja, John, das hat es", flüstert sie schließlich. „Und zwar für uns beide."

+++

Vier Monate später

Es ist Mitte April und beinah schon sommerlich mild, was nach diesem kalten, langen Winter fast an ein Wunder grenzt.

Ich stelle mein Auto in der Tiefgarage ab, drücke auf den Fahrstuhlknopf und gebe den entsprechenden Code ein, um in Johns Wohnung zu gelangen. Während der kurzen Fahrt nach oben denke ich darüber nach, wie sehr sich mein Leben in den letzten Monaten verändert hat. Wie viel besser und erfüllter es sich anfühlt, seit John und ich wieder ein Paar sind. Die meiste Zeit verbringt er mittlerweile bei Samuel und mir in unserem kleinen Häuschen. Aber heute übernachtet Sam bei Valerie und Mike, sodass John und ich das Wochenende ganz für uns allein haben werden.

Als sich die Fahrstuhltüren öffnen, kann ich es schon riechen, bevor ich sie sehen kann. Die ganze Wohnung steht voller Rosen und ihr Anblick lässt mein Herz schneller schlagen. Ich spüre, wie sich ein Lächeln auf meinem Gesicht ausbreitet und wie von selbst führt mich der Weg auf das Dach, auf dem John steht und mich lächelnd erwartet. Er sinkt vor mir auf die Knie, als er mich sieht und ich beiße mir lächelnd auf die Unterlippe.

„Hope“, seine Stimme klingt trotz seiner oberflächlichen Gelassenheit alles andere als cool. „Hope, meine Schöne. Meine Liebe. Würdest du mir die Ehre erweisen, meine Frau zu werden? Noch einmal?“

Mein Herz schlägt so schnell, das ich befürchte, dass es jeden Moment zerspringt. Ich reiche ihm meine Hand und ziehe ihn zu mir hoch, bevor ich ihn küsse.

„Nichts lieber als das“, flüstere ich in sein Ohr, küsse ihn erneut und spüre sein Lächeln an meinen Lippen. Er zieht mich fest an sich und hält mich eine kleine Ewigkeit lang einfach nur fest.

„Du machst mich so glücklich, Hope, so wahnsinnig glücklich“, flüstert er schließlich, bevor er mich wieder loslässt. „Und mach dir keine Sorgen, diesmal lasse ich dir ein bisschen mehr Zeit, bevor der Friedensrichter mit den Trauzeugen hier auftaucht.“

Erleichtert fange ich an zu lachen. „Das ist sehr lieb von dir. Diesmal hätte ich es nämlich ganz gern, wenn ich mir ein Kleid aussuchen könnte. Außerdem will ich, dass Sam dabei ist.“

„Sollst du alles haben. Aber ich habe eine Bedingung.“

Fragend ziehe ich eine Augenbraue in die Höhe und Jonathan grinst. „Du musst das Kleid bis nächste Woche haben …“ Er legt eine Hand auf meinen Bauch, der sich schon sanft wölbt. „Schließlich kann ich es doch nicht riskieren, länger zu warten. Sonst wird noch für jedermann sichtbar, dass meine Frau mit Prinzipien gegen eben diese verstoßen hat und wir Sex ohne Kondom hatten, obwohl wir nicht verheiratet sind.“

Ich lache leise auf und erkenne dieses gefährliche, sinnliche Funkeln in seinen Augen. Beinah im gleichen Moment hat John mich schon hochgehoben und trägt mich vorsichtig in seine Wohnung, um dort ziemlich schnell dafür zu sorgen, dass ich meine Prinzipien erneut vergesse. Wieder und wieder.

ENDE

Danksagung

In aller erste Linie danke ich meinen vielen Leserinnen (und den wenigen Lesern natürlich auch). Ich danke dafür, dass ihr meine Bücher kauft und lest, für das viele Lob, die vielen Anregungen und auch für die kritischen Rückmeldungen, die ich so oft bekomme. Es ist einfach toll, so viel Feedback zu bekommen und nicht nur das Gefühl zu haben, quasi ins Leere zu schreiben. Und natürlich ist es auch toll, dass es so viele Menschen gibt, die sich über das freuen, was ich schreibe.

Ich freue mich über euer Feedback. Per Rezension, E-Mail oder bei facebook.

Ich danke meinen Testlesern und -leserinnen: Astrid, Bea, Catharina, Denise, Klaus, meinem Katharinchen, Melanie, Nadine, Peter, Sandra, Steffi und Susanne. Ihr seid großartig, hilfreich und einfach super. Hoffentlich habt ihr keine Kopfschmerzen bekommen, als ihr in den sehr zweifelhaften Genuss gekommen seid, das Manuskript noch vor dem Lektorat in die Finger zu bekommen.

Ich bedanke mich bei Christina, die immer eine Idee hatte, wenn ich keine hatte und mich damit wiederum auf welche gebracht hat.

Ganz herzlichen Dank an Sabine, die immer noch etwas findet, wo andere schon nichts mehr finden und sowieso einfach toll ist.

Und natürlich danke ich, wie immer, meiner Familie. Weil ihr mich jeden Tag ertragt und mich auch noch lieb habt, wenn ich ständig hinterm Laptop verschwunden bin.

Danke!

Weitere Romane von Hannah Kaiser:
„Die Verlockung des Glücks"
Teil 1

Sophie hat, nach einigen herben Enttäuschungen, den Männern eigentlich schon lange abgeschworen. Sie ist fest davon überzeugt, dass es sich alleine einfach viel besser lebt.

Doch eines Tages tritt Matt, der amerikanische Enkelsohn ihrer Nachbarin, auf sehr ungalante Art und Weise in ihr Leben. Sophie ist sich ganz sicher, dass sie diesen überheblichen Typ auf den Tod nichts ausstehen kann, denn er benimmt sich kaum besser als ein eingebildeter Neandertaler. Wäre da nur nicht dieses verdächtige Kribbeln, das sich in ihr breit macht, wann immer er in ihrer Nähe ist …

Textbeispiel:

Nach zwanzig anstatt nach fünf Minuten Fahrt komme ich schließlich, gänzlich entnervt, überhitzt und verschwitzt, auf dem völlig überfüllten Supermarktparkplatz an, habe Kopfschmerzen und eigentlich nur noch ein Ziel: Ich will so schnell wie möglich wieder nach Hause.

Ich sehe einen freien Parkplatz, setze den Blinker und als ich gerade rechts einschlagen will, kommt von der anderen Seite ein ganz und gar übertrieben großer Jeep und schnappt mir den letzten freien Parkplatz weg.

Während ich noch fassungslos auf den nun nicht mehr freien Parkplatz starre, klettert ein riesengroßer, muskelbepackter Typ aus dem Jeep und lächelt völlig unbekümmert, während er sich lässig eine Sonnenbrille aufsetzt.

„Arschloch!“, sage ich viel zu laut, als er an meinem Auto vorbeigeht und vergesse dabei, dass ich vorhin alle verfügbaren Wagenfenster aufgemacht habe und er mich hören kann. Bei einem näheren Blick auf seine Muskelpakete zucke ich innerlich kurz zusammen. Ich kann nur hoffen, dass er kein jähzorniger Schläger ist. Doch sein Grinsen wird nur ein bisschen breiter und er wirft mir, als er genau vor der Motorhaube meines Wagens entlangläuft, eine Kusshand zu.

Wenn mein Gesicht nicht schon von der Hitze rot glühend wäre, dann würde es das spätestens jetzt vor Zorn werden. Ich gebe einmal kräftig Gas, was den Muskeltypen dazu veranlasst, erschrocken einen Schritt zur Seite zu machen. Ich grinse schadenfroh.

„Arrogantes, überhebliches, schreckhaftes Arschloch!“, dieses Mal spreche ich so leise, dass er mich nicht hören kann. Ich bin zwar nicht unbedingt feige, aber lebensmüde bin ich auch nicht.

+++

„Die Verlockung des Glücks“
Teil 2

Zweiter und letzter Teil der Reihe „Die Verlockung des Glücks“.

Endlich hat Sophie der Verlockung des Glücks nachgegeben und ist zu Matt in die USA geflogen.

Dort angekommen ist ihr gemeinsames Leben allerdings nicht so ungetrübt, wie erhofft. Das große

Interesse der Öffentlichkeit an Matt, Sophies Selbstzweifel und eine Frau, die aus Matts Vergangenheit zu kommen scheint, legen ihnen immer wieder Steine in den Weg.

Werden sie es dennoch schaffen, einen gemeinsamen Weg zum Glück zu finden?

Erotischer Liebesroman.

Textbeispiel:

„Und, war es sehr schlimm?“ Matt gibt mir einen Kuss und streicht mir sanft über den Rücken.

„Angenehm ist zumindest anders …“

„Wenn wir später zu Hause sind, dann mache ich es wieder gut“, schnurrt er in mein Ohr und mein Herzschlag beschleunigt sich umgehend. Kurz spiele ich mit dem Gedanken, ihn hier und jetzt auf die Toilette zu zerren, um sein Versprechen sofort einzulösen. Leider komme ich nicht dazu. Und um ehrlich zu sein, wird der Abend auch nicht viel angenehmer. Denn nun ist zwar die Presse weg, dafür bin ich jetzt den neugierig-musternden Blicken von Matthews Teamkameraden und deren Begleitungen ausgesetzt. Matt führt mich herum, stellt mich vor und ich schüttle zig verschiedene Hände und bekomme so viele neue Namen gesagt, dass ich mir unmöglich alle merken kann.

Nach einer weiteren halben Stunde fühle ich mich völlig erledigt, aber ich denke jetzt weiß wirklich jeder hier, dass ich Matts neue Freundin bin. Anscheinend war ihm das wichtig, was mir im Prinzip gut gefallen sollte. Allerdings überfordern mich so viele fremde Menschen einfach. Und vielleicht bin ich ein bisschen paranoid, doch ich mir ziemlich sicher, dass ich mehr als einmal ein deutliches „Was will er denn bitte mit der?“ in den

Gesichtern, vor allem denen der Frauen, habe lesen können. Ich bin weder sonderlich hübsch noch hässlich. Aber zwischen all diesen Zuchthühnchen muss ich wirken wie ein hässliches Entlein.

+++

„Die Verführung des Mondes“

Eigentlich will sich Luna nur einen ruhigen, kinderlosen Abend zu Hause machen, als sie überraschend in das Leben des ebenso reichen wie attraktiven Anwalts Phillip Dawn stolpert.

Zwischen den beiden knistert es gewaltig, aber Luna ist sich nicht sicher, ob es zwischen ihnen tatsächlich eine Zukunft geben wird.

Und während sie sich noch Gedanken über die Zukunft macht, wird sie von ihrer Vergangenheit eingeholt.

Textbeispiel:

Ich rühre Zucker in meinen Kaffee, erleichtert, eine Beschäftigung zu haben, die dafür sorgt, dass ich mir keine Gedanken mehr darüber machen muss, wo ich meine Hände lassen soll.

Zwischendrin schaue ich kurz auf, um festzustellen, dass er mich immer noch mustert.

Ich tue so, als würde das Zuckereinrühren meine ganze Aufmerksamkeit beanspruchen. Kurz bevor ich eine gesättigte Lösung aus Kaffee und Zucker hergestellt habe, höre ich auf. Ich nippe am Kaffee und verziehe sofort angewidert das Gesicht.

Er grinst. „Zuviel Zucker?“, fragt er mich. Ich werde rot und nicke.

„Soll ich Ihnen einen Neuen bestellen?“, fragt er aufmerksam. Ich schüttle den Kopf, mehr als verlegen. Es scheint heute nicht mein Tag zu sein. Und dieser umwerfende Typ sitzt da, lehnt sich zurück mit einem zufriedenen Lächeln, als könnte er meine Unsicherheit förmlich riechen.

Impressum

Die Autorin ist unter der folgenden Adresse zu erreichen. Es handelt sich bei der Adresse um einen postalischen Weiterleitungsservice der Firma Ideekarree, da die Autorin seine private Adresse nicht bekannt geben möchte. Die Firma Ideekarree trägt Sorge für die fristgerechte Weiterleitung der Post an die Autorin, sofern diese an folgende Adresse gesendet wurde:

Hannah Kaiser
c/o IDEEKARREE Medien Leipzig
Herr Alexander Pohl
Alfred-Kästner-Straße 76
04275 Leipzig

– PAKETE WERDEN GRUNDSÄTZLICH NICHT ANGENOMMEN! –

E-Mail: hannah.kaiser79@gmx.de
Telefon: 015251766609

3341902R00204

Printed in Germany
by Amazon Distribution
GmbH, Leipzig